Chantal Schreiber

KEIN PRINZ IST AUCH KEINE LÖSUNG

Roman

Bibliografische Information der Deutschen Nationalbibliothek:
Die Deutsche Nationalbibliothek verzeichnet diese Publikation in
der Deutschen Nationalbibliografie; detaillierte bibliografische Daten
sind im Internet über dnb.dnb.de abrufbar.

Erstmals erschienen unter dem Titel
„Auszeit, Schonzeit, Hochzeit" im Piper Verlag.
Covergestaltung und Illustrationen:
Johanna Kurz, www.johannakurz.com
Autorinnenfoto: Bettina Greslehner
Herstellung und Verlag: BoD – Books on Demand, Norderstedt.
ISBN 9783751914703

Für mein Backup-Team!
You know who you are!

Ein Versprechen / Ein Verrat

KAT

Also, wenn ich das Telefon abhebe und ein Schluchzen höre, dann ist es meistens Gwennie. Und wenn Gwennie schluchzt, ist meistens ein Mann schuld. Obwohl sie überhaupt sehr emotional ist. Ich erinnere mich, dass sie mich einmal angerufen hat, als sie sich zu Hause *King Kong* angesehen hat, auf DVD.

Ich hebe ab.

Sie: schluchzt.

Ich: »Gwennie?«

Sie, schluchzt: »King Kong …«

Ich: »Komisch, da hätte ich eine tiefere Stimme erwartet.«

Sie: schluchzt.

Ich, seufzend: »Gwennie, warum siehst du dir aber auch so was an. Jeder weiß doch, dass der Affe und das Mädchen sich nicht kriegen.«

Sie, schluchzt: »Das ist es ja gar nicht! Aber King Kong sieht aus wie mein Opa! Und sie erschiehiehieiiiiißen ihn …«

Also hatte irgendwie auch wieder ein Mann Schuld – wobei Gwennies Opa mit Abstand der Mann ist, mit dem ich in den letzten Jahren am wenigsten Probleme hatte.

Die Sache ist die: Gwennie ist eine hoffnungslose Romantikerin. Oder eigentlich eine hoffnungs*volle*. Sie schlittert von einer Pleite in die nächste, männertechnisch gesehen, aber sie gibt niemals auf. Ihr Herz wird gebrochen, sie leidet wie ein Hund, vergräbt sich ein paar Wochen lang zu Hause und schreibt einen neuen Roman. (Gwennie schreibt Liebesromane, eine Reihe mit dem Titel *Romantik für Fortgeschrittene* – sie ist also berufsmäßige Romantikerin, sozusagen, natürlich nicht weniger hoffnungsvoll: Die Geschichten gehen immer gut aus.) Irgendwie fügen sich die Herzsplitter während des Schreibprozesses wieder zusammen, sie steigt wie der sprichwörtliche Phönix aus der Asche und ist bereit für die nächste große Liebe, der dann zumeist eine noch größere Katastrophe folgt.

Die Sache mit Mike hat sich eigentlich ganz gut angelassen – relativ gesehen. Also so, wie nach einer Serie von Totalschäden *nur* ein Blechschaden auch irgendwie was Positives hat. Womit ich sagen will: Mike ist eben auch nur ein Mann.

O-Ton-Gwennie: »Er ist ein Haupttreffer!« (Er ist nicht verheiratet.)

»Er lässt mir meinen Freiraum!« (Er hat eine eigene Wohnung.)

»Er ist echt witzig und intelligent!« (Er spricht in ganzen Sätzen.)

»Er trägt mich auf Händen!« (Man kann mit ihm Sex haben, der länger als zweieinhalb Minuten dauert.)

Okay, der Fairness halber will ich zugeben: er schien richtiggehend in sie verliebt zu sein. Er hat ihr Blumen geschenkt, sie in tolle Lokale ausgeführt, ihr Komplimente gemacht, sie permanent angestarrt, als wäre sie so was wie ein Weltwunder – ich hab anfangs sogar gedacht, mit seinen Augen stimmt was nicht. Ich gestehe, dass ich ihn wirklich einigermaßen witzig fand – vielleicht eine Berufskrankheit bei ihm, immerhin arbeitet der Mann in der

Werbung. Aber hey, woher auch immer er es hat, es kann helfen, die langen Winterabende zu überstehen, die unweigerlich kommen, wenn die Romantikbrille etwas von ihrem Rosastich eingebüßt hat. Als die beiden die Sechsmonats-Schallmauer durchbrochen hatten (gewöhnlich beginnt spätestens nach drei Monaten das Ernüchterungs- und Schmerzritual), rief Gwennie mich erstmals vor *Glück* heulend an. Er hatte ihr einen Ring geschenkt, und sie hörte die Hochzeitsglocken bimmeln. Und ich freute mich für sie und dachte, es ist also tatsächlich möglich, »den Richtigen« zu finden. Zu voreilig, wie sich schnell herausstellte.

Denn kaum prangte der Ring an Gwennies Finger, verwandelte sich ihr Prinz im Fast-forward-Tempo in einen Frosch. Es war geradezu unheimlich, wie plötzlich das geschah: Auf einmal rief er nicht mehr so regelmäßig an. Sagte Verabredungen in letzter Sekunde ab. Musste an den Wochenenden arbeiten. Man kennt das ja.

Irgendwann kam der erste Heulanruf wegen Mike, weil er sie zum dritten Mal en suite versetzt hatte. Da hab ich gewusst, das ist der Anfang vom Ende.

Gwennie ist allerdings anderer Meinung. Sie hat immer für alles, was er tut oder nicht tut, eine plausible Entschuldigung. Eine schwere Woche, eine schwere Grippe, eine schwere Kindheit. Irgendwas passt immer. Unmöglich, ihr den Typen auszureden. Nicht nur deshalb, weil sie wirklich wahnwitzig in ihn verknallt ist und die beiden offensichtlich nach wie vor grenzgenialen Sex haben, wenn er dann doch mal auftaucht (ich bleibe allerdings bei der Hurra-es-dauert-länger-als-zweieinhalb-Minuten-Theorie – Gwennie ist einfach zu anspruchslos), sondern auch und vor allem wegen Frau Laura.

Frau Laura ist Wahrsagerin, und Gwennie würde Frau

Lauras Fürze in einer Flasche auffangen und anbeten, wenn das möglich wäre.

Gwennie: »Frau Laura hat mir Mike vorausgesagt, das weißt du doch.«

Ich: »Wie, sie hat dir einen Rohrkrepierer mit Bindungsängsten vorausgesagt?«

Gwennie: »Nein, einen großen, dunklen Mann mit blauen Augen in einer verantwortungsvollen Position!«

Ich: »Das könnte auch ein Kaminfeger sein, der häufig in Schlägereien verwickelt ist und beim Sex gern oben liegt!«

Gwennie: »Kat!«

Ich: »Na, wenn's wahr ist! Das war vor einem Jahr! Vielleicht solltest du dir von der Frau mal ein Arschloch-Update holen!«

Woraufhin sie mich sofort aus der Leitung warf, um Frau Laura anzurufen. Das war vor drei Tagen.

Und jetzt hebe ich ab, und Gwennie heult.

»Was ist los? Hat er dich schon wieder versetzt?«

»(Schluhuchz) Nein, es ist wegen Frau Lauhuhuhuhura!«

»Was hat sie dir vorhergesagt? Eine Ménage à trois mit Donald Trump und Vladimir Putin?«

»Nein, sie ist im (schluhuchz) Krahankenhaus!«

Nach einer Weile bekomme ich aus Gwennie raus, dass Frau Laura in ihrem Weinkeller von einer herabfallenden Flasche 98-er Cabernet Sauvignon getroffen wurde. Es kommt ihr nicht in den Sinn, die Fähigkeiten einer Wahrsagerin anzuzweifeln, die die bevorstehende Kollision der eigenen Schädeldecke mit einer Weinflasche nicht vorhersehen kann. Meine Frage, ob die Weinflasche gerettet werden konnte, geht in ihren Schluchzern unter.

Es stellt sich allerdings heraus, dass Gwennies Schmerz

nur zum Teil auf Mitgefühl beruht. Vor allem bringt die Tatsache, dass ein Ende von Frau Lauras Krankenstand noch nicht abzusehen ist, sie so aus dem Gleichgewicht. Wo sie doch gerade jetzt so dringend eine makellose rosarote Zukunft braucht!

Aber Frau Laura hat eine schwere Gehirnerschütterung und eine Wunde am Kopf, die mit zwölf Stichen genäht werden musste. Sie bleibt zur Beobachtung mindestens eine Woche im Krankenhaus, und am Telefon hat sie nur schwach gemurmelt, dass sie momentan nichts *sehen* könne. Was mich persönlich überhaupt nicht überrascht, denn seit sie im Krankenbett liegt, ist sie notgedrungen trocken, und ihre *Sehkraft* funktioniert wohl nur, wenn der Wein innerlich angewendet wird, nicht äußerlich.

»Der Typ drückt sich. Bindungsängste, was weiß ich. Mit dem stimmt was nicht. Zuerst große Liebe, Herzen in den Augen, Wolken unter den Füßen, dann schenkt er dir einen Ring, und – *päng* – das war's mit der Seifenblase. Ich sag dir, und zwar ganz ohne Kristallkugel: Lass ihn sausen!«

»Ich liebe ihn, das weißt du ganz genau.«

»Das sagst du *immer*.«

»Diesmal ist es anders!«

»Das sagst du *auch* immer!«

»Kat, wenn du *eine* Beziehung vorweisen kannst, bei der es mindestens ein gemeinsames Frühstück gab, dann nehme ich gern Ratschläge von dir an!«

Hab ich schon erwähnt, dass Gwennie biestig werden kann, wenn man ihr ihre aktuelle große Liebe ausreden will? Tatsache ist, dass Beziehungen nicht so mein Ding sind. Nicht, dass das immer so gewesen wäre. Ich war fast sieben Jahre lang mit jemandem zusammen. Es war eine von diesen »Nicht-ohne-den-anderen-können-immer-

11

schon-vorher-wissen-was-der-andere-sagen-will«-Kisten. Bis er mir eines Tages nach einem Ikea-Besuch eröffnete, dass er neuerdings ohne mich erstaunlich gut könne, allerdings nicht ohne eine gewisse Blondine, die er auf einem Seminar kennengelernt hatte.

Da ich davon ausgehen konnte, dass er wie immer schon vorher wusste, was ich darauf zu sagen hatte, sagte ich gar nichts, fuhr rechts ran, warf ihn zusammen mit Helmer, Billy, Freja und Lillberg an der Bundesstraße aus dem Auto und fuhr weiter.

Ich habe nicht geweint, keine Selbsthilfebücher gekauft und mir die Haare nicht abschneiden lassen.

Allerdings war ich seither nicht mehr bei Ikea. Gwennie meinte, ich sei traumatisiert und solle zu einer Therapeutin.

Ich dagegen meine, ich habe das ideale Mann-Frau-Verhältnis entdeckt. Ich habe mich damit abgefunden, dass jeder Mann so ein fieses kleines Alien-Monster in sich hat, das in einer Beziehung mit einer Frau sofort wächst und gedeiht, und irgendwann kotzt er es einem auf den Teller. Der Trick besteht also darin, nicht so lange zu warten.

»Wie du meinst«, sage ich also zu ihr, »aber ich wette, spätestens übermorgen heulst du wieder seinetwegen.«

»Das tu ich sicher nicht, denn übermorgen fahren wir übers Wochenende weg!« Triumph in der Stimme.

»Nein!«

»Doch! Er hat was Supersüßes gebucht, fünf Sterne mit tollem Essen, Himmelbett und Dampfbad. Ich glaube, er hat sich endlich wieder eingekriegt.«

GWENNIE

Kat ist die Beste. Nein, wirklich. So eine Freundin findet man unter Millionen nicht. Aber was Männer angeht, hat sie seit Ben einen Sprung in der Schüssel. Sie sieht in jedem Mann nur das Schlimmste und lässt keinen an sich ran. Nicht, dass sie keinen Sex hätte. Sie hat haufenweise Sex – für eine Nacht oder zwei Nächte, vielleicht sogar mal für sieben Nächte, aber die dürfen dann auf keinen Fall aufeinanderfolgen. Ich weiß nicht, ob es so ist, dass sie sich Männer aussucht, bei denen sie von vornherein ausschließen kann, dass sich mehr entwickelt. Oder ob sie immer dann verschwindet, wenn sich mehr zu entwickeln droht.

Eigentlich benimmt sich Kat den Männern gegenüber so ähnlich, wie meine Männer sich mir gegenüber benehmen. *Vor* Mike, natürlich. Dass es mit Mike anders ist, hab ich sofort gespürt.

Wir haben uns in einem Einkaufszentrum kennengelernt, auf der Rolltreppe. Ich fuhr hinauf, er fuhr hinunter. Mein Blick blieb an seinen Augen hängen, wirklich ganz erstaunlichen, strahlend blauen Augen. Er sah mich an, und es war, na ja, einer dieser Augenblicke, die man nie vergisst, als würde der Raum nicht existieren und die Zeit nicht weiterticken, als wäre alles, was in unser beider Leben während all der Jahre in jedem Augenblick passiert war, nur geschehen, um uns in diesem Moment zusammenzuführen.

Es war wirklich nur ein Augenblick, und dann war er auch schon wieder vorbei, denn wir fuhren ja in verschiedene Richtungen. Ich wünschte mir, meine Telefonnummer wäre mir auf die Stirn tätowiert und er hätte ein fotografisches Gedächtnis. Ich wünschte mir, die Auskunft hätte ein Büro mit Augenkarteien. Augen mit dazugehörigen Telefonnummern. Ich hätte seine Augen aus Hunderttausenden Augenpaaren herausgefunden.

Ich seufzte tief und ergeben und beschloss, alles dem Schicksal zu überlassen. Wenn das Schicksal uns zusammenbringen wollte, dann würde es das auch tun. Um auf Nummer sicher zu gehen, nahm ich aber doch sofort die nächste Rolltreppe nach unten, drängelte mich an allen Leuten vorbei und schubste beinahe einen Kinderwagen um, in der Hoffnung, ihn vielleicht noch abzufangen. Dann hörte ich eine Stimme, und ich wusste sofort, dass sie zu den unglaublichen Augen gehörte.

»Sie fahren in die falsche Richtung«, sagte die Stimme. »Schon wieder.«

Ich hörte auf zu drängeln und suchte seinen Blick. Er war auf der Rolltreppe nach oben.

Von diesem Moment an stand endgültig fest, dass das Schicksal für unsere Begegnung verantwortlich war. Kat meinte natürlich, wenn das Schicksal halbwegs intelligent wäre, hätte es uns beide auf *dieselbe* Rolltreppe gepflanzt. Aber darf ich mal fragen, wie ich dann genau in seine Augen hätte schauen sollen? Und wer weiß, ob zum Beispiel sein Hinterkopf dieselbe Wirkung auf mich gehabt hätte. Ich meine, jetzt, da ich seinen Hinterkopf näher kenne, mit den dichten, gewellten Haaren und diesen niedlichen kleinen Ohren, und jetzt, da ich weiß, wie gut er da in dieser Ohr-Haaransatz-Hals-Zone immer riecht … dieser spezielle Shampoo-Allure-Homme-Mike-Geruch … aber ich schweife ab.

»Champagnerbar, sechster Stock!«, rief ich.

»Schon unterwegs«, antwortete er. Und weil ich die Augen inzwischen schon genug bewundert hatte, konzentrierte ich mich auf sein Lächeln. Es war ein ganz beson-

14

deres Lächeln – mit nur leicht nach oben gekräuselten Mundwinkeln und etwas vorgeschobenem Kinn, ziemlich unwiderstehlich.

Und während ich so an ihn denke, wandert mein Blick zu dem glatten Weißgoldring mit dem Diamanten an meinem rechten Ringfinger.

Ich hatte wirklich keine Ahnung. Es war in unserer Lieblingspizzeria, dem *Il Sestante* oder *Ilses Tante*, wie wir es nennen. Mike hatte gerade den Kampf gegen eine riesige Pizza Sestante verloren und schob den Rest von sich weg. Ich hatte wie üblich nur eine Marinara. Aber mit extra Mais, extra Steinpilzen, extra Kirschtomaten und extra Pfefferoni. Ich war dabei, die verbliebenen Maiskörner gleichmäßig auf die restlichen drei Pizzastücke umzuverteilen. Aber nur aus kosmetischen Gründen. Ich war so satt, dass ich beinahe platzte und mein Magen wirklich allerhöchstens noch für eine klitzekleine Portion Profiteroles Platz hatte.

Mit diesem konzentrierten Blick, den er sonst immer nur aufsetzt, wenn jemand aus der Agentur anruft, holte er den Ring aus der Jackentasche und murmelte irgendwas von einer Schmuckkampagne und dass er sich nicht entscheiden könne, welches Modell er für die geplanten Anzeigen verwenden solle.

»Zeig mal her!«, hab ich gesagt, mir die Tomatensauce von den Fingern geschleckt und die Hand nach der samtbezogenen kleinen Schatulle ausgestreckt.

»Nein, nein, das mach wohl besser ich!«, hat er geantwortet und die Schatulle außer Reichweite gezogen. Ich dachte, er macht sich Sorgen, dass ich sie vollkleckere. Hab die Augen verdreht, weil er so pingelig sein kann, meine Hand mit der Serviette nachpoliert und über den Tisch gestreckt.

»Jetzt zeig schon!«

Er hat mir den Ring angesteckt, aber so, dass er von seiner Hand zunächst noch verdeckt war und nur er ihn sehen konnte.

»Ja, sehr schön. Den nehmen wir«, murmelte er zufrieden.

»Ich dachte, du willst meine professionelle Meinung hören. Also lass schon endlich sehen!«

Da ließ er meine Hand los, und ich sah mir diese funkelnde kleine Schönheit an meinem Ringfinger an. Ich geb's ehrlich zu, es hat mir die Sprache verschlagen.

Er war traumhaft.

Ich holte tief Luft und sagte: »Er ist traumhaft.«

»Jaja«, meinte er beiläufig, »stimmt. Und er passt auch noch.«

»Ja, ganz genau sogar!«, seufzte ich und wollte ihn wieder vom Finger ziehen.

»Na, wenn er traumhaft ist und außerdem auch noch passt, dann solltest du ihn behalten!«

Ich starrte ihn an. Ich spürte förmlich, wie meine Augen *plopp* machten und ihm entgegenkullerten. Das Gefühl erinnerte mich an eine Szene in *Grey's Anatomy*. Der Patient hatte irgendein Problem mit dem Augendruck, und das Ganze sah gar nicht hübsch aus. Ich blinzelte also zweimal heftig, um meine Augen am Rausploppen zu hindern, und sagte heiser: »Was, einfach so?«

Er lachte. »Nein, natürlich nicht einfach so.« Ich muss ziemlich ratlos dreingeschaut haben, denn er lachte wieder, nahm meine Hand, beugte sich darüber und küsste meinen Finger knapp unterhalb der Stelle, wo der Ring saß. »Du müsstest mich schon heiraten, damit du ihn kriegst.«

Ich dürfte ein kleines bisschen geschrien haben. Kann auch sein, dass ich kurz in meinem Astralkörper fortge-

16

schwebt bin oder so. Als ich zurückkam, herrschte jedenfalls Totenstille in dem Lokal, und alle Gäste starrten mich entsetzt an.

»Also?«, sagte Mike, ungerührt angesichts der Aufmerksamkeit, die wir erregt hatten. »Willst du den Ring nun oder nicht?«

»Ja«, sagte ich, »ich will!« Und fing an zu heulen.

»Ist alles in Ordnung?«, fragte besorgt ein breitschultriger großer Kerl vom Nebentisch.

»Ja!«, schluchzte ich. »In bester Ordnung!« Und zeigte ihm und seiner Freundin meinen Ring, während Mike um den Tisch herumkam und sich neben mich setzte, damit er den Arm um mich legen und ich in sein Hemd schluchzen konnte. Er hatte wohl vorausgeahnt, dass ich mich nicht so schnell wieder beruhigen würde. Er reichte mir nämlich ein Papiertaschentuch, winkte mit der freien Hand den Kellner herbei, bezahlte die Rechnung und half mir in den Mantel. An seinem Arm schwankte ich hinaus.

»Ich hätte sterben können«, flüsterte ich benommen. »Ich hätte vor lauter Schreck tot in meine Pizza knallen können.«

»Das wär blöd gewesen«, gab er zu. »Dann hätte ich eine andere Frau finden müssen, die in den Ring passt. *Und* ein neues Lieblingslokal.«

Da ich immer noch nicht gefasst genug war, um eine richtige Unterhaltung zu führen, plauderte er auf dem Weg zum Taxistand munter weiter.

»Ich hatte schon überlegt, ihn in deinen Profiteroles zu verstecken. Aber das Risiko, dass du ihn mitisst, ohne was zu merken, war einfach zu groß.«

Ich nickte verständnisvoll. Ich liebe Profiteroles. Wenn ich so überlege, war das der einzige Abend, an dem ich *Ilses Tante* verließ, ohne welche gegessen zu haben. Aber ich

17

stand ja unter Schock. Profiteroles! Ich kann einfach nicht nachvollziehen, warum manche Menschen diese herrlichen, vollkommenen, mit Schokosauce überzogenen Brandteiggebirge beim Essen in so viele hässliche Häppchen zerteilen. Eine der Kugeln sind genau zwei Mundvoll. Nicht mehr und nicht weniger. Mikes Bedenken waren also durchaus berechtigt. Bei dem Gedanken, dass ich meinen Ring hätte aufessen können, kamen mir gleich wieder die Tränen.

»Ich liebe dich!«, schluchzte ich.

»Und ich liebe dich«, sagte er, kräuselte die Mundwinkel und schob das Kinn ein wenig vor. »Auch wenn du natürlich eine elende Heulsuse bist.«

Und dann küsste er mich.

Das war vor sechs Wochen und vier Tagen.

Und vor sechs Wochen und zwei Tagen hat er mir am Telefon erklärt, dass wir nichts überstürzen sollten. Dass er ein bisschen mehr Zeit für sich brauche. Dass wir einander unbedingt genug Freiraum lassen müssten. Zwei Tage später hat er mich versetzt – zum allerersten Mal, seit wir uns kennen.

Die nächsten drei Dates hat er auch abgesagt, wegen der Kampagne, für die er gerade arbeitet. Er will plötzlich nicht mehr bei mir übernachten, sondern »in seinen eigenen vier Wänden aufwachen«. Man muss sich das vorstellen: Wir haben absolut genialen, den Gleichgewichtssinn vernebelnden, alle physikalischen Gesetze aufhebenden Sex, er sieht mich an, ich weiß genau, dass er eine Millisekunde davor ist, »Ich liebe dich« zu sagen – und dann kriegt er plötzlich diesen gehetzten Blick, als wäre irgendwas Ekliges mit mehreren Köpfen und rasiermesserscharfen Zwölf-Zentimeter-Klauen hinter ihm her, springt aus dem Bett, murmelt was von »morgen früh raus« oder »Unterwäsche vergessen« und haut ab.

Kat meint, er hat einfach Angst gekriegt und ist noch nicht bereit zum Heiraten. Aber warum hat er mich dann gefragt? Hat ihn doch keiner gezwungen. Ich hatte noch nicht mal daran gedacht! Na ja, das ist vielleicht nicht die allerreinste Wahrheit. Ein paar kleine Szenen waren mir vielleicht hin und wieder durch den Kopf gehuscht: wie ich einer blumengeschmückten, von sechs Schimmeln gezogenen Kutsche entsteige, in einem Traum aus weißem Seidensatin, wie ich eine verzierte Voliere öffne und hundert weiße Tauben in den blassblauen Frühsommerhimmel fliegen lasse – oder wie ich vor dem Altar stehe und der Pfarrer sagt: »Sie dürfen die Braut jetzt küssen.« Mike hebt meinen Schleier hoch, ein Lächeln kräuselt seine Mundwinkel, und seine Lippen nähern sich unter dem Applaus der Menge (nur die fünfhundert allerengsten Freunde und Verwandten) den meinen – solche und ähnliche sehr vage Bilder waren vielleicht hie und da vor meinem geistigen Auge aufgetaucht, aber das hat nur mit meinem Beruf zu tun. Davon leben schließlich meine Romane. Ich *muss* mir so was vorstellen.

Was ich eigentlich sagen will: Manche Leute sind jahrelang zusammen, ohne dass das Thema Heiraten auf den Tisch kommt. Und ich hätte keine Eile gehabt, wirklich nicht. Diese sechs Monate bis zu dem Antrag waren die glücklichsten meines Lebens, und wir hätten von mir aus noch dreimal so lange so weitermachen können, ohne Trauschein, Kutsche und Tauben.

Warum also? Warum schenkt er mir aus vollkommen freien Stücken einen Ring und macht mir einen Antrag, um schon zwei Tage später einen Sicherheitsabstand einzuhalten, als wäre ich eine mordlustige Gottesanbeterin?

Warum verhält er sich manchmal ganz normal, genauso süß und aufmerksam, wie ich ihn kenne – und dann, so plötzlich, als hätte er sich selbst bei etwas Verbotenem ertappt, wird er von einer Minute zur nächsten kühl, distanziert, unnahbar?

Beziehungsgestörte Männer sind mir ja nichts Neues. Ich könnte ein Buch über sie schreiben. Ich könnte, aber ich kann nicht, weil die nicht in meine Romanreihe passen. Meine Leserinnen wollen nur über zwei Arten von Männern lesen: über sexy Schurken und sexy Helden. Beziehungsgestörte Normalos haben sie schließlich zu Hause. Von denen wollen sie ja gerade abgelenkt werden.

Also wie gesagt, ich kenne das. Aber Mike ist nicht so. Mike ist gefestigt, erfolgreich, selbstbewusst, liebevoll, kreativ und hat weder Probleme mit seiner Männlichkeit noch damit, seine Gefühle zu zeigen.

Ein Traummann eben. Auch wenn Kat was anderes sagt.

KAT

»Die Kunes will das Haus *noch* einmal sehen? Sie hat es sich schon *viermal* zeigen lassen! Einmal musste ich um fünf Uhr morgens aufstehen, weil sie sich überzeugen wollte, ob sie vom ostseitigen Balkon aus *wirklich* den Sonnenaufgang sehen kann!«

»Oh, Kat!« Carola sieht mich unter ihren frisch gestrafften Lidern hervor mitfühlend an. »Ich weiß. Ich hätte das wirklich *zu gern* für Sie übernommen. Aber ich kann nicht. Ich bin den ganzen Nachmittag beim Steuerberater.«

»Schon wieder? Diese Steuererklärung wird teurer als die Steuern.«

Wahrscheinlich ist Carola höchstens den halben Nachmittag beim Steuerberater. Es ist ja schließlich nur ein Jahresabschluss, den er fertig kriegen muss, nicht *Krieg und Frieden*. Danach hat meine Assistentin garantiert noch Zeit für Nagelstudio, Sonnenstudio und Figurstudio. Aber was soll's. Sie mag vielleicht eine vierundfünfzigjährige Tussi mit einer Neigung zu Schönheitsoperationen, Bleistiftabsätzen, Nahtstrumpfhosen und offenherzigen Tops sein – aber sie ist ein Lottogewinn am Telefon. Carola ist durch absolut nichts aus der Ruhe zu bringen. Ich habe sie mit unverändert höflicher Stimme innerhalb einer Stunde dreimal den Unterschied zwischen Brutto- und Nettomiete erklären hören.

Demselben Anrufer.

Sie bleibt gleichbleibend freundlich zu Nervensägen aller Kategorien. Sie hört geduldig den Schnorrern zu, die um den Preis eines Zweimannzelts den Buckingham Palace angeboten bekommen und sich beschweren, dass St. James' Park nicht im Preis mit drin ist.

»Imbach-Immobilien, einen wunderschönen Tag, was kann ich für Sie tun?« Carola neigt den Kopf und blickt mit großen, interessierten Augen vor sich hin, als könne der Anrufer sie sehen. »Ja, selbstverständlich kenne ich die genaue Adresse des Objekts.« Pause. Aha. Wieder einer von denen. Carola erkennt an einem nicht näher zu beschreibenden Flackern in der Stimme Spione unseriöser Immobilienbüros. Die wollen die genaue Adresse eines Objekts rauskriegen, um sich an den Besitzer heranzumachen und ihm anzubieten, es um die halbe Kaution zu verhökern.

»Sie möchten also gern einen Besichtigungstermin vereinbaren?«, fährt Carola mit einem so reizenden Tonfall fort, als wäre der Anrufer ihre innig geliebte Erbtante. »Ich kann Ihnen morgen elf Uhr oder um fünfzehn Uhr anbieten. Ich würde Sie dann an der Ecke … o bitte, gern. Es war mir eine Freude. Auf Wiederhören.« Das passiert ständig, und sie hat sich noch nie geirrt. Die von ihr als Spione Identifizierten beenden immer sofort das Gespräch, wenn sie die Adresse nicht ausplaudert. Ihr Schönheitsprogramm sei ihr also vergönnt. Meinetwegen auch während der Arbeitszeit.

»Sonst noch was außer der Kunes?«

»Um halb vier will ein Herr Nieberger die Coudenhove-Villa sehen.«

Das auch noch! Das hat sie absichtlich mir zugeschoben! Sie weiß, wie ich die Coudenhove-Villa hasse. Sie ist das ständig präsente Mahnmal meiner Selbstüberschätzung; ich hätte sie in Wahrheit niemals übernehmen dürfen. Diese Villa ist das schwarze Schaf unter meinen Objekten. Ich versuche bereits seit über einem Jahr, sie an den Mann zu bringen. Zweimal ist die Besitzerin schon mit dem Preis runtergegangen, aber dadurch ist sie nicht attraktiver geworden. Nicht die Besitzerin (obwohl es auf die auch zutrifft), sondern die Villa. Das Schönste daran ist unsere Anzeige: *Geräumige Architektenvilla, BJ76, 4SZ, zentrale Küche, romantisches Extrazimmer mit Gartenzugang, Wohnsalon, 2 Bäder, 1 WC, 1 Herrschaftstoilette; Garten mit altem Baumbestand.* Das Ding wurde von einem angeblichen Architekten gebaut, der es auch selbst bewohnte. Ich unterstelle dem Mann einen tief sitzenden Hang zur Selbstbestrafung. Es ist ein vollkommen reizloser grauer Bunker mit zu kleinen und zu wenigen Fenstern. Die Raumaufteilung ist schlicht schwachsinnig – unter anderem kann man keines der Schlafzimmer erreichen, ohne durch die Küche zu gehen *(zentrale Küche)*. Die Veranda im Wohnzimmer hat eine geschlossene Glasfront zum Garten, aber ohne Terrassentür. Der einzige Weg hinaus führt durch die Besenkammer neben der Küche *(romantisches Extrazimmer)*. Die Toilette im Erdgeschoss ist ein fünf

22

Meter langer und zwei Meter breiter Raum, braun gefliest *(Herrschaftstoilette)*. Wenn man nach einem Marathonmarsch durch deprimierendes Ocker/Marone-Mosaik endlich das WC erreicht hat, muss man unweigerlich wieder umdrehen, um zu checken, ob die Tür auch wirklich abgeschlossen ist. Ich habe noch nie eine so vollkommene Kombination von Hässlichkeit und Fehlplanung gesehen wie unter diesem Dach.

Ach ja, der *alte Baumbestand*: In dem verhältnismäßig kleinen Garten stehen drei riesige Tannen, die einander und dem Haus jegliches Sonnenlicht wegnehmen, was zusätzlich zum Charme des Anwesens beiträgt. Kurz gesagt: Das Ding ist absolut unverkäuflich, und ich hasse es, meine Zeit damit zu verschwenden. Ich bohre wütende Blicke in Carolas Rücken und will sie schon fragen, ob sie eigentlich mal überlegt hat, sich die Nasolabialfalte unterspritzen zu lassen. Zufällig weiß ich, dass sie dafür erst letzte Woche ein halbes Monatsgehalt auf dem Altar ihres Lieblings-Chirurgen geopfert hat.

Aber so grausam bin ich dann doch nicht – nicht einmal mit der Aussicht auf einen Besuch in der Coudenhove-Villa.

Ich seufze tief und nehme den Nachmittag in Angriff. Also zwei Termine noch. Napoleon wird ungeduldig werden. Napoleon ist sozusagen der Mann in meinem Leben. Er ist groß, dunkel und sehr kräftig. Seine wallende Mähne reicht fast bis zum Boden, und er steht auf Cornichons und Maiskolben. Er ist ein acht Jahre alter Friesenwallach, den ich selbst zugeritten habe.

Napoleon und Gwennie. Ein Freund zum Zuhören, eine Freundin zum Reden. Und ab und zu ein Typ für zwischendurch, schließlich will man nicht unbedingt auf Sex verzichten, nur weil man ansonsten männliche Gesellschaft recht entbehrlich findet.

Ich weiß gar nicht mehr, warum ich je geglaubt habe, einen Mann in meinem Leben zu brauchen. Maßlos überschätzte Spezies, finde ich.

Drei Stunden später bin ich endlich auf dem Weg zum Reitstall. Die Kunes wollte feststellen, ob man den als Hobbykeller für ihren Gatten geplanten Raum schalldicht auskleiden könne. Er ist in der Midlife-Crisis und hat sich gerade ein Schlagzeug gekauft. Was natürlich besser sei als etwa eine zwanzigjährige Blondine, daher wolle man Gott für kleine Gefälligkeiten dankbar sein und dem Mann seinen Spaß lassen, nicht wahr, was meinen Sie, Frau Imbach?

Wenigstens hat sie dann endlich unterschrieben. Halleluja! Und sie bedauert sehr, dass wir uns nun nicht mehr sehen werden, ob ich vielleicht Lust hätte, mal auf ein Tässchen Tee und ein Schwätzchen vorbeizuschauen? Um ein Haar hätte ich laut losgeschrien.

Der Coudenhove-Termin war noch schräger. Herr Nieberger. Ein Mann Mitte fünfzig, hager, mit Hut. Schreitet systematisch jeden Winkel dieses schrecklichen Baus ab, eine halbe Stunde lang, ohne auch nur ein einziges Wort zu sagen. Grüßt (wortloses Anheben des Hutes) und geht.

Na ja, Hauptsache, ich hab's hinter mir. Es ist Freitagabend, und Napoleon wartet. Es wird schon dämmrig, für einen Ausritt reicht es also nicht mehr, aber ich kann noch für eine Stunde mit ihm in die Halle, dann hat er ein bisschen Bewegung – und ich auch.

Er ist auf der Koppel und kommt mir sofort entgegengetrabt, als ich ihn rufe. Er ist einfach prachtvoll. Sein dunkles Fell glänzt (zumindest auf der Seite, mit der er nicht im Schlamm gelegen hat), seine Mähne schwingt bei jeder Bewegung – und wie er den Kopf hält! Mit dem warmen Gefühl, das bei diesem Anblick in mir aufsteigt, kann kein Mann konkurrieren. Der Stress des langen, mühsamen Tages fällt von mir ab.

»Na, mein Großer!«, begrüße ich ihn. In diesem Moment klingelt mein Handy, und ich *weiß* einfach, dass es nichts Gutes ist.

Ein Blick aufs Display. Gwennie. Einen Augenblick lang spiele ich mit dem Gedanken, das Handy einfach wieder in die Tasche zu werfen. Napoleon schnaubt ungeduldig, und ich tätschle ihm den kräftigen Hals.

»Dauert nicht lange, mein Süßer. Aber wir können doch Gwennie nicht hängen lassen, oder?« Napoleon schnaubt wieder, diesmal zustimmend, und ich hebe ab.

Gwennie schluchzt. Herzzerreißend. Ich weiß sofort, was los ist, lange bevor sie einen zusammenhängenden Satz herausbringt. Mike hat das Wochenende abgesagt. Und sie hat sich so viel davon erhofft. Blöder Scheißkerl. Hab ich eine Wut auf den Typen. Sie sind doch alle gleich, einer wie der andere.

»Lass ihn endlich sausen, Gwennie!«

»Aber (schluchz) ich liebe ihn doch!«

»Du bist todunglücklich, die ganze Zeit! Wirf ihn raus! Achtkantig! Jetzt! Sofort!«

»Aber (schluchz), es muss doch einen *Grund* geben, warum er so ist!«

»Ja, Schatz, es gibt einen Grund: er ist ein *Mann*. Und die guten sind ausgestorben. Wenn es sie überhaupt jemals gegeben hat. In dem Fall war Gary Cooper der letzte.«

»Aber (schluchz), vielleicht gibt es einen *anderen* Grund. Und ich muss ihm Zeit geben, sich zu *öffnen*.«

»Gwennie, Schatz ...«

»Vielleicht hat die Trennung von seiner Ex ihn so sehr verletzt, dass er nun Angst hat, sich *fallen zu lassen* ...«

»Gwen, hör auf, diese therapeutischen Bücher zu lesen!

Genauso gut könntest du Luftballonfiguren aus deinem Gehirn formen.«

»Vielleicht hat es mit seiner Mutter zu tun. Vielleicht musste er ihr am Totenbett versprechen, niemals zu heiraten.«

»Weil er auch im Jenseits nur Mamis Liebling sein darf. Ja, genau. Das ist es. Du hast das Geheimnis gelüftet.«

»Oder vielleicht ist es noch was Schlimmeres. Vielleicht hat er eine unheilbare Krankheit und will deshalb nicht, dass ich mich an ihn binde.«

»Gwen?«

»Ja?«

»Hör auf! Hör auf, deine Zeit zu verschwenden mit diesem verantwortungslosen, unzuverlässigen Idioten, der nur mit deinen Gefühlen spielt. Mike ist kein bisschen besser als die anderen. Er hat es nur geschafft, sich etwas länger zu verstellen.«

»Ich liebe ihn aber!«

»Der Satz kommt mir irgendwie bekannt vor.«

»Wenn doch nur Frau Laura wieder gesund wäre! Ich brauch so dringend ihren Rat!«

»*Ich* habe einen Rat für dich! LASS-IHN-SAUSEN!«

»Frau Laura hat immer irgendwas Tröstliches gesagt!«

»Für hundert Euro sagt dir jeder was Tröstliches!«

»Du nicht!«

»Nein, ich bin eine sadistische alte Hexe, die nicht mal für viel Geld was Nettes sagt. Deshalb magst du mich so.«

»Ach, Kat! Ich weiß ja, dass du mir nur helfen willst. Auf deine Art.«

»Hab ich es schon gesagt? Lass ihn sausen!«

»Mach's gut, Kat.«

»Lass ihn sausen!«

»Ich leg jetzt auf.«

»Ja. Und dann lass ihn sausen!«

Tuuut, tuut, tuut.

Mann, wie das nervt. Ich bin ihre beste Freundin, und sie hört einfach nicht auf mich. Wenn Frau Laura ihr sagen würde »Lass ihn sausen!«, dann müsste er sich aber beeilen, um noch rechtzeitig vor seiner Zahnbürste und seinem schottischen Whisky unten zu sein.

Frau Laura müsste man sein. Verdammt.

Etwas blinkt hinter meiner Stirn auf wie ein Lämpchen. Frau Laura müsste man sein! Genau!

Napoleon schubst mich ungeduldig, aber ich muss heute noch einen letzten Anruf tätigen, bevor ich das Handy endgültig abschalte.

»Carola, hallo, wo stör ich Sie denn? Im Sonnenstudio? Tut mir leid, aber es ist wichtig. Ich brauche unbedingt die Nummer dieser Freundin von Ihnen, die neulich da war … ja, die … genau. Hat sie derzeit eigentlich gerade ein Engagement? Nein. Super. Ich meine, vielleicht hab ich einen Job für sie. Okay. Danke. Schönen Abend noch, Carola.«

Wär ja noch schöner, wenn ich meiner besten Freundin nicht zu helfen wüsste.

GWENNIE

Sonntagabend. Na also. War ja gar nicht so schlimm. Ich hab das Wochenende überstanden.

Ich habe sogar drei ganze Kapitel von *Hohe Zinnen – lange Schatten* geschrieben. Baronin Richtfelsen intrigiert gegen Sophie, die schöne Dorflehrerin. Sie versucht, Sophie und ihren Sohn Vincent auseinanderzubringen, und der böse Plan scheint aufzugehen. Sie hetzt ihr einen gut aussehenden und gerissenen Anwalt auf den Hals, der behauptet, Vincent wolle Sophie um das Vermögen bringen, das ihr zusteht. Außerdem buhlt er mit teuflischem Charme um ihre Gunst, was die Baronin wiederum mit gespielter Besorgnis Vincent erzählt.

Ich bin darauf gekommen, dass Liebesromane (genau wie Liebesfilme) immer einem bestimmten Schema folgen, meine machen da keine Ausnahme. Es ist, grob gesagt, eine Gliederung in drei Teile. In Teil 1 spielen zumeist ein *Versprechen* und ein *Verrat* eine wichtige Rolle, wobei das Versprechen von Held oder Heldin gegeben wird, der Verrat aber auch von einer dritten Person ausgehen kann. Mit dem Verrat sind wir dann schon am Übergang zu Teil 2, den *Verwicklungen*, die sich so gestalten müssen, dass das Ende völlig offen bleibt. In Teil 3 heißt es dann: Auftritt *Schicksal*. Etwas geschieht, das jeden der Akteure zwingt, Farbe zu bekennen, und was zusammengehört, findet zusammen.

Ich bin momentan an jener Stelle, an dem das Verwirrspiel seinen Höhepunkt erreicht hat und man aufpassen muss, keinen der einander überkreuzenden Fäden aus den Augen zu verlieren. Ist der diabolische Anwalt vielleicht gar nicht so diabolisch? Spielt er das Spiel der Baronin nur mit, um Sophie beschützen zu können? Ist Vincent, der junge Baron, nur das unschuldige Opfer oder das willige Werkzeug der Intrigantin? Kann und will er den Reizen der ehrgeizigen Turnierreiterin Gilda von Gunnersbach widerstehen? Weiß er, dass ein Teil seines Vermögens eigentlich Sophie zusteht? Oder lässt seine Ränke schmiedende Mutter es nur so aussehen?

Noch ist alles möglich. Noch liegt in meiner Hand die Entscheidung, ob Sophie am Schluss den dunkelhaarigen Anwalt mit dem markanten Kinn oder den blonden Baron mit den sanften braunen Augen in die Arme schließen wird. Ob der lustige Butler die schrullige Schuldirektorin auf den Ball begleitet. Ob die Schuldirektorin, die für Sophie wie eine Mutter ist, auf dem Ball eine Herzattacke erleidet und an ihrem Krankenbett der eine oder andere sein wahres Gesicht zeigt. Ob in der Nacht ein Gewitter aufzieht, ein Blitz einen Baum fällt und dieser Baum auf ein fahrendes Auto stürzt, in dem ein geheimnisvoller Fremder gerade noch dem Tod entrinnt.

So viel Verantwortung!

Ob die Frauen, die im Bus auf dem Weg zur Arbeit, in der Mittagspause, am Sonntagnachmittag (wenn der Mann auf dem Fußballplatz ist) oder abends vor dem Einschlafen eins meiner Bücher aufschlagen, darin finden, was sie suchen, liegt einzig und allein bei mir. Und bis jetzt haben sie es offenbar gefunden – die Auflagen meiner Bücher sprechen, bei aller Bescheidenheit, für sich. *Romantik für Fortgeschrittene* habe ich auf Kats Rat hin schützen lassen. Die Reihe ist sozusagen mein Lebenswerk.

Was *Romantik für Fortgeschrittene* von anderen Liebesromanen unterscheidet? Das müsste man eigentlich meine Leserinnen fragen, aber ich glaube, die Antwort ist ganz einfach: Es ist der Witz. Meine Figuren lieben nicht weniger leidenschaftlich, hassen nicht weniger brennend und intrigieren nicht weniger heimtückisch als die in anderen Liebesromanen. Aber sie dürfen außerdem noch Humor haben. Und Sex natürlich. Nicht explizit, vulgär oder auch nur detailreich. Aber meine Charaktere sind keine Menschen ohne Unterleib. Das ist es eigentlich. Na gut, ich schmeichle mir auch, einen etwas anspruchsvolleren Stil zu haben als die Kolleginnen und Kollegen von der Kioskfraktion. Damit habe ich mir wohl auch verdient, dass meine Bücher einen liebevoll gestalteten, kartonierten Umschlag bekommen, statt eines Fotos zweier den Neunzigern entsprungenen Katalogmodels. Und natürlich schreibe ich die Dinger nicht am Fließband – es erscheinen zwei pro Jahr, nicht mehr und nicht weniger. Alle Faktoren zusammen bewirken offenbar, dass *Romantik für Fortgeschrittene* nicht verschämt im Wäscheschrank versteckt wird oder gleich nach der Lektüre im Frühzug unauffällig am Bahnhof im nächsten Altpapiercontainer landet.

Kat meint, ich hätte den salonfähigen Liebesroman erfunden. Und Kat hat meistens recht.

Drei Kapitel in zwei Tagen. Nicht schlecht. Herzschmerzen machen mich kreativ.

Ein Glück, dass ich wegen des anstehenden Kurztrips mit Mike schon vor dem Wochenende meine kleine Nichte Lucy gebeten habe, sich um Pegasus zu kümmern. Pegasus ist ein braun-weiß gescheckter Appaloosa, den ich vor vier Jahren einem Wanderzirkus abgekauft habe. Ich war damals gerade dabei, meinen ersten Bestseller zu schreiben – nur wusste ich natürlich noch nicht, dass es mal ein Bestseller werden würde. Er spielt im Zirkusmilieu, und ich besuchte zu Recherche-Zwecken die Vorstellung. Pegasus trat gemeinsam mit einem übergewichtigen Clown auf, der einen Cowboyhut trug. Der Clown kletterte auf verschiedenste Arten auf das Pferd, um dann immer wieder herunterzupurzeln. Ich glaube, der Blick, mit dem sich Pegasus zu dem Cowboyclown umdrehte, machte mich aufmerksam: intellektuelle Überlegenheit, gepaart mit Mitleid. Ich reite schon seit meiner Kindheit, hatte bis dahin aber noch nie ein eigenes Pferd, sondern war immer Mitreiterin gewesen. Mitreitgelegenheiten gibt es genug, die meisten Leute haben nur am Wochenende Zeit für ihre Pferde und überlassen es für einen Anteil am Einstell- und Futtergeld gern unter der Woche jemand anderem. Nun, jedenfalls war Cindy, mein letztes Mitreitpferd, zwei Monate zuvor fortgezogen, weil die Besitzerin geheiratet hatte. Ich vermisste Cindy zwar noch, aber über den ersten Trennungsschmerz war ich hinweg. Perfektes Timing also oder anders gesagt: Schicksal. Ich hatte einen Logenplatz direkt am Manegeneingang. Als er dem Clown nach der Nummer aus der Manege folgte, machte Pegasus eine kleine Bewegung mit dem Kopf zu mir her und pflückte mir sanft, aber entschieden die Papiertüte mit den gebrannten Mandeln aus der Hand.

Definitiv Schicksal, keine Frage. Wir waren füreinander bestimmt. Am nächsten Tag zog der Zirkus weiter, und Pegasus blieb. Ich borgte mir Kats alten Trailer und bekam die Box neben Napoleon, die zufällig drei Tage zuvor frei geworden war. Schon wieder Schicksal.

Kat schüttelte nur den Kopf. »Und wenn ein *Elefant* sich deine gebrannten Mandeln geholt hätte? «

Natürlich gab es in dem Zirkus gar keine Wildtiere. Und heute hat Pegasus keinen größeren Fan als Kat. Außer Napoleon natürlich, die beiden sind beste Kumpels. Napoleon ist der Stärkste und der Herdenanführer. Pegasus steht unter seinem persönlichen Schutz, womit er in der Rangordnung ganz nach oben katapultiert worden ist. Napoleon ist also der Held, der Kraftmeier, der Anführer. Pegasus dagegen ist der Intellektuelle. Die Schiebehaken, mit denen die Boxen verschlossen sind, kriegt er mit links auf. Die Kiste mit dem trockenen Brot steht gleich gegenüber, und der Sack mit den Karotten lagert in der unversperrten Futterkammer. Pegasus teilt gern: er öffnet auch Napoleons Box. Der Stallbursche hat den Haken schon zusätzlich mit einem Seil fixiert, aber Pegasus öffnet auch Knoten. Derzeit gibt es Überlegungen, die Futterkammer mit einem Schloss zu sichern. Ich bin schon neugierig, wie rasch Pegasus rauskriegt, wie man einen Schlüssel umdreht.

Mike war ein einziges Mal mit im Reitstall, ich wollte, dass die beiden sich kennenlernen. Dummerweise hat Mike Panik vor Pferden – er kriegt schon Schweißausbrüche, wenn er nur die Titelmelodie von *Black Beauty* hört. Ich musste ihn beinahe mit Gewalt an den Koppelzaun schleifen. Dort stand er dann und beobachtete, wie ich Pegasus begrüßte und abschmuste. Damit er sich nicht ausgeschlossen fühlte, hab ich mich einmal zu Mike umgedreht, um zwischendurch auch ein bisschen mit ihm zu schmusen. Pegasus missbilligte diese Umverteilung meiner Aufmerksamkeit offenbar, denn als Mike, von mir ermutigt, nahe an den Zaun herantrat, rammte er ihn mit dem Kopf so heftig, dass Mike das Gleichgewicht verlor und in einer noch dampfenden Portion Pferdeäpfel landete. Natürlich konnte es sein, dass Pegasus Mike zur Begrüßung nur liebevoll schubsen wollte. Um ehrlich zu sein, hab ich auch versucht, Mike davon zu überzeugen, dass es so war. Selbstverständlich hat er mir kein Wort geglaubt – was wiederum für *seinen* Intellekt spricht. Von da an war jedenfalls klar, dass der Reitstall kein Bereich war, auf den sich unsere Beziehung erstrecken würde.

»Aber mit mir schläft sie!«, brüllte Mike Pegasus aus sicherer Entfernung an, bevor wir ins Auto stiegen, um heimzufahren. Der Stallbursche und eine Reitergruppe, die gerade von einem Ausritt zurückkam, lauschten interessiert.

Pegasus musterte Mike kühl, wobei sein Blick ganz offenkundig besonders lange an der rosafarbenen Jogginghose hängen blieb, dem einzigen Ersatz für die pferdemistverschmierten Jeans, den wir im Auto finden konnten. Dann wandte er Mike das Hinterteil zu.

Und ich verbrachte den späteren Abend damit, Mike zu beweisen, dass ich genügend Energie für ein Pferd und einen Mann hatte.

Das waren noch Zeiten. Kein Date ohne anschließenden Sex. Kein Sex ohne unmittelbar darauf folgendes nächstes Date.

Und jetzt? Das letzte Date ist über eine Woche her, und danach musste er nach Hause,»weil die Putzfrau in der Früh kommt«. Immerhin hat er heute schon zweimal angerufen. Er bereitet mit dem Kreativteam eine Präsentation für irgendeinen wichtigen Kunden vor. Die ist am Montag, anschließend Nachbesprechung. Am Abend wird er zu kaputt sein, um noch was zu unternehmen, aber das macht nichts: Ich treff mich mit Kat zu einem unserer Kino- und Cocktail-Dates. Dienstag hat er seinen Squash-Abend, und Mittwoch wollen wir uns dann endlich sehen. Er hatte eindeutig ein schlechtes Gewissen wegen des Wochenendes. Alles wird gut, ganz bestimmt. Ich muss nur Geduld haben.

»War der Film nicht einfach …«

»… rührselig, unglaubwürdig und viel zu lang? Ja, definitiv.«

»Ach Kat, du hast echt keine romantische Faser im Leib. Ich bin wahrscheinlich die einzige Frau auf der Welt, die mit ihrer besten Freundin keine Mädchenfilme ansehen kann.«

»Diese sogenannten Mädchenfilme vernebeln dir nur den Blick für die Realität.«

»Ach was. Sie machen mich einfach fröhlich!«

»Deshalb hast du also während der ganzen zweiten Hälfte geheult?«

»Ja, genau. Vor lauter Glück. Und weil ich auch so ein Happy End will.«

»So ein Happy End gibt's aber im wirklichen Leben nicht.«

»Gibt es wohl! Was ist mit meiner Schwester und Piet?«

»O bitte: Piet ist mit seinem Sofa verheiratet und betrügt es höchstens mit dem Fernseher. Und Natalie beschwert sich dauernd darüber.«

»Ach was. Er liebt sie abgöttisch!«

»Ja, weil sie ab und zu mit Bier und Chips vorbeikommt.«

»Zynikerin!«

»Klischeeklopferin!«

Wir lachen beide. Kat lacht leise, ich lache laut. Ich fand das immer schon witzig. Kat ist eine große Frau, fast einsachtzig. Sie selbst findet sich »auf interessante Art hässlich«, das ist natürlich gelogen. Sie ist eher grobknochig, flachbusig und breithüftig, das stimmt. Aber sie hat wunderschönes dunkles, gewelltes Haar, strahlend grüne Augen und einen hübschen, wenn auch ziemlich breiten Mund mit unglaublich vielen weißen Zähnen. Und aus dem kommt ihr kehliges, leises Lachen, das irgendwie nicht zu ihrer beeindruckenden großen Erscheinung passt.

Dafür hat man mir wiederholt gesagt, dass mein Lachen aus einem voll besetzten Theater herauszuhören ist. Ich bin nur einsfünfundsechzig, sehe also neben Kat aus wie eine Setzkastenfigur, meine Haare sind rot und gelockt, was alle anderen toll finden und mich in den Wahnsinn treibt. Alle glatthaarigen Frauen scheinen zu glauben, wir Lockigen entsteigen des Morgens den Federn und müssen unsere glänzende Pracht nur einmal lasziv schütteln, um wie eine wandelnde Haarpflege-Reklame auszusehen. Dass diese elenden Locken struppig werden, in alle Richtungen stehen, sich verfilzen und im Sommer einfach schrecklich heiß sind, das hält jeder für kokette Übertreibung. Wenn ich Stunden beim Friseur verbringe, um sie glätten zu lassen und endlich mal gepflegt auszusehen, fragt mich jeder, warum ich meinen »herrlichen Naturlocken« das bloß antue. Ich habe sehr helle Haut, die unglaublich schnell Sonnenbrand kriegt, und blaue Augen. Kat meint, ich sehe aus wie eine etwas ländliche, kleinere Version von Nicole Kidman mit vermindertem Elfenfaktor. Damit meint sie, dass meine Kleider obenrum ausgefüllt sind und meine Jeans ordentlich sitzen.

Die Leute an den benachbarten Tischen drehen sich zu uns um, die übliche Reaktion auf mein Lachen, wir beachten das gar nicht mehr.

»Rat mal, wo ich heute war«, sagt Kat und schaut mich erwartungsvoll an.

»Bei Quentin Tarantino. Du kriegst die Hauptrolle im nächsten *Kill-Bill*-Film.«

»Nein, es wird dich aus den Schuhen hauen, wenn ich es dir sage: Ich war bei einer Wahrsagerin.«

Ich starre sie ungläubig an.

»Du? Bei einer Wahrsagerin?«

»Ich. Bei einer Wahrsagerin.« Sie genießt es ganz offensichtlich, dass es mich tatsächlich aus den Schuhen haut. Immerhin ist sie die Frau, die mir ungezählte Vorträge darüber gehalten hat, dass diese sogenannten Wahrsager, Hellseher und »medialen Lebensberater« nichts als Scharlatane sind, die leichtgläubigen, labilen Menschen wie mir das Geld aus der Tasche ziehen. Die uns immer das erzählen, was wir hören wollen, wofür wir Dumpfbacken gern und wiederholt tief in die Tasche greifen. Nach einer solchen Sitzung gehen wir hinaus in die Welt und biegen uns die Wirklichkeit so lange zurecht, bis sie irgendwie, auf irgendeine Art der Vorhersage entspricht.

Also alles Betrug mit nachfolgender Nötigung zum Selbstbetrug.

Kat hat sich offenbar genug in der Wirkung gesonnt, die dieses Eingeständnis auf mich hat. Sie grinst.

»Mach den Mund wieder zu! Ich war nur die Begleitperson. Carola hat erstmals einen Termin bei so einer Tante ausgemacht und wollte nicht allein hingehen. Und du weißt, für meine Frau am Telefon tu ich fast alles.«

»Wie heißt die Hellseherin denn? Vielleicht kenn ich sie ja.«

Ich habe einige ausprobiert, bevor ich schließlich bei Frau Laura einen sicheren übersinnlichen Hafen gefunden habe.

»Glaub ich kaum. Sie kommt aus Prag oder Budapest oder was weiß ich und ist noch nicht lange hier. Sie hat so eine Art Künstlernamen, nach einer keltischen Göttin. Hab ihn mir aber nicht gemerkt.«

»Und …? Wie war's?«

»Genauso lächerlich, wie ich's mir vorgestellt hatte. Zuerst hat sie Carola jede Menge Kram erzählt: dass sie sich verloben und bald heiraten wird …«

»Sich verloben heißt *noch lange nicht*, dass man bald heiraten wird«, gebe ich zu bedenken und werfe einen selbstmitleidigen Blick auf meinen Ringfinger.

»Hörst du mir überhaupt zu? Ich meine, wie wahrscheinlich ist es, dass Carola sich verloben und heiraten wird? Sie teilt ihre Zeit zwischen dem Büro und diversen Schönheitsinstituten auf. Und abends sitzt sie zu Hause, isst Diätfertigmahlzeiten und sieht sich die viertausendste Folge von *Reich und Schön* an! Und sie ist vierundfünfzig.«

»Das ist politisch äußerst unkorrekt! Was hat das Alter mit ihren Chancen zu tun?«

»O bitte, Gwennie, kannst du *einmal* realistisch sein? Einmal nur?«

»Ich frage mich nur, warum Frauen über fünfzig sich nicht verlieben sollen. Immerhin gibt es ja auch Männer über fünfzig.«

»Die sich bekanntlich Frauen unter zwanzig suchen.«

»Aber Carola achtet sehr auf ihr Äußeres.«

»Das ist schon lange nicht mehr *ihr* Äußeres.«

»Nana. Lass der Frau doch ihren Spaß!« So kenn ich Kat gar nicht. Sie ist zwar zynisch, aber sonst auch eine bedingungslose Vertreterin von Toleranz. Offenbar nervt es sie, dass ich ihr nicht sofort zugestimmt habe, wie unglaublich unwahrscheinlich Carolas Aussichten auf eine Hochzeit sind.

»Wie hat Carola auf diese Ankündigung eigentlich reagiert?«

Kat zuckt mit den Schultern. »Oh, du kennst sie ja. Carola bringt nichts so leicht aus der Ruhe. Jedenfalls hat sie nicht hysterisch losgekreischt, wenn du das meinst.«

»Sie war also nicht überrascht? Na, vielleicht gibt es einen Lover mit ernsten Absichten, von dem du nichts weißt. Das schmerzt dich jetzt vielleicht, aber du bist nicht gerade der klassische Kummerkastentyp.«

»Na gut, wenn die Ankündigung von Carolas Verehelichung noch nicht reicht, um dich zu überzeugen, dass die Frau eine Schwindlerin ist, dann hab ich noch was Besseres für dich. Als sie mit Carola fertig ist, dreht sie sich zu mir, schaut mir durchdringend in die Augen und sagt: ›Sie werden das Haus verkaufen!‹«

»Aber du verkaufst doch dauernd Häuser!«

»Genau das hab ich ihr natürlich auch gesagt. Und nachdem Carola ihr schon bei der Begrüßung erzählt hatte, dass ich ihre Chefin bin und sie in einem Immobilienbüro arbeitet, war das ein ziemlich ärmlicher Versuch, einen Treffer zu landen. Aber dann war sie natürlich gezwungen, zu präzisieren …«

»Und, hat sie?«

»Ja, sie hat gesagt, ich würde das Haus verkaufen, das

ich zuletzt einem Kunden gezeigt hätte. Und rat mal, welches das war.«

»Kat, ich kenn doch nicht alle deine Objekte!«

»Dieses kennst du schon. Ich hab's dir schon vor einem halben Jahr gezeigt. Du hast gemeint, wenn du jemals einen Horrorroman schreibst, wird das die Location für die Verfilmung.«

Ich starre sie entgeistert an. Dieser schreckliche Betonbunker, in dem schon ein Gang zur Toilette Suizidgedanken wecken kann?

»Die Coudenhove-Villa? Sie hat gesagt, du verkaufst die Coudenhove-Villa?«

Kat grinst diabolisch. »Exakt.«

»Das beweist allerdings eindeutig, dass diese Frau als spirituelle Wegweiserin nicht ernst zu nehmen ist.«

»Sie sind *allesamt* nicht ernst zu nehmen.«

»Ach was! Es gibt in jeder Branche Betrüger. Und unter den Immobilienheinis wahrscheinlich nicht weniger als unter den Esoterikern.«

Das hat gesessen. Immerhin beklagt sie sich selbst dauernd über die verbrecherische Konkurrenz.

»Du bist unverbesserlich. Lass uns über was anderes reden, in Ordnung? Was ist mit deinem schönen Stalker?«

Also, der Mann ist natürlich kein Stalker. Das ist nur wieder Kats angeborenes Misstrauen. Gegenüber ist vor ein paar Monaten dieser unwahrscheinlich gut aussehende Typ eingezogen. Groß, athletisch, dunkelbraune Augen, ein unglaublich weißes Lächeln, dichtes silbergrau-meliertes Haupthaar, obwohl er dafür eigentlich zu jung sein müsste, sehr sexy. Und das Komische ist: Schon als ich ihn das erste Mal aus seiner Haustür kommen sah, kam er mir irgendwie bekannt vor. Keine Ahnung, wie er heißt oder was er macht. Aber er sieht immer absolut lässig und super gepflegt aus. Und na ja, nicht, dass ich was drauf gäbe, denn ich habe ja Mike, aber dieser griechische Gott scheint auf mich abzufahren. Vielleicht ist es ja auch nur ein Zufall, dass er fast immer gerade aus dem Haus kommt, wenn ich unten in mein Auto steige. Dass ich ihn mindestens zwei-, dreimal pro Woche bei Herta treffe, wo ich meine Zeitschriften, meine Süßigkeiten und meinen Prosecco kaufe – alles viel teurer als im Supermarkt, natürlich, aber Herta ist so ein Schatz und ihr Laden ein richtiger Treffpunkt. Sie wohnt gleich über dem Geschäft, und wenn ich sonntags um halb zehn am Abend eine passable Flasche Rotwein oder eine Tafel Schokolade brauche, dann ruf ich sie einfach an, und sie geht runter in den Laden und berechnet weniger Zuschlag als die Apotheke. Und alle Substanzen, die auch nur eine annähernd so stimmungsaufhellende Wirkung auf mich haben wie ein guter Merlot oder eine Tafel Edelzartbitter, sind außerdem verschreibungspflichtig. Da Herta sowieso zu den unmöglichsten Zeiten mit ihrem Mops rausmuss, weil der ihr sonst in die Topfpflanzen pisst, hat sie auch keinerlei Problem mit spätabendlichem Suchtverhalten.

Aber zurück zu dem schönen Unbekannten. Nicht genug damit, dass ich ihn dauernd zufällig treffe, er lächelt mich auch immer an. So ein bewunderndes, beinahe ehrfürchtiges Lächeln, aber mit einem kleinen, sehr vielversprechenden Bad-Boy-Zwinkern darin. Und vermutlich ist er genau das: ein Bad Boy. Und weil ich bei Bad Boys immer schwach werde, hätte ich ihm bestimmt eine Chance zu viel gegeben, wenn, ja, wenn sein Timing nicht so schlecht gewesen wäre. Als er mich das erste Mal anlächelte, war ich gerade seit ein paar Wochen mit Mike zusammen, und der Himmel hing voller Panflöten und Triangeln.

»Heute Morgen bei Herta hat er mir eine Blume geschenkt«, erzähle ich Kat. »Stell dir vor, er überreicht mir wortlos eine wunderschöne dunkelrote Tulpe, mit so einer kleinen Verbeugung, und dann geht er einfach wieder. Hat mein Romantikdefizit ein bisschen ausgeglichen.«

»Eine Tulpe?!«

»Ja, komisch, nicht? Er kann doch unmöglich wissen, dass Tulpen meine Lieblingsblumen sind.«

»Außer, er ist ein irrer Serienmörder. Die wissen so was immer.«

»Wenn es dich beruhigt: Er hat nicht versucht, mich mit der Tulpe zu erschlagen.«

»Trotzdem«, meint Kat misstrauisch. »Pass bloß auf!«

Um Kat von ihren düsteren Spekulationen abzulenken, erzähle ich ihr von den Fortschritten bei meinem neuen Roman, den sie natürlich, wie alle vorangegangenen Romane auch, als Allererste lesen wird. Kat ist meine Testleserin, meine erste und oberste Instanz. Eben weil sie nicht der Prototyp der Liebesromane verschlingenden Hausfrau ist, bedeutet mir ihr Urteil so viel. Sie sieht die Geschichten als Märchen für Erwachsene – was sie ja irgendwie auch sind. Das Happy End, die Leidenschaft und eine Dosis Schmalz nimmt sie in Kauf, wenn das Verhältnis zu den Pointen stimmt. Ich vertraue ihrem Urteil voll und ganz.

Was wäre ich ohne meine beste Freundin.

KAT

Ich bin mit meiner Vorbereitungsarbeit sehr zufrieden. Nicht umsonst wurde ich bei Schultheateraufführungen immer lobend erwähnt. Ich finde, ich habe die

Geschichte mit der Wahrsagerin sehr gut rübergebracht. Und ich habe es geschafft, Mike aus der ganzen Unterhaltung rauszulassen, sodass da gar keine gedankliche Verbindung entstehen kann.

Natürlich rufe ich Gwennie gleich am Dienstagvormittag an, um den zweiten Akt an die Frau zu bringen. Carola habe ich notgedrungen eingeweiht – immerhin ist die »Wahrsagerin« eine Bekannte von ihr –, aber trotzdem gehe ich zum Telefonieren auf den kleinen Balkon hinaus.

»Also, ich erzähle das echt nicht gern, weil ich mir wahrscheinlich jahrelang deine spitzen Bemerkungen gefallen lassen muss ...«

Gwennie lacht. »Das klingt gut. Raus damit!«

»Du wirst deinen Triumph vollkommen würdelos auskosten, bis wir beide alt und grau sind und ich dich irgendwann aus Verzweiflung von der Parkbank vor dem Altersheim schubsen muss ... was natürlich ein erhebliches gesundheitliches Risiko für dich darstellt ... immerhin brechen sich alte Leute so leicht was, und man weiß ja, dass sie sich dann nur schwer erholen.«

Ein weiterer Lacher.

»Das Risiko geh ich ein. Jetzt sag schon endlich!«

»Carola hat sich verlobt. Mit dem Steuerberater. Die Paarungspräliminarien hab ich also kräftig mitfinanziert.«

Kurze Pause. Dann lacht sie so laut heraus, dass ich den Hörer vom Ohr weghalten muss.

»Nur, damit das klar ist: Wir reden hier von der Vierundfünfzigjährigen, die unmöglich einen Mann kriegen kann.«

»Bevor du dich daran festbeißt – das ist noch nicht alles.«

»Besser kann's kaum werden.«

»Wart's ab: Ich habe vor einer halben Stunde die Coudenhove-Villa verkauft.«

Gwennie bleibt für zwei Sekunden die Luft weg.

»Gib mir sofort ihre Nummer, bitte, Kat, jetzt sofort!«

»Es ist ein ER, Mitte fünfzig, hager, Hutträger. Ich glaube kaum, dass er dein Typ ist …«

Gwennie wird vor lauter Ungeduld beinahe böse.

»Nicht *seine* Nummer, die Nummer der Wahrsagerin natürlich! Kat, die Frau ist eine Offenbarung! Die schickt mir der Himmel! Das ist Schicksal, dass gerade du, meine ungläubige beste Freundin, über ein echtes Medium stolperst. Ich brauche sofort einen Termin bei ihr, am besten vorgestern!«

Sie ist total aus dem Häuschen, wie erwartet. Ich darf jetzt auf keinen Fall aus der Rolle fallen.

»O bitte, Gwennie, nicht doch! Ich hätte es dir gar nicht erzählen sollen, das ist einfach nur eine Verkettung von Zufällen …«

»Kat – die Nummer! Jetzt! Das ist mein voller Ernst!«

Ich seufze.

»Jaja, ist schon gut. Carola hat's aufgeschrieben. Sie nennt sich Karnuntina, was ich eher albern und melodramatisch …«

»Kat!!!!«

»Also die Nummer – aber sie scheint ziemlich ausgebucht zu sein. Carola hat zwei Monate auf einen Termin gewartet.«

»Umso schneller musst du mir die Nummer geben, Himmel noch mal!«

Ich nenne ihr die Nummer. Zufällig wird bei Karnuntina, die sonst über Monate hinweg ausgebucht ist, gerade ein Termin frei werden, was Gwennie natürlich beweisen wird, dass das Schicksal die Hand im Spiel hat.

Als ich wieder hineingehe und mich an meinen Schreibtisch setze, erschauere ich selbst für einen Moment ehrfürchtig vor mir und meinem genialen Plan. Endlich mal wird Gwennies Aberglaube sich positiv auf ihr Leben auswirken. Sie wird Mike in die Wüste schicken, wie er's verdient hat, und sie wird es mit einem guten Gefühl tun, weil das Schicksal es so bestimmt hat. Mit etwas Glück verkürzt das Schicksal so auch die Trauerphase. Und selbst wenn nicht – ich halte es mit meiner Großmutter und gebe dem Ende mit Schrecken den Vorzug.

Vor mir liegt der unterschriebene Kaufvertrag für die Coudenhove-Villa, und ich habe allen Grund, mich wirklich gut zu fühlen.

Jaja, schon klar. Ich mische mich in Gwennies Leben ein, vielleicht mehr, als es selbst eine allerbeste Freundin tun darf. Aber sie weiß einfach nicht, was gut für sie ist. Und ich will nicht, dass sie ihre Lebenszeit weiterhin mit diesem Typ vergeudet, denn dafür ist mir Gwennie echt zu schade.

Carola sollte eigentlich Papierkram erledigen, stattdessen sendet sie missbilligende Schwingungen aus.

»Hören Sie auf, mich so anzusehen, Carola!«, murmle ich, ohne den Blick von dem Kaufvertrag zu heben. »Verzweifelte Situationen erfordern verzweifelte Maßnahmen.«

»Ich meine ja nur …«, sagt Carola und legt eine bedeutungsschwangere Pause ein.

Ich halte ziemlich lange durch, wirklich. Ich tue so, als wäre das keine Pause, sondern als hätte Carola ihren Satz abgeschlossen und basta. Nachdem ich den ersten Absatz des Vertrags dreimal gelesen habe, muss ich wieder einmal erkennen, dass sie von uns beiden die Geduldigere ist.

»Was denn, Carola?«, frage ich also, ergeben seufzend.

»Ich meine ja nur, Sie sollten sich vielleicht mal um Ihr eigenes Liebesleben kümmern«, vollendet Carola zufrieden den Satz.

Ihre gepflegten Finger mit den french manikürten, gelüberzogenen Nägeln rücken das Buch zurecht, das seit ein paar Tagen auf ihrem Schreibtisch liegt: *Tantrisches Yoga für die Mitte des Lebens.* Mir kommen Bilder von Carola und Clemens Schön, dem Steuerberater, und ich versuche sie durch heftiges Kopfschütteln zu vertreiben.

»Mein Liebesleben läuft perfekt«, knurre ich sie an.

»Sie haben überhaupt kein Liebesleben, das diesen Namen verdient«, stellt Carola sachlich fest. »Und Sie werden auch keins haben, solange Sie sich nicht *öffnen.*«

Hat sie sich mit Gwennie abgesprochen? Dieser Satz könnte von ihr stammen. Warum glauben eigentlich alle, dass man sich permanent *öffnen* muss? Ich lebe seit fünf Jahren ungeöffnet und war noch nie so zufrieden.

»Es ist nämlich nie zu spät«, fügt Carola in diesem milde mahnenden Tonfall hinzu.

Sie müssen es ja wissen, hätte ich sie beinahe angezischt, halte mich aber gerade noch zurück und atme stattdessen tief durch.

Nur noch ein paar Anrufe erledigen, dann gehört der Rest des Tages Napoleon. Ich lasse also Carolas Schwingungen von mir abprallen und greife zum Telefon.

Als ich vor dem Stall einparke, kommt mir Lucy entgegen, Gwennies Nichte. Sie ist elf, vollkommen pferdeverrückt und verbringt jede freie Minute im Stall.

»Wir haben ein neues Pferd!«, ruft sie aufgeregt, »eine Lipizzanerstute. Voll geil.«

Na toll. Genau das wird Napoleon auch finden und sich wieder wochenlang aufführen wie ein Fruchtbarkeitsgott beim Schaulaufen. Kaum hab ich das gedacht, höre ich von der Koppel Napoleons wohlbekannte »Wilder-Mann«-Geräusche.

»Einer sollte ihm mal erklären, dass er ein Wallach ist«, meint Lucy mit gerunzelter Stirn.

»So was hören Männer nicht gern«, antworte ich, und Lucy lacht. Sie hat Deckhengste in Aktion gesehen. Sie hat mitgekriegt, wie Stuten sich gebärden können, wenn sie rossig sind. Sie hat zugesehen, wie Fohlen auf die Welt kommen. Sie weiß genug über Sex, um auf die Welt da draußen vorbereitet zu sein, auch wenn sie in ihrem Leben kein einziges *Bravo*-Heft liest.

Wir gehen nebeneinander durch die leere Stallgasse, die Pferde sind um diese Zeit alle draußen. Neben der Koppel im Dressurviereck ist eine Reitstunde im Gang – ein etwas korpulenter Mann auf einer absolut hinreißenden weißen Stute. Napoleon hat sich ganz dicht am Zaun aufgebaut, bebende Flanken, zitternde Nüstern, die lange schwarze Mähne sachte im Wind wehend.

»Angeber«, lacht Lucy.

»Ich kann ihn verstehen«, sage ich und folge mit den Augen bewundernd der Stute. Der Gang und die Neigung des Kopfs – Wahnsinn! »Sie ist ein Traum.«

»Ja, nur der Typ drauf stört etwas«, meint Lucy trocken. »Ich muss dann los. Siehst du Gwennie heute?«

»Wir telefonieren sicher noch. Wieso?«

»Sag ihr, sie muss getrocknete Feigen besorgen.«

»Für Pegasus?«, frage ich verblüfft. »Ich wusste gar nicht, dass er so was mag.«

»Frau Meixner auch nicht. Sonst hätte sie sie nicht so provokant aus ihrer Handtasche gucken lassen.«

Lucy verwendet Fremdwörter mit weit größerer Selbstverständlichkeit als andere Elfjährige. Na ja, ihre Mutter ist Deutschlehrerin, und ihre Tante schreibt Bücher – sie ist vorbelastet. Als sie vier war, hat sie einmal eine Unterhaltung zwischen Gwennie und mir unterbrochen mit den

Worten: »Hast du das eben *ironisch* gemeint?« Ich wundere mich also weniger über die Wortwahl als über Pegasus' Delikt.

»Er hat die Feigen aus ihrer *Handtasche* geklaut?«

»Ja, als sie sich von Foxy verabschiedet hat. Dann hat er sie brüderlich mit Napoleon geteilt, wie immer.«

»Diese Freundschaft ist nicht gut für Napoleons Figur«, seufze ich.

»Oh, wenn er so weitermacht, verbrennt er jede Menge Kalorien«, meint Lucy achselzuckend.

Napoleon galoppiert jetzt am Zaun entlang, die Herde weicht respektvoll zurück. Pegasus steht etwas abseits und beobachtet seinen Kumpel. Als er den Kopf schüttelt, um ein paar Frühlingsfliegen zu vertreiben, wirkt das wie eine Geste nachsichtiger Überlegenheit.

»Also tschüss dann«, sagt Lucy.

»Tschüss, mach's gut.«

»Und viel Spaß mit deinem feurigen Casanova!«, ruft sie grinsend über die Schulter zurück.

»Na warte, in nicht allzu ferner Zukunft werde ich *dir* das wünschen!«, rufe ich ihr nach. »Denk an meine Worte!«

Natürlich ignoriert Napoleon mich zunächst, als ich mit dem Führstrick auf die Koppel komme. Er tänzelt und plustert sich auf und tut schrecklich wichtig. Zum Glück ist die Reitstunde nebenan gerade zu Ende, und die weiße Stute mit dem kräftigen Herrn drauf wendet sich zum Gatter. Sylvia, die Reitlehrerin, öffnet das Tor für die beiden, und nun sieht Napoleon seine Chance, mit meiner Hilfe näher an das Objekt seiner Begierde heranzukommen, und lässt mich den Führstrick am Halfter einhaken.

»Hallo«, sagt der Typ von seinem Prinzessinnenpferd herunter, als ich Napoleon hinausführe.

»Hallo«, antworte ich. Vermutlich wäre es höflich, nicht so zweisilbig zu sein. Und ich wüsste auch gern mehr über sein atemberaubendes Pferd – aber ich habe auch nicht die Absicht, mich bei der Konversation zu überanstrengen. »Neu hier?«, frage ich also.

»Ja«, strahlt er mich vollkommen unangemessen begeistert an. »Brandneu, sozusagen. Den zweiten Tag hier. Mein Name ist Posautz, Victor Posautz.«

Herr Posautz hat wohl zu viele Doppelnull-Agentenfilme gesehen.

»Und mein Name ist Imbach, Kathrin Imbach«, antworte ich ihm todernst und füge aus gegebenem Anlass hinzu: »Und das, was hier so würdelos zerrt, um an Ihre Stute heranzukommen, ist Napoleon.« Ich lasse den Strick locker, weil ich ohnedies keine Chance habe, und jetzt, da er freie Bahn hätte, ist Napoleon auf einmal richtig schüchtern und beschnüffelt die weiße Lady ehrfurchtsvoll.

Ihr Reiter tippt an den Helm, deutet eine Verbeugung an. »Freut mich außerordentlich«, sagt er. »Dies ist Lorelai. Das heißt, eigentlich heißt sie Eloisia Manifesta, aber Lorelai gefiel mir besser.«

»Verstehe. Nach der Nixe?«

»Nein, nach Lorelai Gilmore von den *Gilmore Girls*.«

Ich muss ihn ziemlich verwirrt angestarrt haben. Ich meine – die *Gilmore Girls*? Gwennie liebt sie, und das sagt eigentlich schon alles. Nicht unwitzig, das Ganze, aber definitiv Mädchenkost.

»Meine Therapeutin hat mir die Serie empfohlen, um an mein inneres Yin heranzukommen.«

»Ihr Yin? Sie meinen Yin wie Yang?«

Er nickt ernsthaft. »Genau. Weil ein Mann eine Frau nicht verstehen kann, solange er sich nicht auf seine weibliche Seite einlässt. Umgekehrt kann eine Frau einen Mann auch nur dann verstehen, wenn sie sich auf ihr inneres Yang einlässt.«

»Klingt absolut einleuchtend.«

»Wenn sie sich stattdessen auf ihren Sambalehrer einlässt, ist das ihrer Ehe allerdings zuweilen abträglich. Erstaunlicherweise aber nicht ihrer wirtschaftlichen Situation. Sie bekommt dann mit etwas Glück das Sorgerecht für das Haus, den Hund, den Mercedes und die Villa auf Mallorca.«

Whhooooa, halt! Womit hab ich denn diesen Informations-Tsunami ausgelöst?

Er unterbricht sich und wird rot.»Entschuldigen Sie. So genau wollten Sie es vermutlich gar nicht wissen, oder?«

»Zuerst nicht. Aber jetzt trage ich mich mit dem Gedanken, Ihre Biografie zu schreiben.«

»Tut mir leid. Daran ist auch die Therapeutin schuld. Sie sagt, ich muss lernen, mich zu öffnen.«

Da sieht man, wohin so was führt!

Er lächelt ein bisschen verunsichert.»Aber ich scheine noch Probleme mit der Dosierung zu haben.«

Eine untreue Sambatänzerin und eine fehlgeleitete Therapeutin: Der Mann ist gleich doppelt an die falsche Frau geraten. Ich entwickle, ganz untypisch für mich, so was wie Mitgefühl für ihn und sehe ihn mir erstmals genauer an. Lange gerade Nase, hübscher Mund, helle, lebhafte Augen in einem eher runden Gesicht. Wenig Haare, nach dem zu urteilen, was ich unter dem Helm nicht hervorlugen sehe. Er ist eigentlich gar nicht richtig dick, immerhin sind die Schultern breiter als die Hüften – ein Waschbrett sucht man unter dem dunkelgrauen Polohemd allerdings ziemlich sicher vergebens. Gesamturteil: Irgendwie nett, aber so was von Nicht-mein-Typ.

Es wird langsam anstrengend, zu ihm hinaufzuschauen.

»Wollen Sie nicht irgendwann absteigen?«, frage ich ihn also.

»Eigentlich nicht.«

»Bitte?«

»Na ja, ich befürchte, dass ich dann nicht mehr größer bin als Sie, und meine Therapeutin meint, ich soll möglichst nur das tun, was gut für mein Selbstwertgefühl ist.«

»Ich verstehe.« Der Mann amüsiert mich, ich nehme also Nackenschmerzen in Kauf und plaudere weiter. »Erlaubt Ihre Therapeutin Ihnen, einer fremden weiblichen Person zu erzählen, wie lange Sie schon reiten?«

Er überlegt kurz. »Ja, ich denke, das lässt sich mit meinen Erste-Hilfe-Richtlinien vereinbaren.« Ein leises Grinsen seinerseits lässt darauf schließen, dass er das Ganze wenigstens nicht zu *hundert* Prozent ernst nimmt. »Ich fange gerade wieder damit an, nach dreißig Jahren Pause.«

»Auch eine Empfehlung Ihrer Therapeutin, nehme ich an?« *(Was möchte denn Ihr inneres Kind? Ein Pony, ein Pony!)*

»Indirekt. Sie hat gemeint, ich soll mich in Spontaneität üben. Lorelai war ein Streitobjekt zwischen einem Klienten und seiner zukünftigen Exfrau. Sie sollte schließlich versteigert werden. Lorelai, nicht die Exfrau – ich war als Rechtsberater dabei und habe mich verliebt, auf den ersten Blick. Wiederum in Lorelai, nicht in die Exfrau.« Seine Augen wandern zu Lorelai, und er streicht ihr fast ehrfürchtig über den Hals. »Natürlich ist sie viel zu schön für mich.«

Genau das hab ich auch gerade gedacht. Aber von ihm überrascht mich diese Feststellung doch ein wenig. Und zuzugeben, er habe sich in ein Pferd »verliebt«! Gegen meinen Willen steigen meine Sympathien für den Mann.

»Napoleon ist wirklich imposant«, sagt Victor Posautz nun auch noch, und er scheint ernsthaft beeindruckt von meinem Friesen. Meine Schwachstelle! Wann immer jemand Napoleon lobt, explodiert ein kleines Glücksfeuerwerk in meiner Magengegend, und ich schalte auf Taustufe.

»Ja«, lache ich stolz. »Er ist auch viel zu schön für mich.«

»Keine Spur«, sagt der Mann ernst. »Ich würde sagen, Sie sind beide gleich hinreißend. Fänden Sie es verfrüht, wenn ich Sie bäte, mit mir essen zu gehen? Mit oder ohne Napoleon.«

Ich werde ein bisschen rot, und das ärgert mich. »Ahäm«, räuspere ich mich. »Sagen Sie Ihrer Therapeutin einen schönen Gruß von mir, und ich finde, an Ihrer Spontaneität müssen Sie nicht mehr arbeiten. War nett, mit Ihnen zu plaudern, Herr Posautz …«

»Tut mir leid, wenn ich Sie damit überfallen habe. Würden Sie mich wenigstens Victor nennen?«

»Ist das nicht komisch, wenn ich Sie Victor nenne und Sie mich Frau Imbach?«

Jetzt wird *er* ein bisschen rot, und es verschafft mir eine gewisse Genugtuung, daran zu denken, was er wohl in der nächsten Therapiestunde erzählen wird.

»Na ja, ich hatte schon gehofft …«

»Ich denk drüber nach. Also bis dann …«

Ich winke kurz und wende ab in Richtung Putzplatz. Erst mal abwarten, wie Victor ohne Pferd aussieht.

50

GWENNIE

Ein ganz normales Wohnhaus in einer ganz normalen Straße. Aber das macht nichts, das ist meistens so bei Hellseherinnen, Astrologinnen und Medien. Frau Laura zum Beispiel wohnt in einem Einfamilienhaus Baujahr 83, bewacht von Thujen, Gartenzwergen und einem Kunststoffhund mit eingebautem Bewegungsmelder, der bellt, wenn sich jemand nähert. Im Wartezimmer stapeln sich alte Versandkataloge (Frau Laura ist Quelle-Vorzugskundin), und die Sitzungen finden in ihrem Wohnzimmer statt, im Schatten eines ahornfurnierten Bücherregals, das unter anderem eine ziemlich komplette Heinz-G.-Konsalik- und Utta-Danella-Sammlung enthält. Natürlich schicke ich ihr immer meine Romane. Sobald ein neuer erscheint, kriegt sie ihn. Sie lobt sie höflich, aber irgendwie glaube ich nicht, dass ich in der Lage bin, sie so zu begeistern wie Herr Konsalik und Frau Danella. Wenn ich ehrlich bin, beruhigt mich das eher ein bisschen. Aber wie auch immer man ihren Literaturgeschmack finden mag, die Frau hat eine geradezu unglaubliche Gabe! Sie hat meinen ersten Bestseller vorhergesehen, den Wasserrohrbruch auf dem Klo und Mike.

»Der Mann Ihrer Träume«, hat sie gesagt. »Der, auf den Sie gewartet haben.« Und sie hatte recht. Mike ist der Mann meiner Träume. Daran zweifle ich nicht. Überhaupt nicht. Keine Sekunde. Ich … ich hätte es nur gern noch einmal bestätigt bekommen, damit ich diese komische Phase, in der er sich befindet, besser durchhalte. Deshalb bin ich hier, nur deshalb. Damit diese Karnuntina mir sagt, was ich ohnehin schon weiß: Mike ist der Richtige. Auch wenn er komisch ist in letzter Zeit, auch wenn er sich plötzlich benimmt, als wäre er gar nicht Mike, sondern ein rätselhafter Doppelgänger, der alle schlechten Eigenschaften meiner Verflossenen in sich vereint.

Der alte Mike fehlt mir. Ich schließe die Augen, lehne mich an die Hausmauer und träume ein paar meiner liebsten Mike-Tagträume. Er und ich haben die wunderbarste gemeinsame Einschlafroutine – sein Bauch an meinem Rücken, seine rechte Hand um meinen linken Busen. Irgendwann wird das immer zu warm, oder er kriegt einen Krampf, oder meine Rippen tun weh, weil sein schwerer Arm darauf liegt. Dann trennen wir uns mit einem Seufzer des Bedauerns voneinander, aber wir müssen nachts immer irgendwie in Verbindung bleiben, körperlich. Mein Fuß an seinem Bein, seine Hand auf meinem Arm – wir fühlen uns beide nicht wohl, wenn wir nicht wenigstens ein kleines bisschen Körperkontakt haben.

Wir haben auch die wunderbarste gemeinsame Morgenroutine. Meistens bin ich vor ihm wach, dann lege ich mich auf die Seite, auf den Ellbogen gestützt, und seh ihn an. Die vielen schwarzen Bartstoppeln, die dunklen Wimpern, die Druckstellen vom Kissen in seinem Gesicht – er sieht morgens einfach zum Fressen aus. Irgendwann öffnet er ein Auge halb, sieht mich an und murmelt: »Du tust es schon wieder!«

»Weil du so süß bist!«, sage ich dann.

Er deutet ein erschöpftes Kopfschütteln an, streckt den Arm aus und legt seine große Männerhand direkt auf mein Gesicht. »Schlaf weiter!«, grummelt er.

Natürlich muss ich kichern, mit der Mike-Pranke im Gesicht, und von Schlaf kann sowieso keine Rede mehr sein. Ich küsse also die Pranke, küsse mich seinen Arm hinauf, dann zur Schulter, zum Hals und zum Gesicht. Irgendwann lieg ich auf ihm drauf, kichernd und küssend.

»Ich muss mir einen neuen Wecker zulegen«, knurrt er irgendwann und dreht sich auf die Seite, sodass ich von ihm runterkugle und noch mehr kichern muss. »Dieser hier nervt.«

Aber wenn er munter genug ist, sich auf die Seite zu drehen, ist er meistens auch schon munter genug, um nach meinem seidenen Mininachthemd zu greifen und zu murmeln: »Wer hat dir erlaubt, das anzuziehen?« Tja, und wenn er *dazu* munter genug ist ...

Ich stehe unten im Haustor und starre auf den kleinen Zettel, den ich in der Hand halte. »Karnuntina. Schleswiger Straße 42, 3. Stock, Tür 16. Bei Meinrad läuten.« Ich bin immer noch fast fünfzehn Minuten zu früh. Abgesehen davon, dass ich aus Überzeugung immer zu früh dran bin, wollte ich heute auf gar keinen Fall zu spät kommen. Ich brauche jede Minute von Karnuntinas kostbarer Zeit. Was für ein unglaubliches Glück, dass sie so schnell einen Termin hatte! Ich höre noch ihre Stimme, so tief, mit diesem geheimnisvollen Vibrieren darin: »Ich kann Ihnen den vierzehnten Juli anbieten, meine Liebe, um achtzehn Uhr. Am zwölften Juli wird vielleicht auch etwas frei, aber da habe ich schon eine Warteliste.«

Vierzehnter Juli! Noch zweieinhalb Monate! Ich hätte fast zu weinen angefangen. Immerhin hat sie sich meine Nummer notiert, und keine halbe Stunde später kam ihr Rückruf, dass für den übernächsten Tag jemand abgesagt habe. Das Universum weiß eben genau, wer seine Unterstützung am nötigsten hat!

Bei »nötig haben« fällt mir gleich wieder Mike ein. Wenn er in der Dusche ist, geben wir uns immer so alberne Küsse. Er drückt auf der einen Seite die Lippen an die Glaswand, ich auf der anderen. Kein Morgen ohne diese Duschwandküsse. Auch kein Morgen, an dem er mir nicht super aufgeschäumte Hafermilch für meinen Latte Macchiato zaubert, wie ich sie einfach nicht hinkriege. Und wenn Wochenende ist und er Zeit hat, dann macht er immer das Frühstück, *immer.* Ich hätte ihn schon wegen seiner Tofu-Scramble-Kreationen geheiratet.

Aber wie bin ich jetzt bloß auf unsere Rituale gekommen? Natürlich. Weil es sie auf einmal nicht mehr gibt. Am Mittwoch kam es endlich zu unserem Date. Dem ersten nach dem romantischen Wochenendausflug, der nicht stattgefunden hat, und ich hatte sehr darauf gesetzt, dass dieser gemeinsame Abend alles wieder in Ordnung bringen würde. Es fing auch alles echt gut an. Pizza bei *Ilses Tante*, er erzählte von der Kampagne, ich von der verkauften Coudenhove-Villa (Mike kennt das Unding auch) und vom Status quo bei *Hohe Zinnen – lange Schatten.* Dann beging ich den Fehler, Carolas Verlobung zu erwähnen, und ab da lief alles irgendwie nur noch so lala. Sein Blick blieb an meinem Verlobungsring hängen, sein Mund bekam plötzlich einen verschlossenen Zug, und er aß sein Dessert nicht auf. Ich weiß nicht, ob er tatsächlich dachte, dass mir das alles nicht auffiel.

»Wird das jetzt immer so sein?«, fragte ich, als wir im Auto saßen.

»Was wird immer wie sein?« Sein Mund ein Strich, sein Kinn eine Barrikade.

»Du weißt schon, was ich meine. Jemand sagt ›Verlobung‹ oder ›Heiraten‹ oder so was, und du siehst plötzlich aus wie Leonardo di Caprio …«

»Wie bitte?«, unterbricht er verblüfft.

»Nicht in *Titanic*, sondern in *Der Mann in der eisernen Maske*«, erkläre ich, und wie zur Bestätigung erstarrt sein Gesicht wieder und wird noch eine Spur undurchdringlicher. »Ich versteh dich nicht«, fahre ich fort und bin

54

nicht mehr ganz in der Lage, die Verzweiflung aus meiner Stimme rauszuhalten. »Es war doch *deine* Idee. *Du* hast den Ring gekauft. *Du* hast vom Heiraten angefangen. Alles war doch perfekt, wie es war. Wenn du das nicht wolltest, warum …« Hier breche ich ab, um nicht loszuheulen. Wir sind vor dem Haus angekommen, in dem meine Dachwohnung liegt. Mike parkt nicht ein, sondern bleibt in zweiter Spur stehen, und mein Herz sinkt weiter. Er hat also nicht vor, zu bleiben.

»Ich wollte ja …«, sagt er und starrt vor sich hin, übers Lenkrad auf die dunkle Straße. Als sähe er mich absichtlich nicht an, weil er dann gar nicht sagen *könnte*, was er jetzt sagt. »Nur jetzt denke ich, es war vielleicht etwas voreilig, wir kennen uns doch noch gar nicht sooo gut. Und diese ganze Sache mit Zusammenziehen und so …«

»Was schreckt dich auf einmal daran? Es war immer wunderschön, wenn du bei mir warst.« Wenn wir zusammen waren, dann eigentlich immer bei mir. Meine Wohnung ist einfach gemütlicher.

»Ja, aber jetzt denke ich, das war alles zu schnell zu viel. Und wir sollten vielleicht – kürzer treten. Sehen, wie sich alles entwickelt.«

»Verdammt noch mal, Mike, es *hat* sich schon entwickelt.« Ich merke selbst, dass meine Stimme einen schrillen Beiklang kriegt. Ich weiß genau, dass er mich liebt. Und wenn wir oben in meinem Bett wären statt hier unten im Auto, dann könnte ich ihn viel besser daran erinnern. »Komm mit rauf!«, sag ich mit meiner verführerischen Schlafzimmerstimme. »Bitte.«

»Nein«, unterbricht er mich ziemlich entschlossen. »Nein, heute nicht. Vielleicht einfach eine Weile nicht. Ich hab gerade enormen Druck in der Agentur und kann über das alles jetzt gar nicht nachdenken. Okay?«

Nein, nicht okay!, will ich schreien. *Gar nichts ist okay.*

»Eine Weile nicht? Wovon reden wir hier, Mike?«, frage ich. »Von einer Auszeit? Willst du das?«

Er seufzt abgrundtief und starrt wieder nur nach vorn auf den regennassen Asphalt. »Ich weiß nicht. Vielleicht.« Er wirft mir nun doch einen kurzen Seitenblick zu. Schuldbewusst, aber auch trotzig. Und irgendwie gehetzt. »Ich ruf dich morgen an.«

Na klar. Hier sitze ich nun, einen Verlobungsring am Finger, nach knapp acht Monaten Beziehung, und muss überlegen, ob »Ich ruf dich morgen an« bedeutet, dass er morgen anruft oder dass er mich bloß aus seinem Auto haben will.

»Na dann«, sage ich nur und gebe ihm einen Kuss auf den Wangenknochen – er hat einfach umwerfende Wangenknochen. Ich will eigentlich total cool sein, aussteigen, die Tür hinter mir zuwerfen und mich nicht noch mal umdrehen. Aber da ist sein Ohr in unmittelbarer Nähe seines Wangenknochens, und ich kann nicht anders, als auch das Ohr zu küssen und dann den Hals, und dann flüstere ich auf einmal: »Willst du nicht doch mit raufkommen? Es ist doch alles eigentlich gar nicht kompliziert und ...«

»Nein!« Fast panisch, aber auf jeden Fall sehr entschieden schubst er mich weg und sieht mich an, als wolle er mir am liebsten ein Amulett gegen böse Geister entgegenhalten.

»Dann eben nicht!« Ich steige aus und renne durch den Regen zu meiner Haustür, diesmal wirklich ohne mich umzudrehen. Weil ich nämlich nicht will, dass er mich heulen sieht. Trotzdem kriege ich mit, dass er noch immer dasteht, als sich die Haustür hinter mir schließt. Wenigstens um meine Sicherheit ist er noch besorgt. Ach, verdammt.

Ein dröhnendes Geräusch reißt mich aus meinen melancholischen Mike-Betrachtungen. Der Türöffner!»Sie können jetzt raufkommen«, vibriert Karnuntinas unverkennbare Stimme durch den Lautsprecher. Ich erschauere. Die Frau ist wirklich verdammt gut!

Im Treppenhaus, auf dem Weg in den dritten Stock, begegne ich einer Frau um die vierzig mit rot geränderten Augen, die sich gerade die Nase putzt. War sie Karnuntinas letzte Kundin? In mir steigt eine nervöse Unruhe auf, so was wie ein Fluchtreflex packt mich. Bin ich wirklich bereit, mir anzuhören, was sie zu sagen hat, egal, was es ist?

Vielleicht hat die Frau ja einfach eine Pollenallergie, tröste ich mich. Im zweiten Stock treffe ich noch einen fröhlich summenden Mann Mitte zwanzig und beschließe, dass *er* Karnuntinas letzter Kunde gewesen ist. Sie öffnet die Tür, gerade als ich die Hand nach der Klingel ausstrecke.

»Willkommen, Gwendolyn Luz«, sagt die vibrierende, tiefe Stimme.

KAT

Verdammt noch mal! Darf das wahr sein? Genau diesen Zeitpunkt muss Gwennie wählen, um zum ersten Mal in ihrem Leben *nicht* zu tun, was eine Hellseherin ihr rät! Die Hellerschmied alias Karnuntina kann nicht mal was dafür, sie scheint ziemlich überzeugend gewesen zu sein. Gwennie war auch entsprechend mitgenommen nach der Sitzung, und ich gebe zu, ich hatte ein schlechtes Gewissen, als sie mich mit zitternder Stimme anrief. Es ist nur zu ihrem Besten, musste ich mich erinnern, du tust das nur für sie. Ich musste mich auch daran erinnern, nicht allzu gierig nach Karnuntinas Weissagung zu fragen. Schließlich glaube ich nicht an diesen Unfug.

Also Gwennie, mit ganz kleinem Stimmchen:»Ich komm grad von der Wahrsagerin.«

Ich, fröhlich-unbekümmert:»Und, hat sie dir gesagt, was du hören wolltest?«

Gwennie, verschnupft:»Nein. Gar nicht. Oder anders gesagt: Du wärst sehr zufrieden gewesen.«

Ausgezeichnet, denke ich. Schließlich ist die Frau nicht gerade billig. Laut frage ich:»Wie denn das?«

Gwennie:»Sie sagt, ich werde mich von Mike trennen. Schon sehr bald.«

Ich:»Oh. Tatsächlich? Wow! Na, das ist ja mal eine Überraschung. Und wem glaubst du jetzt? Ihr oder Frau Laura?«

Gwennie:»Frau Laura hat nur gesagt, er ist der Mann meiner Träume. Nicht, dass ich ihn heirate.«

Ich:»Aha.« Bloß nicht zu viel widersprechen. Sie fängt schon von selbst an, sich alles so zu drehen, dass es passt.

Gwennie:»Diese Karnuntina ist der Wahnsinn. Unglaublich intuitiv. Sie wusste alles über Wolf, Dieter, Sven und Ritchie.«

Ein Glück, dass ich die gute Frau so gründlich über Gwennies Verflossene instruiert hatte!

»Sogar, dass Ritchie meine Bankkarte geklaut hat.«

Moment. Bankkarte?»Das weiß ja nicht mal ich«, sage ich.

»Eben!« Gwennies Stimme schwankt zwischen Ehrfurcht und Verzweiflung.»Die Frau ist unglaublich.«

»Dieser Loser hat dich also auch noch bestohlen? Hast du ihn wenigstens angezeigt?«

»Siehst du, ich wusste, dass du mit so was kommst. Drum dachte ich auch, es ist besser, ich sag es dir nicht.«

Hm. Die Frage ist nur: Woher wusste es Karnuntina aka Friedrun Hellerschmied, ihres Zeichens Schauspielerin ohne festes Engagement mit Fachschwerpunkt Gouvernante und Komische Alte? Nun ja. Vermutlich hat Gwennie selbst was angedeutet, ohne es zu merken. Egal, Hauptsache, es hat funktioniert.

Ich, vorsichtig: »Was wirst du jetzt also machen?«

Gwennie, seufzend: »Es sieht so aus, als würde das Universum meine Pläne nicht gerade wohlwollend unterstützen ...«

Vor allem unterstützt *Mike* deine Pläne nicht, Gwennie-Schatz, aber nenn es, wie du willst. »Also, das heißt ...?« Sag schon endlich, dass du ihn sausen lässt, *bitte* ...

Gwennie: »Wart mal. Weißt du, was sie noch vorausgesehen hat?«

Ist das noch nicht genug? »Was denn?«

»Meine Hochzeit! Noch vor meinem Dreißiger! Ist das nicht unglaublich?«

Allerdings. Davon war nämlich keine Rede gewesen! Wie kommt die Frau dazu, so was Albernes zu versprechen? Gwennie hat in knapp vier Monaten Geburtstag. Also, wie wahrscheinlich ist es, dass sie sich jetzt von Mike trennt und dann jemanden kennenlernt, den sie so blitzschnell heiratet?

»Kat? Bist du noch da?«

»Ja. Nur sprachlos.«

»Das war ich auch.« Gwennies Stimme festigt sich, sie scheint einen Entschluss zu fassen. »Aber dann war mir auf einmal alles sonnenklar: Niemand zwingt mich zu etwas. Man hat immer die freie Wahl. Das Ganze ist nichts als eine Prüfung, verstehst du? Das Universum bietet mir einen

Weg an, der von Mike wegführt und der vermutlich der leichtere ist. Aber ich werde beweisen, dass er meine einzige wahre Liebe ist, und diese Prüfung bestehen. Ich werde mich nicht umdrehen, wie dunkel der Weg auch sein mag.«

»Wie bitte? Jetzt hast du mich komplett verloren!«

»Wie Orpheus. In der Unterwelt. Ich werde Eurydike ... ich meine natürlich Mike, mit meiner Liebe zurückerobern.«

Na toll. Jetzt hat sie sich in einen heiligen Eifer hineingeredet. Verdammt. Vermutlich hat sich die Frau gedacht, wenn sie Gwennie ein leckeres Bonbon (Hochzeit) verspricht, geht sie leichter in die Falle (Trennung). Aber sie hat nicht einkalkuliert, dass Gwennie die selektive Wahrnehmung zur Kunstform erhoben hat. Sie pickt sich die Hochzeitsrosine aus dem ganzen Prophezeiungskuchen und redet sich ein, wenn sie lange genug durchhält, dann *kann* Mike nicht anders, als das Versprechen des Universums einzulösen. Die Sache mit der Trennung degradiert sie zum unwesentlichen Detail. So funktioniert ihr romantisches Gehirnchen.

»Ach, Gwennie«, stöhne ich entnervt, »du tust es schon wieder! Du glaubst einfach nur das, was dir in den Kram passt, und ignorierst das einzig Vernünftige, das die Frau gesagt hat: *Lass ihn sausen!*«

»Aber ich liebe ihn ...«

»Lass! Ihn! Sausen!«

»Du weißt es nicht, doch auch du bist nur ein Werkzeug der Versuchung, teure Freundin! Aber ich bleibe fest und wanke nicht.«

»Gwennie, bitte, vergiss ihn ...«

»Niemals. Willst du meine Trauzeugin sein?«

GWENNIE

Er wird sich nicht von mir trennen. Das hat er mit keinem Wort angedeutet, und auch Karnuntina hat gesagt, *ich* würde mich von ihm trennen. Ob ich das wirklich tue, bleibt natürlich einzig und allein mir überlassen. Und ich sage: Nein, ich trenne mich nicht! Mit Mike ist einfach alles besser, als es mit irgendeinem anderen Mann war. Er mag eine komische Phase haben, vielleicht ein tief sitzendes Kindheitstrauma, aber es gibt nichts, was wahre Liebe nicht überwinden kann. Gut, ich weiß schon, dies ist das richtige Leben und nicht einer meiner Romane, aber worin besteht eigentlich der Unterschied? Doch nur darin, dass man immer glaubt, zwischen zwei Buchdeckeln sei alles möglich. Nun, ich habe den Raum zwischen diesen zwei Buchdeckeln vielleicht zu oft gefüllt, aber ich sehe keinen Unterschied. Ein Teil von mir glaubt, dass die Geschichten, die ich erfinde, möglich sind, dass die Liebe immer siegt, dass Romantik überall ist. Vielleicht macht genau das meinen Erfolg aus. In jedem meiner Bücher sind es letztlich die Beharrlichkeit und Charakterfestigkeit der Heldin sowie ihre Intuition, die sie unweigerlich, wenn auch über Umwege in die Arme des richtigen Mannes führen. Soll ich mir selbst weniger zutrauen als Sophie, der Dorflehrerin in *Hohe Zinnen – lange Schatten*, oder Jenny, der Fallschirmspringerin aus *Herz im freien Fall*, oder Minette, der Pferdeartistin in *Manege frei für die Liebe*?

Ich werde Mike nicht drängen, ich werde ihm keinen Druck machen. Er wird ganz von allein zu mir zurückfinden, und zwar bald, wenn man bedenkt, dass ich doch einige Wochen für die Hochzeitsvorbereitungen brauche.

Vielleicht hat es was mit seiner Mutter zu tun. Es ist doch bei Männern immer die Mutter, die ihnen das Leben schwer macht, auf die eine oder andere Art. Weil sie ihn zu viel geliebt hat oder zu wenig, alles zu gut gemacht hat oder überhaupt nicht. Eigentlich weiß ich gar nichts über seine Mutter. Na ja. Ich werde sicher nicht gerade jetzt nach ihr fragen.

Als ich heute Morgen mit Mike telefoniert habe, hat er gesagt, er werde vermutlich lange arbeiten und dann höchstens noch mit seinem Arbeitskollegen Paul auf ein Bier gehen. Ich sehe auf die Uhr. Erst kurz nach sechs. Sicher sitzen die beiden noch im Büro. Ich bin mit den Öffis zu Karnuntina gefahren, weil ich manchmal nach solchen Sitzungen so aus dem Häuschen bin, dass ich Polizisten überfahre und vergesse, dass wir hierzulande Rechtsverkehr haben. Der Bus, in dem ich jetzt sitze, fährt genau an dem Café vorbei, in das Mike nach der Arbeit gehen wird. Ich kenne Caro, die Kellnerin – sie ist schwer in Ordnung. Ich beschließe also, auf ein beruhigendes Glas Prosecco vorbeizuschauen und Caro ein Briefchen für Mike in Verwahrung zu geben, dessen Inhalt ich mir gerade im Geist zurechtgelegt habe: *Mein süßer Schatz, nimm Dir so viel Zeit, wie Du willst. Auf die guten Dinge muss man warten können. In Liebe, Gwennie.*

Ich bin sehr zufrieden mit diesem Plan. In der Liebe muss man auch geben können. Vielleicht hab ich ihn ja überfordert? Nicht absichtlich, aber unbewusst? Wenn man diese Beziehungsratgeber liest, so à la *Warum Frauen Labradorwelpen streicheln und Männer Bierflaschen mit den Zähnen öffnen*, dann kommt man sowieso zu dem Schluss, dass wir alle von unserem Unterbewusstsein ferngesteuert werden und nur ein minimales aktives Mitspracherecht haben.

Mit einem Schnaufen hält der Bus, und die Türen öffnen

sich – unmittelbar vor meinen Augen, nur drei Schritte von mir entfernt, das große Glasfenster mit dem geschwungenen Schriftzug *Bennos Café*. Wenn ich den Hals ein wenig verrenke, kann ich durch das Fenster sehen, ob die hinteren Tische besetzt sind. Aber ich muss mich heute gar nicht anstrengen, denn Mike sitzt an dem Tisch am Fenster, den er immer nimmt, auch wenn er mit mir dort ist. Nur ist er heute nicht mit mir dort. Paul ist da, mit dem Rücken zu mir, selbst von hinten leicht zu erkennen an der spiegelnden Glatze. Und Mike sitzt ihm vis-à-vis und sähe mich folglich direkt an, wenn – ja, wenn da nicht der Kopf dieser Blondine sein Gesicht verdeckte. Eine sehr *hübsche* Blondine, wie ich jetzt, nachdem sie aufgehört hat, meinen Verlobten zu küssen, gut erkennen kann. Hat beinahe was von Grace Kelly. Lachend schiebt sie sich eine Haarsträhne aus der Stirn. Mike lacht auch, sagt etwas zu ihr. Die Blondine beugt sich erneut über ihn, umarmt ihn.

»Steigen Sie nun aus oder nicht?«

Ich stehe mitten auf der Treppe, erstarrt. Gefesselt von einer Handlung, wie ich sie erfunden haben könnte. Ideal für eine Filmszene. Brechendes Herz der Heldin in Großaufnahme. Die Kamera fährt auf das Gesicht der Frau zu, in deren Augen sich die Liebe, die Enttäuschung, die Fassungslosigkeit, das Zerbersten ihrer Träume spiegeln.

»Hey, Fräulein? Raus oder rein?« Die Tür schließt nicht, solange ich auf der Treppe stehe. Ich trete einen Schritt zurück, weg von diesem Bild, das in nur zwei Sekunden alles zunichte gemacht hat, was ich mir zuvor zurechtgelegt hatte. Und nicht nur das: Ganz nebenbei hat dieses Bild meine ganze Zukunft versaut. Die Kutsche, die Tauben und alles, was danach kommen sollte: das Haus mit Garten, die rot gelockten Zwillingsmädchen, den dunkelhaarigen Jungen, den Labrador, die Maine-Coon-Katze. Ich lasse mich auf den nächsten freien Sitz sinken, die Tür schließt, und der Bus fährt weiter. An den äußersten Ausläufern meines Bewusstseins nehme ich wahr, dass die anderen Fahrgäste mich anstarren.

»Alles in Ordnung?«, fragt mich der ältere Herr auf dem Sitz neben mir.

Am liebsten würde ich brüllen wie Dracula, dessen Herz gerade von einem dieser bei Vampiren so unbeliebten geweihten Holzpflöcke ins Herz getroffen wurde. Aber in Wirklichkeit bringe ich nur ein schwaches Kopfschütteln zustande, lasse die Ellbogen auf die Knie sinken und vergrabe den Kopf in den Händen.

»Der Kreislauf«, meint der ältere Herr verständnisvoll. »Das kenn ich. Kommt vom Föhn.«

Mike hat eine andere. So simpel ist das Ganze. Keine komplizierten psychologischen Verwicklungen. Einfach eine andere Frau. Vielleicht hat es als kleine Affäre angefangen, schnell, bevor man endgültig gebunden und der Ofen aus ist. Vielleicht war es so was wie ein vorgezogener Junggesellenabschied, bei dem sie ihm über den Weg lief. Und nun ist entweder mehr daraus geworden, oder er ist einfach draufgekommen, dass es Blödsinn ist, jeden Tag denselben Kuchen zu essen, während das Sortiment doch ständig wechselt. Heute Schokotrüffel, morgen Zitronenschaum und übermorgen Himbeercreme.

Eine andere. Und er hält es nicht mal für der Mühe wert, die Sache geheim zu halten, obwohl alle Kollegen aus der Agentur wissen, dass er verlobt ist. Die meisten kennen mich schließlich, und die Ringgeschichte hat natürlich die Runde gemacht.

Er trifft sie ganz offen im Stammlokal der Agenturbelegschaft und lässt sich sichtlich bester Laune von ihr küssen.

Warum bin ich auf das Nächstliegende nicht gleich gekommen? Warum? Weil ich so *sicher* war, deshalb. Mike war so sehr alles, was ich mir erträumt hatte. Wir lachen über dieselben Dinge, haben diesen unglaublichen Draht zueinander – egal, ob wir in der Küche an einer neuen Spaghettisauce herumexperimentieren oder im Bett an einer neuen Stellung. Ist es wirklich möglich, dass das nur ich so empfunden habe? Lass ich mich so sehr davon manipulieren, was ich mir wünsche?

Karnuntina fällt mir ein. Sie muss es gesehen haben. Sie hätte mich warnen können, aber wahrscheinlich wusste sie intuitiv, dass ich ihr nicht glauben würde, dass ich es mit eigenen Augen sehen musste.

»Der Große, Dunkle mit den blauen Augen«, höre ich ihre Stimme, diesen etwas nachdenklichen, aber sehr bestimmten rauen Tonfall, »Sie werden ihn verlassen. Schon bald.«

Und jetzt, in diesem Moment, weiß ich, dass sie recht hat. Was mir noch vor zehn Minuten unvorstellbar erschien, ist jetzt die einzige Option, die mir wenigstens einen Rest Würde lässt.

Statt in die U-Bahn umzusteigen, lasse ich mich an der nächsten Haltestelle in ein Taxi fallen und nach Hause fahren. Ich weiß überhaupt nicht, warum ich so sparsam lebe. Irgendwie hab ich mich immer noch nicht daran gewöhnt, dass ich eigentlich weder darüber nachdenken muss, ob die schnuckeligen Stiefel demnächst herabgesetzt werden und ob dann meine Größe noch da ist, noch ob die Biokiwis wirklich Bio sind, weil sie sonst den Mehrpreis nicht wert wären.

Ich kann Schuhe und Bioobst kaufen senza fine. Ich kann morgen First Class nach New York fliegen. Ich kann meiner Mutter zum Geburtstag ein Haus kaufen. Na ja – jedenfalls locker einen Wohnwagen. Die Verkaufszahlen von *Romantik für Fortgeschrittene* sind phantastisch, Tendenz steigend. Ich schätze also, es wird Zeit, es mal ein bisschen krachen zu lassen, in jeder Hinsicht. Diesmal wird nicht getrauert. Gibt auch keinen Grund, oder? Ich bin den Schurken losgeworden, also muss der Held noch irgendwo auf mich warten.

Das ist ein ehernes Gesetz im Romantikgeschäft.

Verwicklungen

KAT

Also, so sehr danebengegriffen hab ich echt schon lange nicht mehr, denke ich, als ich aufwache, feststelle, dass ich mein Bett nicht für mich alleine habe, und die Erinnerung an gestern Nacht allmählich wiederkommt. Aber Gwennie war den ganzen Abend nicht erreichbar, und ich musste einfach raus. Nicht genug damit, dass mir der kleine Eingriff in Gwennies Schicksal nicht aus dem Kopf gegangen ist. Dann hat auch noch meine Mutter angerufen und mich wieder mal unmissverständlich drauf hingewiesen, dass ich a) nicht jünger werde und damit b) meine Chancen, noch aus der Totalversagerecke herauszukommen, was die Enkelkindproduktion angeht, sozusagen täglich schwinden. Natürlich sagt sie das alles nicht genau so. Das Ganze hört sich an wie eine durch und durch höfliche, ja sogar liebevolle Unterhaltung, an deren Ende ich »Okay, bis dann also, Mama« flöte, obwohl ich am liebsten einen Tarzanschrei losließe, nur nicht so zivilisiert. Es hat keinen Sinn. Sie verstünde es nicht. Sie findet, ich hätte damals um Ben »kämpfen« sollen. Ben war ihr Traumschwiegersohn: intelligent, ehrgeizig, vielversprechend in jeder Hinsicht. Ein wahres Prachtexemplar, das ich da aus dem Genpool gefischt hatte. Sie lässt immer durchklingen, dass man bei so einem nicht so kleinlich sein darf. Kleine Schönheitsfehler wie der Umstand, dass er mich mit dieser Seminarschlampe beschissen hat, um mich dann nach zweimonatiger reger Vergleichstätigkeit zu verlassen, zählen nicht. Aber was soll's. Gwennie meint, meine Mutter macht sich nur Sorgen um mich. Immerhin hab ich ihr auch keinen einzigen Mann mehr vorgestellt seit der Sache mit Ben. Sie muss denken, ich habe die Kerle überhaupt aufgegeben.

Ein Röcheln von links erinnert mich daran, dass dies nicht der Fall ist. Der Fehlgriff schnarcht einmal kurz auf und dreht sich auf die Seite. Zerknautschtes Gesicht, Bartstoppeln. Und jemand sollte ihm mal einen Nasenhaartrimmer besorgen. Vermutlich könnte einen das Ganze mit dem rechten Maß blinder Verliebtheit an Tony Starks hässlichen Bruder erinnern. Mich erinnert es nur daran, dass vier Mojitos mindestens einer zu viel waren. Da liegt seine rechte Hand auf meinem provenzalischen Bettüberzug, am Ringfinger ein deutlich sichtbarer heller Streifen. Von wegen »Ich? Verheiratet? Seh ich etwa verheiratet aus?«. Das kommt davon, wenn man Männer bei zweifelhaften Lichtverhältnissen kennenlernt. Der Ehering wird wahrscheinlich zur Zeit in der Sakkotasche zwischengelagert, gleich neben den reizenden Schnappschüssen vom Familienurlaub in Mykonos, dem er die Sommerbräune zu verdanken hat. Wobei ich nichts gegen verheiratete Typen habe – wenn sie es zugeben. Dann herrschen von Anfang an klare Verhältnisse, und es besteht nicht die Gefahr, dass der sexy One-Night-Stand sich in ein winselndes Hündchen verwandelt, das mit großen traurigen Augen wieder vor meiner Tür steht, obwohl ich nicht bloß *vergessen* habe, ihm meine Handynummer zu geben.

Verheiratet. Deshalb also der verwirrte Blick beim Ansichtigwerden eines Kondoms und die ebenso verwirrte Handhabung desselben, die mich an Zeitlupenwiederholungen bei Sportübertragungen erinnerte. Und als dann die technischen Vorbereitungen endlich geschafft waren, eine Flut von Kommentaren und Zwischenfragen, die wieder Assoziationen ans Sportfernsehen aufsteigen ließen. (Er macht das ausgezeichnet, wie aus dem Lehrbuch, was meint der Experte? Wird er die Kurve ganz ausfahren, wird seine Kondition halten? Bester bei der Zwischenzeit, aber kann er sie ins Ziel retten? Wird er es schaffen? Jetzt darf er keine Zeit mehr verlieren, es geht um Bruchteile von Sekunden, jaaaaa.) Aber sonst rein gar nichts.

Und nicht genug damit, dass Mykonos danach keine Anstalten macht zu verschwinden, legt er auch noch eine Geschwätzigkeit an den Tag, neben der Heidi Klum bedächtig und tiefsinnig wirkt. Ich hab früher in einer Rockband gespielt und bin so erfolgreich und laufe täglich zehn Kilometer und hab meine Aktien rechtzeitig verkauft, weil ich den richtigen Riecher hatte, blablabla ...

Wie gesagt, ich hatte so ein Gefühl. Aber die Auswahl war gestern alles andere als berauschend. Und ich alles andere als nüchtern. Ich hab einfach den Einzigen mit nach Hause genommen, der noch stehen konnte und wenigstens nicht deutlich kleiner war als ich.

Gwennie hätte mich gewarnt – ihr Instinkt ist untrüglich, wenn es nicht um sie selbst geht. Aber Gwennie war gestern Abend, wie schon gesagt, nicht zu erreichen, ihr Handy war aus. Vielleicht wieder mal große Zwischenversöhnung mit Mike, dem Mann ihrer Träume. Man will ja schließlich bald heiraten. O Gott, hoffentlich habe ich mit dieser Karnuntina-Sache nicht alles noch schlimmer gemacht! Na toll, jetzt hab ich dasselbe Problem wie gestern *und* einen verheirateten Schnarcher am Hals *und* einen Kater. Immerhin hab ich schon lange nicht mehr an meine Mutter gedacht. Der Mykonos-Urlauber grunzt und gibt Anlass zu der Vermutung, dass seinerseits bald mit neuerlicher Selbstbeweihräucherung zu rechnen ist.

Ich setze mich im Bett auf, die hämmernden Kopfschmerzen demütig als angemessene Strafe akzeptierend, und schwanke zwecks Schadensbegrenzung in die Küche, wo ich feststellen muss, dass die Alka-Seltzer-Packung leer ist. Also Kaffee und Dusche. Ein unglaublich schriller Ton durchschneidet die Stille. Es dauert eine Sekunde, bis ich ihn als das Klingeln meines Festnetztelefons identifiziere. Manchmal vergesse ich, dass ich so was überhaupt noch habe. Es ruft mich auch kaum jemand über diese Nummer an, außer meiner Mutter (aber selbst sie ginge nicht so weit, mich an zwei aufeinanderfolgenden Tagen mit unseren Blutsbanden zu würgen) und aufgeregten Hausfrauen, die mir frisch vom Telefonmarketingkursus auf der Volkshochschule irgendwelche Abos aufschwatzen wollen. Das Mobilteil liegt zum Glück neben der Kaffeemaschine. Ein kurzer, heftiger Kampf mit mir selbst. Es siegt die Angst, Mykonos könne durch das Klingeln vorzeitig geweckt werden und ansatzlos dort weiterquasseln, wo er gestern mitten im Satz eingepennt ist.

»Imbach!«

»Kat, dein Handy ist ausgeschaltet.« Gwennie.

»Noch nicht so lange wie deins. Außerdem ist es nicht ausgeschaltet. Der Akku ist bloß leer, und ich hatte noch keine Gelegenheit, es aufzuladen.«

»Du warst aus?«

»Leider ohne dich. Wo hast du bloß den ganzen Abend gesteckt?«

»Ich hab gearbeitet. Die ganze Nacht.«

»Oh.« Ein solcher Arbeitsmarathon kündet von heftigen Liebesschmerzen. »Was war gestern noch? Hast du Mike gesehen?«

»Ja.« Sie gibt einen fast quietschigen kleinen Lacher von sich, der mir kalte Schauer über den Rücken jagt. »Ich hab ihn gesehen, in der Tat.« Sie macht eine klitzekleine Pause. »Mit einer anderen.«

»*Was?????*« Damit hab nicht mal ich gerechnet. Der Typ schien zunächst wirklich ernsthaft verliebt, hat dann allerdings angesichts von Ring und Hochzeit und Zukunft offensichtlich Angst vor der eigenen Courage gekriegt. Aber eine andere Frau? Das passt irgendwie nicht. »Bist du sicher?«

»Ich hatte einen Logenplatz. Direkt vorm Fenster von *Bennos Café*. Eine Blondine. Sie haben sich geküsst, in aller Öffentlichkeit.«

»Das darf alles nicht wahr sein. Dieser Scheißkerl! Himmel, Gwennie, gestern Abend schon? Warum hast du mich nicht angerufen?«

»Ich musste das erst mal verdauen. Und dann hatte ich eine sehr kreative Nacht.«

»Hallo, Schönheit!«, grölt Mykonos mit nervtötender Fröhlichkeit aus meinem Schlafzimmer.

»Was war denn das?«, fragt Gwennie misstrauisch. »Ein Mann?«

»So was Ähnliches.«

»Komm ins Bett!«, grölt es weiter, »ich hab noch ein bisschen Zeit …«

»Er muss ohnehin gehen«, flüstere ich. »Ich ruf dich in zwei Minuten zurück.«

Ich lege auf und geh zurück ins Schlafzimmer, wo er auf meinen Kissen thront und mich mit dem begrüßt, was er offenbar für ein sexy Grinsen hält.

»Ach Schatz«, seufze ich und setze mich mit meiner besten Imitation eines Bambiblicks zu ihm aufs Bett. »Ich glaub, ich hab mich in dich verliebt. Lass uns zusammenziehen, ja?«

Zweieinhalb Minuten später ist die Luft rein, und ich rufe Gwennie zurück.

»Okay, Süße. Also, wie gehen wir vor?«

»Überhaupt nicht.«

»Belieben zu präzisieren?«

»Ich werde mit Mike nie wieder ein Wort reden, er ist toter als tot, was mich angeht.«

Gwennies fröhlich tschilpendes Stimmchen macht mir Sorgen.

»Allerdings wird in meinem nächsten Buch ein großer, dunkler, blauäugiger Mann ziemlich schlecht wegkommen, so viel steht fest.« Jetzt lacht sie auch noch richtig. »Und ansonsten habe ich vor, jede Sekunde dieses Tages zu genießen – und des nächsten und des übernächsten …«

»Gwennie, hast du irgendwas genommen?«

»Nein, ich stehe nur grade vor dem Spiegel und stelle fest, dass ich jung, attraktiv, begabt und leidlich wohlhabend bin. Ich brauch die Mikes dieser Welt nicht, ich bin bereit für was Besseres!«

Das klingt nach einer massiven psychischen Krise.

»Das klingt ganz toll, Gwennie-Schatz, aber solltest du nicht trotzdem erst mal noch ein paar Tage heulen und den Typen aus deinem System schwemmen?«

»Nein. Geheult wird ab heute nicht mehr. Ab heute tritt Plan B in Kraft.«

»Und wie sieht Plan B aus?«

»Plan B sieht so aus, dass ich heute Abend ausgehe.«

»Alles klar, ich kann so ab sieben, wir könnten …«

»Nein, sorry, Kat, ich meine, ich hab ein Date.«

»Ein *Date*? Fünf Sekunden nach dem Ende deiner großen Liebe? Mit wem denn?«

Aber im selben Augenblick weiß ich auch schon die Antwort. Stalkerboy.

GWENNIE

Natürlich hat Kat genau das gesagt, was man als beste Freundin in so einem Fall sagen muss. Es ist zu früh, ich muss erst mit Mike abschließen, das sei nur eine Überreaktion und so weiter. Aber mittlerweile hab ich gelernt, Kats Sprüche bei Bedarf zu recyceln.

»*Du* sagst doch immer, der beste Weg, über einen Mann hinwegzukommen, ist, unter den nächsten. *Du* sagst doch immer, kein Mann ist die Heulerei wert, außer man schafft es, ihn in Tränen zu ersäufen.«

Dagegen konnte sie schlecht argumentieren.

»Aber du bist nun mal eine Heulsuse«, hat sie nur gemurmelt. »Das wissen wir beide. Das ist bei dir Teil des Entgiftungsprozesses.«

»Ab jetzt nicht mehr«, habe ich entschlossen geantwortet. »Es gibt nichts Besseres zum Entgiften, als das Gift beim Blondinenküssen zu beobachten. Da macht es *pling*, und man ist immun.«

Natürlich war das gelogen. Ich bin gegen Mike noch lange nicht immun. Letzte Nacht zum Beispiel. Ich habe geschrieben, als stünde ich unter dem Einfluss irgendeiner halluzinogenen Droge, gemixt mit Red Bull. Die Kapitel sind nur so aus mir rausgeflossen. Ursprünglich galten meine Sympathien ja eher Vincent, dem jungen Adligen, und der Anwalt sollte gar nicht so richtig an Sophie rankommen. Aber gestern war ich auf *alle* Männer wütend und habe dem sanften Vincent plötzlich gar nicht mehr vertraut. Dem gerissenen Anwalt Michael (er sollte eigentlich Klaus heißen, aber jetzt heißt er Michael) natürlich genauso wenig. Aber warum sollte sie mit dem nicht ein wenig Spaß haben? Und schon war ich mitten in einer Verführungsszene, bei seinen Händen, die auf ihrem Körper entlangwandern, während Sophie noch »Nein, Michael« flüstert, aber schon längst »Ja, Michael« meint. Und plötzlich merke ich, dass ich Mikes Hände beschreibe. Mike hat tolle Hände – nicht so lange, dünne, schlanke. Ich finde, die sogenannten sensiblen Finger werden überbewertet. Ich mag Männerhände, die aussehen, als könnten sie Holz hacken und daraus einen Tisch zimmern. Mike ist zwar handwerklich total unbegabt, aber er hat die richtigen Hände. Und die richtigen Unterarme. Als ich an seine Unterarme denke, fange ich fast wieder zu heulen an. Mike hat die unwiderstehlichsten Unterarme, die man sich vorstellen kann. Jedes Mal, wenn der Mann die Hemdsärmel hochgerollt hat, wäre ich am liebsten über ihn hergefallen. Und als ich an die Härchen auf seinen Unterarmen denke, fällt mir seine Brust ein, die er *nicht* harzt oder rasiert oder sonstwie babyarschglatt macht. Gott sei Dank. Ich mag Männer mit etwas Brustwolle. Ich meine, okay, diese Pin-up-Typen mit ihren ölglänzenden Oberkörpern, die sehen schon auch irgendwie sexy aus, aber am Ende des Tages möchte ich doch keinen Mann im Bett haben, der weniger Haare am Körper hat als ich.

Als ich mit meinen Gedanken so weit gekommen bin, krieg ich so schreckliche Sehnsucht nach Mike, dass ich es an meinem Schreibtisch nicht mehr aushalte. Außerdem brauche ich irgendwas Süßes, und zwar dringend. Blöderweise ist es ungefähr zwei Uhr morgens, um die Zeit kann ich auch Herta nicht mehr rausläuten. Aber vielleicht hab ich Glück, und sie führt gerade den tröpfelnden Mops aus. Und sonst suche ich mir ein Taxi und lass mich zum Bahnhof fahren. Das wird dann zwar die teuerste Tafel Edelzartbitter, die ich mir je gegönnt habe, aber hey: Dies ist der erste Tag meines luxuriösen neuen Scheißdrauflebens.

Ich schalte die Schreibtischlampe aus, schnappe Jacke und Handtasche und laufe die Stufen hinunter. Draußen begrüßt mich ein unglaublich großer, heller Vollmond. Ich war so aufs Schreiben konzentriert, dass ich ihn von drinnen gar nicht bemerkt habe.

»Wow!«, sage ich laut, hin und weg von dem Anblick.

»Phantastisch, oder?«, sagt plötzlich eine Stimme hinter mir.

Ich fahre herum, und da steht mein schöner Stalker.

»Entschuldigen Sie, ich wollte Sie nicht erschrecken«, sagt er besorgt.

»Schon gut.« Ich schüttle den Kopf. Ich habe meine ultimative Geisterbahnfahrt schon hinter mir. Mich erschreckt heute nichts mehr.

»Bei so einem Mond wie heute«, meint er, versonnen auf die riesige goldgelbe Scheibe starrend, »hat man das Gefühl, es müsste irgendetwas Wunderbares geschehen, meinen Sie nicht?«

Ein Mann mit romantischen Mondgefühlen, so was gibt's? Andererseits, an diesem Mann ist irgendwie alles unwirklich. Er ist zu schön, um wahr zu sein. Mit diesen Lippen, diesen Wangenknochen, diesem kraftvollen Kinn und der aristokratischen Nase sieht er aus wie ein morgenländischer Prinz. Vermutlich hat er irgendwo um die Ecke seinen fliegenden Teppich geparkt. Schon erscheint vor meinem geistigen Auge ein Bild von Hertas Mops, der an eine Teppichrolle pinkelt.

»Sehen Sie, ich hatte recht«, meint er.

»Womit recht?«

»Sie lächeln. Der Mond hat also seine Schuldigkeit getan.«

Mein »Lächeln« kann kaum etwas anderes als ein irres Grinsen gewesen sein, aber nach einer Nahtoderfahrung wie heute Nachmittag etwas mit Charme beträufelt zu werden, tut einfach gut. Ich versuche, ihn mit einem halbwegs echten Lächeln zu belohnen, und frage ihn hoffnungsvoll, ob er vielleicht Herta und den Mops auf Gassirunde gesehen hat. Er schüttelt bedauernd den Kopf.

»Ach, Mist«, sage ich. »Und ich brauche Schokolade.« Und was passiert dann? Unglaublich, aber wahr: Dieser Wahnsinnsmann zieht eine halbe Tafel Edelzartbitter aus der Jackentasche und sagt mit einem Lächeln: »Da kann ich vielleicht ...«

»O mein Gott, Sie schickt der Himmel! Darf ich wirklich?«

»Ich bitte darum!«

Es kostet mich einige Selbstbeherrschung, nicht alles auf einmal runterzuschlingen, während er mich wohlwollend beim Kauen beobachtet. »Ich habe gestern nicht zu Abend gegessen«, erkläre ich, den Mund voller Schokolade.

»Haben Sie denn vor, heute zu Abend zu essen?«, kontert er, und schon sind wir verabredet. Natürlich habe ich kurz gezögert. Aber dann ist so was wie Trotz in mir aufgestiegen: Warum nicht? Warum, zum Teufel, eigentlich nicht?

Eigentlich hatte ich ja vorgehabt, zumindest eine Runde um den Block zu gehen, aber jetzt, da sich die Schokolade langsam setzt, werde ich auf einmal unglaublich müde. So müde, dass ich kaum noch die Augen offen halten kann.

»Sie haben mir das Leben gerettet«, sage ich. »Aber ich glaube, jetzt muss ich unbedingt ins Bett.«

Trotz des Reizwortes »Bett« kommt nicht die Andeutung einer schlüpfrigen Bemerkung, er wünscht mir mit vollendeter Höflichkeit eine gute Nacht, küsst mir zum Abschied die Hand (ich kenne keinen Mann, der so was macht, außer meinem Onkel Fritz, und der ist zweiundsiebzig) und verschwindet. Ein wahrer Gentleman.

Ich bin so durcheinander, dass ich fast wieder munter werde. Vielleicht ist das alles ja Schicksal. Karnuntina hat gewusst, ich würde Mike verlassen, aber dennoch bald heiraten. Vielleicht muss ich es einfach nur zulassen. Vielleicht ist dieser Gentleman-Stalker ja genau der Mann, auf den ich immer gewartet habe. Ich meine, er sieht blendend aus, hat offensichtlich ebenso viel Geld wie Geschmack und dazu noch Umgangsformen, von denen die britische Prinzenschaft, nach allem, was man so hört, nur träumen kann. Wie lange wird so ein Mann wohl verfügbar bleiben? Nicht ewig. Habe ich also Zeit für eine lange Trauerphase? Negativ. Gerade fällt mir ein, dass ich noch nicht mal den Namen meines neuen Hochzeitskandidaten kenne. Aber egal.

Es ist allemal besser, sich von einem sagenhaft gut aussehenden Fremden in einem lauschigen Restaurant Komplimente machen zu lassen, als mit verquollenen Augen in einem Meer von Kleenex zu versinken. Kat würde mir bestimmt zustimmen.

KAT

Ein Glück, dass heute Samstag ist. Um eins sind Gwennie und ich zum Ausreiten verabredet. Ich muss mich Auge in Auge mit ihr davon überzeugen, dass sie nicht so was wie einen versteckten Nervenzusammenbruch hatte. Sie klang mir doch deutlich um einige Schattierungen zu fröhlich für eine Post-Breakup-Situation. Ich bin etwas früher dran, obwohl ich noch einen Zwischenstopp eingelegt habe, wegen der getrockneten Feigen. Mein Pferd mag nicht intelligent genug zum Klauen sein, aber Hehlerei und Mitwisserschaft könnte man ihm in jedem Fall anhängen, und Gwennie kann ich sowieso mit solchen Lappalien jetzt nicht belästigen.

Ich treffe Ilse Meixner hinten am Gatter zur Koppel.

»Kathrin«, nickt sie mir ein wenig säuerlich zu, »ich wäre Ihnen dankbar, wenn Sie Gwennie Bescheid sagen könnten, dass Pegasus …«

Wortlos halte ich ihr die Feigen entgegen. Sie nickt mit streng gespitzten Lippen und unverhohlener Enttäuschung. Kein Wunder. Ihre Aussicht, eine Strafpredigt zu halten, wurde soeben gegen ein halbes Kilo Trockenobst eingetauscht.

»Ähm, Ilse?«

»Ja?«

»Packen Sie das besser weg.«

Verständnislos starrt sie mich an, mein Blick wandert an ihr vorbei, sie dreht sich um und schaut genau in Pegasus' Gesicht.

Das Pferd hat sich vollkommen geräuschlos angeschlichen. Seine Nase ist nur noch Zentimeter von der kleinen Papiertragetasche in Ilses herabhängender rechter Hand entfernt.

»Himmel noch mal!« Sie fährt zurück. »Dieses Pferd ist manchmal geradezu unheimlich!«

»Tut mir leid, mein Junge«, erkläre ich ihm, nachdem Ilse die Flucht ergriffen hat. »Aber Feigen wirken angeblich Serotonin-bildend, und die Frau braucht eindeutig dringender was Stimmungsaufhellendes als du.«

Vom Waldrand her nähert sich ein Reiter auf einem weißen Pferd. Der rundliche Prinz, denke ich amüsiert und winke ihm zu.

»Hallo, Victor!« Bilde ich mir das ein, oder ist er in den wenigen Tagen schlanker geworden?

Mit einem leichten Grinsen tippt er sich an die Reitkappe. »Hallo, Frau Imbach!«

Ich muss lachen. »Was macht Ihre Therapeutin so?«

Er deutet eine kleine Verbeugung an. »Ich habe Ihre Grüße bestellt.«

»Und? Was hat sie gesagt?«

»Dass Sie vermutlich ein Nähe-Distanz-Problem haben und ich mich von Ihnen fernhalten soll.«

Für einen Moment bin ich sprachlos, dann wütend. »Was soll das heißen, Nähe-Distanz-Problem?«

»Das soll heißen, dass Sie ein Problem mit …«

»… Nähe und Distanz haben, danke vielmals.«

Ich zerre Napoleon von der weißen Schönheit weg, von der Victor Posautz nachsichtig auf mich herunterlächelt.

»Sie sind wütend«, stellt er fest.

»Wie überaus scharfsinnig von Ihnen. Warum befolgen Sie nicht auf der Stelle den Rat Ihrer Therapeutin, *sich fernzuhalten*?«

Er sieht mich gelassen an und meint dann ganz sachlich: »Oh, sie meinte nur, ich solle mich nicht auf eine Beziehung mit Ihnen einlassen. Wir können uns durchaus unterhalten.«

»Eine *Beziehung*? Sie haben vielleicht Nerven! Ich habe Ihnen nicht mal erlaubt, mich beim Vornamen zu nennen.«

»Richtig. Haben Sie Lust, morgen mit mir essen zu gehen? Dann könnten wir das vielleicht ändern.«

Ich starre ihn an. »Sie müssen verrückt sein.«

»Wenn es Ihnen morgen nicht passt, dann vielleicht nächste Woche?«

Sprachlos zu sein, ist sonst eher untypisch für mich, aber der Kerl schafft mich. »Ich frage dann einfach wieder nach.«

Victor lächelt freundlich, tippt sich an die Reitkappe und wendet ab zur Koppel. Fassungslos starre ich ihm hinterher.

»Kat.«

Na endlich, Gwennie.

»Kennst du den Menschen?« Sie deutet mit dem Kopf in Richtung des sich entfernenden Lipizzanerhinterteils. »Scheint neu zu sein.«

Ich nicke. »Victor Posautz. Er hat eine Exfrau, die mit zu viel Hingabe Samba tanzt, ein Pferd, das er nach Lorelai Gilmore benannt hat und eine Therapeutin, die auf Ferndiagnosen spezialisiert ist.«

»Oh.« Sie hebt die Augenbrauen. »Du scheinst dich ja ausführlich mit ihm unterhalten zu haben. Das wäre dann der erste Mann, auf den das zutrifft, seit … wie viel? Vier Jahren?«

»Willst du damit etwa sagen, ich hätte ein Nähe-Distanz-Problem?«

»Nö. Mit Distanz hast du überhaupt kein Problem.«

»Ich habe auch kein Nähe-Problem, verdammt!«

Gwennie zieht die Augenbrauen hoch. »Der Typ hat dich wütend gemacht«, meint sie mit einer gewissen Hochachtung in der Stimme. »Du solltest mit ihm ausgehen.«

Ich knirsche mit den Zähnen und erinnere mich daran, dass Gwennie eine schlaflose Nacht und eine emotionale Achterbahnfahrt hinter sich hat. »Du hast noch kein Wort über Mike gesagt«, knurre ich und wechsle das Thema.

»Weil es da nichts mehr zu sagen gibt.«

Wie aufs Stichwort ertönt plötzlich der Titelsong von »King of Queens«, Gwennies spezieller Mike-Klingelton: »… 'cause all I wanna do is cash my cheque and drive back home to you …«

Ich starre meiner besten Freundin ins Gesicht. Sie wird nicht blass, sie kriegt auch keine fiebrig glänzenden Augen. Gelassen nimmt sie ihr Handy raus, drückt den Anruf weg und steckt es wieder ein.

»Das ist sein siebter Anruf heute«, stellt sie mit einer gewissen Genugtuung fest. »Er ist es nicht gewohnt, mich nicht zu erreichen.«

»Heißt das, du hast überhaupt noch nicht mit ihm geredet?«

»Worüber sollte ich mit ihm denn noch reden?«

Sie nimmt ihr Handy erneut raus, geht auf *Kontakte*, dann auf *Mike* und dann auf *Löschen*. »Was mich angeht, ist er vom Angesicht der Erde verschwunden. Er klaut mir keine Sekunde meiner wertvollen Lebenszeit mehr.«

Hab ich nicht neulich selbst so was gedacht? Aber aus Gwennies Mund klingt es trotzdem ein wenig unheimlich.

»Lass uns die Weinbergrunde machen, ja?«

Die Weinbergrunde ist eine unserer kürzeren Ausrittrouten.

Gwennie strahlt mich an. »Schließlich brauch ich noch viel Zeit, um mich für meinen neuen Verlobten hübsch zu machen.«

»Gwennie, du meinst doch nicht im Ernst …?« Ich höre, wie in meiner Stimme leise Panik mitschwingt.

Gwennie sieht mich an und lacht laut heraus. »Keine Angst, liebste Freundin, ich scherze!« Sie steigt zwischen den Balken des Holzzauns durch und greift nach Pegasus' Halfter. »Noch.«

GWENNIE

Also, bei aller Bescheidenheit, ich sehe absolut megascharf aus. Das Kleid ist rot, die Absätze sind hoch und sprechen dieselbe Sprache wie das Kleid: Ich-weiß-was-ich-will-Esperanto mit einem kleinen, aber unüberhörbaren Nimm-mich-Akzent. Aus dem Radio kommt

»*Hips don't lie*«, was meine Hüften sofort zum Mitsingen veranlasst. Blöderweise versuche ich weiter oben gerade, mir die Wimpern zu tuschen, und ramme mir natürlich bei »*Baby, this is perfection*« das revolutionäre grüne Gummibürstchen ins Auge. Ein Glück, dass ich die wasserfeste Variante gekauft habe.

Der Sound wechselt, es kommt Tony Braxton mit »*Unbreak my heart*«. Ich halte durch bis zum ersten Refrain. Ab »*Undo this hurt you caused*« habe ich Gelegenheit festzustellen, dass die Wimperntusche nicht *wirklich* wasserfest ist. Ich weiß auch nicht, wie es passiert, aber urplötzlich kauere ich vor meinem Vorzimmerspiegel am Boden und werde so von Schluchzern geschüttelt, dass ich kaum Luft kriege. Was mache ich hier? Was mache ich mir vor? Liebe kann man nicht abstellen, und ich liebe diesen verdammten, miesen, betrügerischen Arsch nun mal noch immer. Was ist, wenn der gut aussehende Mann mit den romantischen Mondgedanken und der Edelzartbitter-Schokolade in der Jackentasche sich ernsthaft für mich interessiert? Was, wenn er sich in mich verliebt? Wäre ich dann nicht genauso falsch und fies zu ihm, wie Mike es zu mir war? Ich *kann* mich noch nicht wieder neu verlieben! Mein Herz ist eine einzige Mike-Wunde, mein Kopf ein einziges Mike-Schlachtfeld. Und der Rest von mir will auch ihn, nur ihn, jetzt und hier, die ganze Nacht und das ganze Leben …

Halt. Stopp. Aus. Ich rapple mich auf, streiche das rote Kleid glatt und bringe mit einem sehr strengen, sehr entschlossenen Blick in den Spiegel den Tränenstrom zum Versiegen. Ich beschwöre den Anblick von Mike und der Blondine herauf, an den Lippen zusammengewachsen. Wut steigt wieder in mir hoch. Sie blitzt aus meinen verheulten Augen, und ich schenke ihr ein grimmiges Begrüßungslächeln. Wut ist ja so viel besser als Schmerz! Dann verzerre ich mein mascaraverschmiertes Gesicht zu einer furchterregenden Zombiefratze und lasse einen Kampfschrei los, der einem wilden Komantschen Ehre gemacht hätte.

Zwischen mir und einem schönen Abend steht nur meine fixe Idee, dass ausschließlich Mike der Schlüssel zu meinem Glück sein kann. Und was mach ich mir Sorgen um den Gentleman-Stalker aka Edelzartbitter-Mann? Der ist schließlich erwachsen, oder? Und wenn bei jeder Mann-Frau-Kiste unbedingt jemand verletzt werden muss, na schön – diesmal werde definitiv nicht ich es sein.

Mein Handy läutet. Ich weiß auch ohne Spezialklingelton, dass es Mike ist, zum x-ten Mal heute. Na, ich denke, das wird aufhören, wenn er mein Paket bekommen hat.

KAT

Also eins muss ich Mike lassen, der hat echt Nerven. Ich liege in der Badewanne und höre gerade meine liebste Entspannungs-CD. Eigentlich ist es eine Yoga-CD mit monoton gesprochenen Übungsanweisungen. Im Hintergrund quaken Frösche und plätschern Wasserfälle. »Lassen Sie Ihren linken Fuß unter Ihr rechtes Knie gleiten, und legen Sie ihn rechts außen neben der Hüfte ab. Lassen Sie dann Ihren rechten Fuß gleiten, und legen Sie ihn, so weit es geht, links außen neben der linken Hüfte ab.« Aaaaah. Totes-Meer-Badesalz mit Lavendel. Mein Lieblingsduft. »… Legen Sie nun beim Ausatmen den Arm zwischen Ihre Schulterblätter …« Mit dem linken Fuß drehe ich den Wasserhahn zu. Dafür, dass ich so groß bin, habe ich ziemlich zierliche Hände und Füße. Eigentlich sind meine Hände und Füße das einzig Zierliche an mir.«Versuchen Sie die Handfläche so weit wie möglich zu Ihrem Nacken zu bewegen. Strecken Sie Ihren linken Arm vor sich …« Ich habe ein breites Becken, breite Schultern und sogar breite Kniescheiben. Warum meine Hände und Füße davongekommen sind, kann ich mir wirklich nicht erklären. Gwennie meint, es liegt an meinem Schütze-Aszendenten. Offenbar ist Schütze auch die astrologische Entsprechung für Flachbusigkeit.»Wenn möglich, verhaken Sie die Finger … atmen Sie …« Ich habe die CD natürlich irrtümlich gekauft. Ich dachte, es wäre nur Musik drauf. Aber nun habe ich festgestellt, dass es nichts Entspannenderes gibt, als dieser monotonen Stimme zu lauschen und *nichts* von dem tun zu müssen, was sie vorbetet. Während also meine Finger sich nicht zwischen meinen Schulterblättern ineinander verhaken und ich über Betrachtungen zum Thema Körbchengröße gerade sanft wegdöse, läutet mein Handy. Es liegt draußen im Vorzimmer auf der Schlüsselablage, nahe genug, dass ich erschrocken hochfahre. Sämtliche eben noch so wunderbar entspannten Muskeln verkrampfen sich gleichzeitig. Ich hasse den Anrufer schon jetzt. Und mich, weil ich das blöde Ding nicht ausgeschaltet habe.

»Wölben Sie die Brust, halten Sie den Kopf gerade und den Blick nach vorn. Halten Sie diese Position eine Minute …« Es läutet drei-, vier-, fünfmal. Ich halte meine Position. Gleich wird es aufhören, gleich. Ich kann das Läuten beinahe ausblenden, meine Nackenmuskeln werden wieder locker, mein Kopf gleitet zurück, und auch meine Schultern entspannen sich. Ich zolle gerade schläfrig meinen transzendentalen Fähigkeiten Respekt, da geht das Läuten erneut los.

»Himmel!« Ich fahre aus der Wanne, rutsche ums Haar auf dem glatten Fliesenboden aus und renne pitschnass ins Vorzimmer. Unbekannte Nummer, auch das noch. Ich denke an meine Mutter. Könnte ihr was passiert sein? Könnte es sein, dass sie gestürzt ist, irgendwo auf der Straße liegt und jemand für sie anruft, weil sie natürlich wieder mal ihr Handy nicht dabei hat? Nicht, dass meine Mutter so gebrechlich wäre. Aber samstags trifft sie sich gern zum Prosecco-Brunch mit ihren Freundinnen, und je länger sich der zum Abend hin ausdehnt, desto mehr leidet ihre Trittsicherheit.

Ich hebe also ab.

»Kathrin Imbach?«, frage ich misstrauisch in den Hörer, als wäre ich selbst nicht sicher, wer ich bin.

»Kat, hier ist Michael.«

In Windeseile durchforste ich mein Gedächtnis auf der Suche nach irgendwelchen Michaels, denen ich in den letzten Wochen meine Nummer gegeben haben könnte. Aber nichts Signifikantes taucht auf.

»Ich glaube, ich kenne grade keinen Michael.«

»Michael Bülow, Mike, Gwennies Mike.«

»Den kenne ich erst recht nicht.« Und damit lege ich auch schon wieder auf. Noch bevor ich dazu komme, das Handy auszuschalten, läutet es allerdings erneut. Ich überlege einen Augenblick lang. Wahrscheinlich besser, die Sache ein für allemal klarzustellen, sonst tyrannisiert er mich womöglich tagelang mit Anrufen. Ich hebe also noch mal ab.

Mike: »Kat, bitte leg nicht auf! Ich versuche schon den ganzen Tag, Gwennie zu erreichen, ich mache mir ernsthaft Sorgen und …«

Er macht sich Sorgen um sie, wie süß!

»… und jetzt hab ich auch noch per Botendienst diesen Karton bekommen, in dem alle meine Sachen drin sind. Auf dem Karton steht dick und fett ›RESIDENT EVIL‹.«

Das ist mein Mädchen, denke ich und muss grinsen.

»Allerdings ist es weniger ein Karton als vielmehr labbriges, whiskyausdampfendes Pappmaschee.«

Ach nein. Sag bloß, die Flasche war nicht richtig zu? Dummer, dummer Zufall.

»Kat? Bist du noch da?«

Ich finde diese Unterhaltung langsam richtig witzig, tappe mit dem Handy am Ohr zurück ins Bad und lasse mich wieder in die Wanne gleiten. »O ja. Ich lausche andächtig.«

»Kannst du mir vielleicht erklären, was das alles soll?«

»Nun, ich würde sagen, wenn ich alle Indizien mit einbeziehe, sieht es so aus, als hätte sie sich von dir getrennt. Was sie vermutlich schon viel früher hätte tun sollen, wenn du die Meinung einer vollkommen überparteilichen Beobachterin hören willst.«

»Hör mal, Kat, ich weiß, ich hab mich etwas schräg benommen in letzter Zeit …«

»So kann man's auch nennen.«

»Aber es war die Sache mit der Hochzeit, ich wusste nicht, wie ich mit ihr drüber reden soll. Meine Reaktionen waren sicher für sie schwer nachzuvollziehen …«

Küssen einer fremden Blondine im Stammcafé? Ja doch, ich glaube, das qualifiziert sich problemlos als schwer nachvollziehbare Reaktion.

»Aber ich schwöre, es gibt für alles eine Erklärung, ich stand wirklich unter großem Druck und …«

»Mike, ich finde es schön, dass du dir gegenüber so tolerant bist, wirklich. Aber Gwennie hat endlich erkannt, dass die Auswahl an Arschlöchern groß ist und es keinen Grund gibt, sich auf dich festzulegen. Ich teile diese Ansicht von ganzem Herzen, also ruf hier verdammt noch mal nie wieder an.« Aufgelegt. Bevor er noch was sagen kann. Und nun schalte ich das Handy endlich aus und kann mich wieder der einzigen männlichen Stimme zuwenden, die ich in meinem Bad gern höre. »Stellen Sie jetzt Ihren rechten Fuß auf den Boden, genau unter das rechte Knie …«

GWENNIE

»Sie sehen phantastisch aus!«

Ich habe aus niedrigen Rachegelüsten das *Il Sestante* vorgeschlagen, und Paolo, der Kellner, zeigt uns gerade unseren Tisch, wobei er den Schokolade-Stalker misstrauisch beäugt. Schließlich kennt er Mike von vielen vorangegangenen Besuchen, nicht zuletzt von unserem Verlobungsabend.

»Meine erste Grundregel lautet: Männer, die mir in einer Notsituation Schokolade geben, dürfen mich duzen. Ich bin Gwennie.«

Er lächelt mich über den Tisch hinweg an. »Darius. Es ist mir ein großes Vergnügen, Gwennie. Und wie lautet deine zweite Grundregel?«

»Jeder, der an meine Profiteroles will, ist so gut wie tot.«

Sein Blick wandert unwillkürlich zu meinem Dekolleté, und ich füge hastig hinzu: »Die Süßspeise. Ich bin süchtig danach.«

»Und wonach bist du noch süchtig?«, fragt er mit einem kleinen Lächeln und einer höchst attraktiv hochgezogenen Augenbraue.

»Nach allem, was dick oder unglücklich macht.«

Er wird ernst. »Die falschen Männer?«

Ich nicke. »In Serie.«

»Und der letzte Falsche …?«

»Ist noch nicht lange her.« Ich hole tief Luft. »Aber abgehakt.« Na ja, beinahe zumindest. Meine Augen sind schon fast nicht mehr rot vom Tony-Braxton-induzierten Weinkrampf.

Er schweigt, seine Augen forschen weiter.

»Wir waren verlobt. Er hat mich betrogen. Ende der Geschichte.«

Darius starrt mich an. »Nein!«

»Doch«, nicke ich, und seine Fassungslosigkeit ist Balsam für meinen verletzten Stolz. »Ich hab's mit eigenen Augen gesehen.«

Er greift über den Tisch und nimmt meine Hand. »Das tut mir so leid für dich. Das muss schrecklich gewesen sein.«

Gegen meinen Willen steigt der Wasserspiegel in meinen Augen, und ich nicke. »Dabei sind solche Szenen in Filmen immer irgendwie komisch«, flüstere ich, nehme eine Papierserviette und tupfe mir die Tränen aus den Augenwinkeln. Verdammt noch mal! Und ich wollte doch nur sexy Small Talk machen!

»Entschuldige, aber dieser Mann ist nicht nur ein rücksichtsloses, egoistisches Schwein, sondern vor allem der mit Abstand größte Idiot, der auf diesem Planeten herumläuft.«

Ich lächle ihn an. »Das klingt nach einem sehr schönen Schlusswort zu diesem Thema. Aber jetzt erzähl mal etwas über dich. Du bist erst vor Kurzem in die Gegend gezogen, nicht wahr?«

Er lächelt zurück. »Ich bin dir also aufgefallen?«

Ich merke, wie ich rot werde. »Du bist in diesem Viertel jedem weiblichen Wesen zwischen zwölf und zweiundneunzig aufgefallen.«

»Siehst du«, sagt er und beugt sich ein klein wenig vor.

»Und von all denen bist du die Einzige, die *mir* aufgefallen ist.«

Ich vergesse für einen Moment zu atmen. Der Mann verschwendet keine Zeit. Und warum auch? Warten ist für Verlierer. Das Leben ist heute, oder? »Und was machst du, wenn du nicht gerade den Vollmond bewunderst?«

Sein Lächeln wird ein klein wenig breiter. »Ich bin sozusagen Frührentner.«

»Also, sehr gebrechlich wirkst du nicht auf mich …«

»Ich hatte mit einem Partner eine eigene Firma. Software für Computerspiele. Wir hatten ein paar sehr geniale Ideen, die wir uns patentieren ließen. Dann haben wir die Patente verkauft, die Firma aufgelöst und uns zur Ruhe gesetzt. Mein Partner lebt jetzt in der Karibik.«

Ich starre ihn mit großen Augen an. »Du liebe Zeit! Wie alt wart ihr, als ihr die Firma gegründet habt? Zwölf?«

Wieder so ein kleines Lächeln. »Ich sehe wohl etwas jünger aus, als ich bin.«

»Du hast keine einzige ernsthafte Falte im Gesicht.«

»Dafür hat Gott sich an anderer Stelle gerächt«, wehrt er ab und fährt sich mit komisch sorgenvollem Blick über das grau melierte Haar.

»Oh, das sieht verdammt sexy aus, wenn du mich fragst.«

»Dennoch etwas früh für einen Sechsunddreißigjährigen, finde ich.«

»Das würden manche Leute auch über den Ruhestand sagen.«

»Schon möglich.« Er zuckt mit den Schultern. »Aber das ist mir egal. In den sechs Jahren, die wir die Firma hatten, hab ich rund um die Uhr gearbeitet, kaum ein Privatleben gehabt.« Er lässt den Kopf sinken, spielt mit seinem Wasserglas. Als er wieder aufschaut, hat er feuchte Augen. »Der

Job hat meine Beziehung zerstört. Ich war so auf den Erfolg programmiert, ich habe nichts anderes mehr gesehen. Auch sie nicht.« Er lächelt ein bisschen gezwungen. »Frauen nehmen so was übel.«

»Ja, so sind wir«, sage ich mitfühlend. »Aber wir verzeihen auch gern.«

»Nun, diese Frau nicht«, sagt er. »Also hatte ich am Ende den Erfolg, das Geld, die Freiheit, jedes Wunschziel anzusteuern, aber niemanden, mit dem ich das alles teilen konnte. Und jetzt ...«

Er breitet die Arme aus, Handflächen nach oben. »Jetzt warte ich erst mal, was kommt ...« Er sieht mich an, und seine Augen bekommen einen seidigen Glanz. »Wenn der heutige Abend ein Indikator ist, dann habe ich ab sofort eine Glückssträhne.«

Natürlich fragt er auch, was ich mache.

»Ich schreibe«, antworte ich vorsichtig. Viele Menschen haben Vorurteile gegen Liebesromane und deren Autoren, und ich gerate allzu oft in die Situation, mich für meine Bücher rechtfertigen zu müssen, weil sie keine »ernsthafte« Literatur sind. Nicht, dass ich unter den »Ernsthaften« nicht selbst meine Favoriten hätte. Ich meine, Literaturgeschichte war mein Hauptfach an der Uni, wenn dieser Lebensabschnitt auch insgesamt nicht lange dauerte. Ich habe schon in fast jedes Genre reingelesen, ich bewundere viele der »Großen« der Gegenwart und der Vergangenheit. Aber mal ehrlich: Wenn man Liebeskummer oder einfach nur einen dunkelgrauen Tag hat und nach etwas sucht, das einem ein gutes Gefühl vermittelt, den Funken Spaß, den man braucht, um alles wieder ein bisschen rosiger zu sehen – greift man da zu »ernsthafter Literatur«? Also ich nicht. Ich greife zu einem Buch, bei dem ich lachen und mitfiebern kann. Und auch mal ein bisschen weinen – das ist gut zu verkraften, wenn ich sicher sein kann, dass am Ende alles gut wird.

Zu wissen, dass man den grauen Tagen von Tausenden Frauen auf diese Art etwas Farbe eingehaucht hat, ist ein gutes Gefühl, und ich wüsste nicht, wofür ich mich schämen oder rechtfertigen sollte. Meine Bücher sind Wohlfühlbücher. Sie sind die Freunde, die an einem verregneten Sonntag in Gemeinschaft mit einer Kanne Tee und einer Packung Schokoladekekse ein bisschen glücklich machen. Ich merke, dass ich mich sogar in Gedanken rechtfertige. Ich entwerfe in Gedanken Imagekampagnen für meinen Beruf! Mir ist wirklich nicht zu helfen. »Wie bitte?«, frage ich zerstreut.

»Ich habe nur gefragt, ob ich etwas von dir gelesen haben könnte.«

»Nein, ich glaube nicht. Es sind eher ... Frauenthemen.«

»Und für welche Zeitung schreibst du?«

Auch gut. Er denkt, ich bin Journalistin. Das ist ein gutes Zeichen. Journalistinnen werden vor allem für intelligent gehalten, Autorinnen von Liebesromanen vor allem für romantisch.

»Ach, für verschiedene.« Nicht gelogen. Ab und zu erscheinen Kurzgeschichten von mir in Illustrierten. »Ich bin Freelancerin.«

»Ist das nicht recht hart, finanziell?«

»Oh, ich komme ganz gut durch.« Leicht untertrieben, aber nicht gelogen. »Das Finanzamt kriegt allerdings das meiste.« Weiß Gott die Wahrheit.

Er lächelt. »Wie bei uns allen. Ich dachte nur, eine alleinstehende Frau mit Kind ...«

Ich starre ihn perplex an. »Mit Kind? Wieso mit Kind?«

»Ist das kleine Mädchen nicht deine Tochter? Ich hab

euch ein paarmal zusammen gesehen, bei Herta und im Park …«

»Oh, du meinst Lucy! Meine kleine Nichte. Die Tochter meiner Schwester.«

Er wirkt peinlich berührt. »Entschuldige, ich hoffe, du missverstehst das jetzt nicht. Ich dachte natürlich schon, dass du sie sehr jung bekommen haben musst …«

»Mit neunzehn …«

»Aber so was soll ja vorkommen«, fährt er fort.

»Es hätte dich nicht abgeschreckt, wenn ich eine Tochter hätte?«

»Abgeschreckt?« Jetzt ist er es, der mich perplex anstarrt. »Ich finde Kinder großartig.«

Wie, frage ich mich, hat dieser Glücksfall von einem Mann es unverheiratet in sein sechsunddreißigstes Lebensjahr geschafft?

»Was bist du eigentlich im Sternzeichen?«, fährt er fort mich zu verblüffen. Gewöhnlich stelle *ich* diese Frage und werde dafür im besten Fall belächelt.

»Löwe, Aszendent Waage.«

»Die Willenskraft des Löwen, vereint mit der Schönheit der Waage«, lächelt er. »Wie außerordentlich passend.«

Ich werde wieder mal rot. »Und du?«, frage ich.

»Widder, Aszendent Wassermann.«

»Das passt ja perfekt!«, entfährt es mir.

Himmel noch mal, etwas mehr Kontrolle, Gwennie! Der Mann muss dich ja nicht unbedingt für eine verzweifelte Hausfrau halten!

Aber er lächelt nur sein wissendes Ich-bin-ein-griechischer-Gott-Lächeln und meint: »Ich bin jederzeit bereit, den Beweis anzutreten.«

Ich meine, es *muss* Schicksal sein, oder? Warum passiert mir dieser unglaublich perfekte Mann, Sekunden nachdem ich meinen Verlobten beim Fremdküssen erwischt habe? Warum, wenn das Universum mir nicht etwas sagen will? Ich finde, das Universum spricht ausnahmsweise mal richtig deutlich.

KAT

Also, ich gebe es zu, diese ganze Sache mit Stalkerboy macht mich nervös. Das geht alles viel zu schnell. Natürlich soll Gwennie sich von ihrem Mike-Desaster ablenken, und wenn der Typ wirklich so gut aussieht …

Aber sie schmeißt sich schon wieder mit ihrer ganzen Intensität in die Sache, und das, nachdem sie nicht mal so was wie eine Trauerpause eingelegt hat.

Ihr Bericht von diesem ersten Date war so euphorisch, dass ich nicht mehr weiß, ob ich erleichtert sein soll, weil die Euphorie nicht mehr Mike gilt, oder besorgt, weil so viel Begeisterung bestimmt auch kein anderer Mann verdient hat. Zwischen den vielen ekstatischen Ausrufezeichen höre ich raus, dass sie den Mike-Schmerz verdrängt, aus Panik, dieser neue Mann, der offensichtlich allen objektiven Perfektionskriterien entspricht, könnte ihr durch die Lappen gehen, wenn sie Zeit mit Trauern verschwendet.

»Stell dir vor, er liebt Kinder!«, zwitschert sie ganz aufgeregt ins Telefon. Da bin ich endgültig misstrauisch geworden. Wie kann jemand behaupten, dass er Kinder liebt? Ich kenne da ein paar widerliche, bösartige kleine Vertreter der Spezies, die ihn schnell eines Besseren belehren würden. Natürlich gibt es coole Kids. Lucy zum Beispiel ist echt ein Hammer. Aber ich habe eher das Gefühl, sie ist die Ausnahme, nicht die Regel. *Ich liebe Kinder!* ist wie *Ich liebe Tiere!* (auch die Fliege, die sich in deinen Lieblingssalat verirrt hat, auch den Rottweiler, der deinen Daumen nicht mehr ausspucken will?). Oder *Ich liebe das Leben!* (auch wenn auf der Überholspur der Stadtautobahn plötzlich der Tank leer ist?).

»Er ist total klug! *Und* er glaubt an Astrologie!«, schwärmt Gwennie munter weiter.

»Jetzt merkst du aber selbst, dass du Blödsinn redest, Gwennie-Schatz.«

»Ach, und wieso?«

»Weil das ein Widerspruch in sich ist.«

»Dann bin ich also dämlich?«

»Nein, bloß naiv und leichtgläubig.«

»Vielleicht bin ich ja nur offen für größere Dimensionen.«

»Größere Dimensionen von Naivität und Leichtgläubigkeit, ja.«

Das Gespräch geht da gerade in eine gefährliche Richtung. Wenn ich nicht aufpasse, legt Gwennie wütend auf, bevor sie zum spannenden Teil gekommen ist. »Hat er versucht, dich ins Bett zu kriegen?«

»Das hätte er bestimmt nicht«, antwortet sie würdevoll. »Darius ist ein Gentleman durch und durch.«

»*Hätte?* Was heißt *hätte?*«

»Na ja, als wir bei mir – oder bei uns – zu Hause ankamen, stand Mike da, und das war dann doch eher eine Romantikbremse.«

»Mike hat vor deiner Tür gewartet?«

»Oh, er hat nicht nur gewartet.« Gwennie klingt außerordentlich zufrieden. »Er hat mir eine regelrechte Szene gemacht!«

»Er dir???«

»Gwennie, was soll das alles?«, grollt Gwennie mit tiefer Mike-Stimme, wegen der Authentizität. »Ja, das hab ich mich auch die längste Zeit gefragt!«, piepst sie weiter, um mir zu vermitteln, dass sie nun wieder ihren eigenen Text spricht.

»Gwennie, bitte ohne Method-Acting, wenn's geht!«

»Na gut. Also er darauf: Wir haben von einer Auszeit geredet, nicht vom Schlussmachen. Ich: Wir haben von allem Möglichen nicht geredet, und du tust es trotzdem. Er: Keine Ahnung, was du meinst! Ist es eigentlich biochemisch und physiologisch unmöglich, dass eine Frau sich mal klar ausdrückt? Ich: War mein Paket nicht klar genug? Er: Du willst doch gar nicht ernsthaft Schluss machen! Und wer ist überhaupt diese Pappnase?«

Richtig. Stalkerboy. »Was hat Darius eigentlich während dieser Unterhaltung gemacht?«

»Sei nicht so ungeduldig!«

Also gut, weiter im Text, Stichwort Pappnase.

» Ich darauf: Wir haben keine Veranlassung, dir irgendwelche Fragen zu beantworten! Er, nun schon ziemlich wütend: *Wir??* Es gibt ein *Wir??* Das ist ja verdammt schnell gegangen! Ich zurück: Aber wohl nicht halb so schnell wie bei dir! Er: Ich weiß schon wieder nicht, worauf du hinauswillst! Ich: Dann bist du doch nicht so schnell von Begriff, wie ich immer dachte! Und da hat er einen Schritt auf mich zugemacht, und Darius ...«

Sie legt eine dramaturgische Pause ein.

»Und Darius ...?«, frage ich brav, wie sie's von mir erwartet.

»Der stellt sich vor mich hin und sagt vollkommen ruhig: ›Ich glaube, die Dame zöge sich jetzt gern zurück. Allein.‹ Ich sehe, dass Mike kocht, er brächte Darius am liebsten um. Aber er sagt nur, an ihm vorbei: ›Du schuldest mir eine

Erklärung, Gwennie.‹ Worauf ich antworte: ›Du schuldest mir acht Monate meines Lebens!‹« Sie lacht auf. »Der war gut, oder?«

»Sehr gut«, pflichte ich ihr bei. »Und was war dann?«

»Mike hat die Hände in die Luft geworfen, irgendwas Frauenfeindliches gemurmelt und ist in sein Auto gestiegen.«

»Und Darius?«

»Hat mir die Hand geküsst …«

»Die *Hand* …?«

»Das Ding mit den fünf Fingern dran, ja, du hast richtig gehört. Wobei mir einfällt, dass ich endlich den Verlobungsring abnehmen muss …«

»Er hat dir echt nur die Hand geküsst?«

»Und gesagt, er versteht, dass ich jetzt sicher lieber allein sein will. Mir versichert, dass es bis dahin ein sehr schöner Abend war, dass er hofft, mich bald wiederzusehen, und dass, wenn ich irgendwas brauche …«

»Jaja, schon klar. Der perfekte Gentleman.«

»Wie ich schon sagte.«

Eine kleine Pause. Ich weiß genau, warum. Eigentlich will Gwennie über Mike reden, aber gleichzeitig will sie den Eindruck erwecken, dass er gar nicht mehr wichtig ist.

»Aber Mike hat schon Nerven, oder?«, sagt sie schließlich. »Ich meine, natürlich weiß er nicht, dass ich ihn mit der Blonden erwischt habe, aber dass er sich aufführt, als wäre *ihm* das große Unrecht widerfahren … Warte mal, hier kommt gerade eine E-Mail von ihm …«

»Und? Was schreibt er?«

»Keine Ahnung. Hab sie nur angeklickt und als Spam markiert. Ab jetzt kommen seine Mails in einen Ordner mit den Penis-Vergrößerungs-Anzeigen und den Online-Casino-Lockbriefen.«

»Du hast sie echt nicht mal gelesen?«

»Nein. Und weißt du was? Jetzt gerade lösche ich den ganzen Spam-Ordner. So. Weg ist er. Ich spare mich ab jetzt für Männer auf, die mich verdienen. Auch elektronisch.«

»Und du bist nach einem einzigen Date überzeugt davon, dass Darius ein solcher Mann ist?«

»Weißt du was, Kassandra? Warum gehst du nicht irgendwann in den nächsten Tagen mit uns essen und überzeugst dich selbst? Du hörst ja sonst nicht auf, mir die Laune zu verderben mit deinem Misstrauen.«

Es ist zwar noch ein bisschen früh für das Inspektionsdate, aber irgendwie scheint in Bezug auf Stalkerboy ja alles fast forward-mäßig abzulaufen. »Wann immer du willst.«

»Ich frag ihn und meld mich dann. Aber frühestens am Wochenende. Morgen ist Tantentag, und einmal will ich wenigstens noch allein mit ihm weggehen, bevor ich ihn dir zum Fraß vorwerfe.«

»Alles klar. Ich stehe zur Verfügung. Hab nichts weiter vor in nächster Zeit.«

»Was ist mit dem weißen Ritter?«

»Scusi?«

»Du weißt schon. Der geschiedene Lipizzaner, der dich so ärgert.«

»Er ärgert mich nicht im Geringsten.«

»Tut er doch.«

»Tut er nicht.«

»Tut er doch.«

»Tut er nicht.«

»Tut er doch!«

»*Du* ärgerst mich. Ich werde dir denselben Klingelton verpassen wie meiner Mutter.«

»Du hast schon längst denselben wie meine.«

»Das ist höchstens ein Kompliment. *Deine* Mutter ist nämlich bloß ein harmloser Späthippie, der es gut mit dir meint. Meine ist ein nobelfriseurondulierter Society-Drache, der bei jedem Wort Feuer speit.«

»Ach was, meine ist auf ihre Art genauso schlimm wie deine.«

»Das kann schon deshalb nicht stimmen, weil deine auf Ibiza wohnt und meine nur fünf Blocks von mir entfernt.«

»Seit es Flugzeuge gibt, sind die entfernten Verwandten auch nicht mehr das, was sie einmal waren.«

Ich muss lachen. »Das ist gut. Ist das von dir?«

»Nein, von Qualtinger. Aber es *könnte* von mir sein. Die Frau ruft nie vorher an. Sie bucht jedes Mal ein Ticket, wenn ihre Lieblingsfluglinie ihr eine E-Mail mit Sonderangeboten schickt.«

»*Meine* Mutter …«

»Warte mal kurz!«

Sie ist gleich darauf wieder da. »Darius hat eine SMS geschickt. ›Ich hatte schon seit Ewigkeiten keinen so schönen Abend mehr. Hoffe, wir sehen uns sehr bald! D.‹ Ich wäre echt verrückt, diesen Traummann sausen zu lassen, nur weil mir die Trennung noch in den Knochen steckt.«

Ich seufze. »Wenn du dich nur nicht in ihm täuschst.«

»Bestimmt nicht.«

»Und wie kannst du da so sicher sein?«

»Sagt mir meine Intuition.«

»Unter Intuition versteht man die Fähigkeit gewisser Leute, eine Lage in Sekundenschnelle falsch zu beurteilen.«

Jetzt lacht Gwennie. »Und von wem ist das?«

»Dürrenmatt. Aber es *könnte* von mir sein.«

»Da hast du allerdings recht.«

Na ja, und so verbleiben wir dann, schließlich hat sie

einen Roman fertig zu schreiben und ich Immobilien zu verkaufen.

Die Mütterkiste. Eine weitere Gemeinsamkeit von Gwennie und mir. Wir haben beide früh unsere Väter verloren – sie ihren durch einen Herzinfarkt (es geschah während eines Schamanenworkshops – wahrscheinlich ist seine Seele einfach in ein unschuldig herumhüpfendes Eichhörnchen gefahren) und ich meinen an eine zwanzig Jahre jüngere Version meiner Mutter. Er lebt seither in einem Chalet in Zürich und hat eine Höhere-Töchter-Zucht aufgemacht. Ich habe so gut wie keinen Kontakt zu ihm. Gwennie behauptet, mein ganzes Misstrauen Männern gegenüber kommt von meiner Vatergeschichte. »Du musst einfach einen finden, der in allem das Gegenteil deines Vaters ist«, meint sie. Aus irgendeinem Grund führt mich diese Gedankenkette zu Victor. Sie hat natürlich recht, er hat mich geärgert, was schon lange keinem mehr gelungen ist. Irgendwie hat er es geschafft, sich in meinem Gehirn festzusetzen, ich denke an ihn, ohne es wirklich zu wollen.

Carola hat natürlich während des gesamten privaten Telefongesprächs aufmerksam gelauscht und dabei so getan, als schriebe sie etwas Wichtiges. Nun, nachdem ich aufgelegt habe und sie sich wieder ihrer tatsächlichen Arbeit zuwenden könnte, ist der Moment gekommen, in die Küche zu gehen und eine kleine Kaffeepause einzulegen.

Ich stehe auf, lange zu ihrem Schreibtisch hinüber und greife mir den Notizblock, ein Werbegeschenk unseres Steuerberaters. Oben prangt in phantasielosen Arialbuchstaben das Logo: *Schön & Schuppich. Steuerberatung.* Darunter steht in Fließschrift *Carola Schön*, etwa dreißigmal. Teils ordentlich, teils etwas flüchtiger gekritzelt, teils nachgerade gewagt-fetzig. Sie übt also schon. Welch ein Glück, denke ich ein klein wenig boshaft, dass sie nicht den anderen Partner abgekriegt hat.

GWENNIE

Mike ist echt hartnäckig. Jetzt hat er zwar kapiert, dass ich nicht abhebe, wenn er anruft, und hat es auch aufgegeben, mir auf die Mailbox zu sprechen. Dafür bekomme ich derzeit mehr Mike-Spams als Viagra-Spams. Natürlich kostet es Überwindung, die E-Mails nicht zu lesen. Die alte Gwennie hätte jedes Wort gierig aufgesaugt und unabhängig vom Inhalt eine Botschaft ewiger Liebe herausgelesen. Aber wozu? Ich habe diesem Mann vertraut, so sehr vertraut, dass ich bereit gewesen wäre, mein Leben mit ihm zu verbringen. Und was hat es mir gebracht? Eine Szene wie aus dem Bauerntheater, in dem auch die ganz Dumme im zu engen Dirndlkleid endlich kapiert, dass sie genau das ist – oder die längste Zeit war: ganz dumm.

Die Dramaturgie verlangt von der neuen Gwennie, dass sie über sich hinauswächst und *nicht* mehr dieselben Fehler macht. Drum habe ich also die ersten Mike-E-Mails nur überflogen. Und bald gemerkt, dass sie in erster Linie vor Wut und beleidigtem Stolz nur so strotzen. Als wäre *er* der Betrogene! Seither lösche ich alles ungelesen. Wenn hier jemand wütend sein darf, dann verdammt noch mal ich!

Schon wieder eine Mail! Mein Spam-Ordner füllt sich im Rekordtempo. Wie soll ich mich da aufs Arbeiten konzentrieren? Natürlich könnten besonders Schlaue einwenden, dass keiner mich zwingt, mein Mailprogramm zu öffnen und im Dreißig-Sekunden-Takt auf *Senden und Empfangen* zu klicken. Aber ich bin schließlich auch nur ein Mensch, und die neue Coolness bedarf noch einiger Trainingseinheiten. Aber jetzt reicht's. Alles löschen. So.

Entschlossen schalte ich den Laptop aus und überlege, wie ich die Zeit totschlagen könnte, bis Lucy auftaucht. Heute ist Tantentag, das heißt, Lucy kommt nach der Schule zu mir, und wir gehen shoppen und Eis essen, manchmal fahren wir auch in den Stall und besuchen Pegasus. Wir kochen gemeinsam oder lassen uns was kommen, wir gucken Netflix-Serien, und sie übernachtet bei mir. So was machen wir mindestens einmal alle zwei Wochen, schließlich ist Lucy meine absolute Lieblingsnichte. Sie nimmt dieses Kompliment so ernst, als gäbe es noch eine Heerschar anderer Nichten, und genauso ist es auch gemeint. Ich schrecke ein bisschen vor dem Gedanken an eigene Kinder zurück, weil ich befürchte, dass ich so was Tolles wie Lucy vielleicht nicht hinkriege. Sie ist meine Seelenverwandte, nur viel praktischer als ich – und viel realistischer. Sie hat lauter Eigenschaften und Gaben, die mir fehlen: einen guten Orientierungssinn (ich würde mich immer noch beim Ausreiten verirren, wenn Pegasus nicht Lucys Begabung teilen würde), ein phantastisches Zahlengedächtnis (sie weiß zum Beispiel im Unterschied zu mir meine Telefonnummer auswendig) und eine beneidenswerte Menschenkenntnis. Weil sie allerdings auch beeindruckendes Taktgefühl besitzt (im Gegensatz zu einer bestimmten besten Freundin, ich will keinen Namen nennen), teilt sie mir ihr Urteil nie ungefragt mit. Nein, *nie* stimmt nicht, von Mike war sie auf Anhieb begeistert – obwohl er sich vor Pferden fürchtet, was ihn in ihren Augen eigentlich hätte disqualifizieren müssen. Aber auch Elfjährige sind eben gegen diesen urban-witzigen Naturburschen-charme nicht immun. Ich weiß gar nicht, wie ich ihr bei-bringen soll, dass mit uns Schluss ist.

Mein Handy läutet. Lucy.

»Hey Süße, was gibt's?«

»Darf ich Sharkie mitbringen? Mama ist heute Abend auch weg, und Papa geht ja doch nicht mit ihm spazieren.«

»Klar, ich bring alles in Sicherheit.«

»Danke! Dann bis später!«

»Bis später!«

Womit die Frage nach einer sinnvollen Beschäftigung sich von selbst beantwortet hat: Ein Besuch von Sharkie fordert die totale Küchenversiegelung. Er ist ein Misch-lingshund, den seine Jugend in einer Bettlerhundekolonie auf Mallorca nachhaltig geprägt hat. Was die große weite Welt zu bieten hat, teilt sich für ihn in zwei Kategorien: essbar und nicht essbar – wobei die letztere erheblich klei-ner ausfällt. Das Kerlchen sieht aus wie eine Mischung aus Beagle und Foxterrier, ist also durchaus niedlich – und völlig ungefährlich. Seinen Namen verdankt er meinem Schwager, der ihn etwas lieblos mit einem weißen Hai ver-glich, als das neue Haustier kurz nach seiner Angliederung an die Familie das Sonntagsfrühstück vom frisch ge-deckten Tisch inhalierte – inklusive Hefezopf, Obstsalat und Blümchenservietten. Erheblich freundlichere Worte wurden ihm zuteil, als meine Schwester kurz darauf ihren rosa Flanellpyjama in gut durchgekauten Einzelteilen wiederfand, aber da hatten sich alle schon an den Namen gewöhnt.

Natalie hat sich übrigens trotzig sofort den nächsten Fla-nellpyjama gekauft. In Flieder, mit Häschen drauf. »Soll er sich doch die Mühe machen, ihn mir vom Leib zu reißen«, hat sie herausfordernd gemeint. Ich bin nicht auf dem Laufenden, ob dieser Einsatz von umgekehrter Reizwäsche funktioniert hat.

Aber zurück zu Sharkie: Lucy hat sich den Hund hart und sehr diplomatisch erkämpft. Nach monatelangem Drängen auf einen Bruder oder eine Schwester hat sie während des Familienurlaubs auf Mallorca bei Sharkies Anblick blitzartig auf einen vierbeinigen Hausgenossen umgeschwenkt, den meine Schwester umgehend als kleineres Übel akzeptierte. Natalie findet, dass *ich* jetzt schön langsam mal dran bin, am Fortbestand der Dynastie zu arbeiten. Da fällt mir ein: Sie weiß ja auch noch nichts von meiner Entlobung.

Ob Sharkie Teebeutel als essbar einstuft? Im Zweifel ja. Küchenrolle mag er, das haben wir schon ausgetestet. Nachdem alles weggeräumt ist, sichere ich die Türen der Küchenschränke und des Kühlschranks mit Klebebändern und atme tief durch. Ich liebe die Tage, an denen Lucy kommt – wenn's mir schlecht geht, fast noch mehr als sonst. Es entstehen einfach keine Zeitlücken, in denen ich grübeln könnte. Wie um das zu bestätigen, läutet mein Handy noch mal.

»Ich bin gleich da. Kommst du runter, und wir machen die Parkrunde?«

»Gute Idee. Gib mir zwei Minuten!«

Die Parkrunde bedeutet nicht nur, dass Lucy und ich unter blühenden Kastanien Neuigkeiten austauschen, sondern auch, dass unsere Route an zwei Imbissständen vorbeiführt, deren Besitzer sich Sharkies Sympathie mit großzügigen Rationen von Bratwurst, Pommes und Brezeln erkaufen. Der kleine Spaziergang bedeutet in weiterer Folge also Schadensbegrenzung für meine vier Wände, weil irgendwann auch der kleine mallorquinische Extrembettler kurz vorm Platzen ist.

Ich schlüpfe aus meiner heutigen Arbeitskleidung, einem knallgrünen Jogginganzug aus Nickysamt, und ziehe stattdessen Jeans und ein pinkfarbenes T-Shirt mit der Aufschrift »Drama-Queen« an (Geschenk von Kat, von wem sonst), das auf tatsächlich höchst dramatische Weise mit meinem roten Haar um die Wette nach Aufmerksamkeit schreit. Tasche umgehängt, Schlüssel rein, und raus an die Sonne. Ende April, und es scheint der erste richtig warme Tag zu werden. Ich schließe für einen Moment die Augen. Warum kann es nicht so sein wie noch vor wenigen Wochen? Warum kann ich nicht blöd vor Glück Hochzeitsmagazine lesen, mit meinem Liebsten Arm in Arm die ersten lauen Abende genießen und in der Straßenbahn angeglotzt werden, weil ich ständig ein belämmertes Grinsen im Gesicht trage? Vor diese leicht weichgezeichneten Bilder schiebt sich mit brutaler Schärfe der Blondinenkuss, und ich kneife unwillkürlich die Augen zusammen, weil es so wehtut.

»Gwennie!« Gott sei Dank. Da biegt Sharkie um die Ecke und zerrt die winkende, stolpernde Lucy hinter sich her. Sharkies Zunge quillt heraus, sein Unterkiefer schleift fast am Boden vor Anstrengung, die Distanz zu mir zu verringern. Für Außenstehende mag es so aussehen, als wäre ich sein über alles geliebtes Frauchen. Eingeweihte wissen, es ist der Begrüßungshundekuchen in meiner Handtasche, der diese magnetische Wirkung ausübt.

Während Sharkie zu unseren Füßen sein Leckerli inhaliert, vollführen Lucy und ich unseren von einem amerikanischen Collegefilm inspirierten, voll durchchoreografierten Begrüßungshandshake. Plötzlich merke ich, wie Lucys Blick an mir vorbeigleitet, sich glasig auf irgendetwas hinter mir fixiert, und drehe mich um.

»Ist der süß!«, jubelt meine Nichte, und einen Augenblick lang denke ich nur: Aber echt! Um mich gleich darauf zu wundern, wie erwachsen doch der Geschmack einer Elfjährigen sein kann. Darius, in einem anthrazitfarbenen Designeranzug, ich tippe mal auf Armani, gleitet auf uns zu wie eine Erscheinung – geradewegs vom roten Teppich des Kodak Theatre hierher in meine kleine Vorstadtidylle gebeamt. Er scheint das Sonnenlicht irgendwie zu absorbieren und dann wieder auszustrahlen, so was überirdisch Schönes hat sein Auftritt.

Erst nach mehrmaligem Blinzeln bemerke ich, dass Lucy doch eine ganz normale Elfjährige ist: Darius trägt einen schwarzen Labradorwelpen auf dem Arm. Das Ganze sieht so sehr wie die Inszenierung eines Hochglanz-Modemagazins aus, dass ich mich unwillkürlich nach versteckten Kameras umsehe. Dann schaut er auf, entdeckt mich, und sein Gesicht leuchtet, als wäre ihm soeben der Weihnachtsmann höchstpersönlich samt seinen sämtlichen Rentieren erschienen.

»Gwennie!«, ruft er und kommt auf uns zu.

»Du-kennst-den-darf-ich-den-Babyhund-streicheln?«, kommt es mit hyperventilierendem Flüstern von Lucy.

»Klar darfst du.« Sharkies Leine wird mir in die Hand gedrückt, und in der nächsten Sekunde ist Lucy bei Darius, der ihr bereitwillig den Welpen zum Halten gibt. »Ist das schön, dich zu sehen!«, sagt er, und es trifft mich noch einmal mit voller Wucht, wie er instinktiv immer die richtigen Worte zum richtigen Zeitpunkt findet. Warum aber wünsche ich mir im gleichen Augenblick, es wäre Mike, der das zu mir sagt? Kann ich nicht einfach die Gegenwart nehmen, wie sie ist, und sie genießen? Mein Gehirn sucht vergeblich nach einem Liedtext, der genau auf das passt, was ich empfinde, und gleichzeitig ist ein anderer Teil von mir schlicht überwältigt.

»Hey«, sagt er zu mir, »du bist auf einmal so blass! Alles in Ordnung?«

»Mir ist nur gerade ... ein wenig schwindlig ...«

Besorgt fasst er meinen Arm, ich lasse den Kopf bereitwillig an seine Schulter sinken, atme ein sehr exklusives Aftershave ein, gemischt mit einem Hauch von Eau de Labrador.

Der Liedtext fällt mir doch noch ein:
It's the wrong time and the wrong place
Though your face is charming, it's the wrong face
Mit einem Seufzer trete ich einen halben Schritt zurück und lächle ihn an. »Geht schon wieder. Seit wann hast du denn einen Hund?«

Sein Blick verfinstert sich. »Seit heute Morgen. Kannst du dir vorstellen, dass jemand so einen kleinen Kerl einfach an einer Tankstelle festbindet und davonfährt?«

»Nein! Jemand hat ihn ausgesetzt?«

Darius nickt. »Ich hätte ihn natürlich gleich zur Polizei oder ins Tierheim bringen können, aber dann dachte ich, ich suche lieber selbst einen Platz für ihn ...«

»Ich will ihn, ich will ihn, ich will ihn!«, ruft Lucy mit sich überschlagender Stimme. »Bitte, Gwennie, ruf Mama an und sag ihr, das ist ein Notfall, es geht um Leben und Tod und ...«

»Es wird auch um Leben und Tod gehen«, unterbreche ich sie. »Und zwar um *mein* Leben und *meinen* Tod, wenn ich sie deswegen anrufe. Du hast schon einen Hund, wenn ich dich erinnern darf.«

Lucys Gesichtsausdruck wandelt sich von *Bittebitte* zu *Und-ich-hab-immer-gedacht-du-bist-die-coolste-Tante-der-Welt*, während sie den kleinen Labrador weiter an sich drückt. Sharkie kaut inzwischen an einem Hamburgerpapier, das ein Windstoß in unsere Richtung getragen hat.

»Außerdem fräße Sharkie ihn wahrscheinlich irgendwann im Halbschlaf irrtümlich auf.«

»Das würde er nicht!«

»Erinnere dich, was er mit meiner Plüschente gemacht hat!«

Sie legt die Stirn in Falten. »Du hast recht. Das war ein Gemetzel. Aber der hier ist doch bald ohnehin größer als Sharkie!«

»Ich bin sicher, genau dieses Argument wird Natalie überzeugen.«

»Ich mische mich ungern in diese Diskussion ein«, meldet sich Darius zu Wort. »Aber ich wollte noch erwähnen, dass ich schon einen Platz für den Kleinen gefunden habe. Eine Bekannte von mir. Wohnt ganz in der Nähe. Ich bin gerade auf dem Weg, ihn dort abzuliefern.«

It's not his face, but such a charming face ...

»Und dafür wirfst du dich so in Schale?«, frage ich mit einem Anflug von, ja, so was wie Eifersucht. »Muss ja eine besondere Bekannte sein.«

Ein klitzekleines Lächeln spielt um seine Mundwinkel. Nicht wie Mikes Lächeln, diese leicht nach oben gekräuselten Mundwinkel, aber ein verdammt attraktives Lächeln.

Though your smile is lovely it's the wrong smile ...

»Eigentlich war ich am Vormittag auf dem Weg zu einem Termin. Ein Vorstellungsgespräch für einen ziemlich interessanten Job. Aber dann kam mir dieser kleine Notfall dazwischen, und ich konnte den Hund schließlich weder dort lassen noch zu dem Termin mitschleppen und schon gar nicht im Auto einsperren.«

»Also hast du den Termin geschmissen?« Ich muss ihn ziemlich fassungslos angestarrt haben.

»Was hättest du denn getan?«, fragt er zurück.

»Das ist was anderes, ich bin schließlich …«

»… eine Frau?«, fragt er, und das Lächeln vertieft sich.

»Und Männer tun so was nicht?«

»Na ja, nicht viele Männer jedenfalls.« Mike hätte den Hund sicher auch nicht an der Tankstelle gelassen. Aber hätte er seinetwegen einen wichtigen Termin sausen lassen? Wohl eher nicht. Er hätte den Welpen vermutlich mir gebracht und gewusst, dass ich sofort alles liegen und stehen ließe, um mich um ihn zu kümmern.

»Du kennst eindeutig die falschen Männer«, stellt er mit einem vielsagenden Blick fest und wendet sich entschuldigend an Lucy: »Ich muss ihn jetzt wieder nehmen, fürchte ich …«

Widerstrebend reicht Lucy Darius das kleine schwarze Bündel zurück. »Ist es auch ein guter Platz?«, fragt sie, und ihre Augen glänzen verdächtig.

»Ein sehr guter Platz«, versichert er und schaut dann mit einem kleinen »Oh!« an sich hinunter. Auf seinem edlen anthrazitgrauen Sakko breitet sich gerade ein dunkelanthrazitgrauer Fleck aus.

»O nein, Mist, der schöne Anzug!«, rufe ich erschrocken und hoffe gleichzeitig, dass er den Welpen nicht angeekelt von sich wirft. Der kleine Kerl hat heute schließlich schon genug mitgemacht, und dass er keinen Respekt vor Signor Armani hat, kann man ihm nicht ankreiden.

Aber Darius zuckt nur mit den Schultern. »Ich schätze, der muss in die Reinigung«, sagt er. »Also, einen schönen Tag noch euch beiden.« Und zu mir: »Ich hoffe, wir sehen uns. Bald?«

It's not his smile, but such a lovely smile
That it's alright with me

Ich nicke nur, und Lucy und ich sehen ihm nach, wie er bei Hertas Laden um die Ecke verschwindet.

»Ist er nicht einfach hinreißend?«, frage ich meine Nichte mit matter Stimme.

»Ja«, seufzt sie. »Hast du seine süßen dicken Pfoten gesehen?«

KAT

»Na endlich!«, knurre ich zur Begrüßung, als Gwennie im Stall eintrudelt. »Ich seh dich überhaupt nicht mehr!«

»Ach, komm! Ich halt's doch gar nicht aus ohne dich.«

Sie sieht gut aus, jedenfalls nicht wie das Wrack, das sie eigentlich sein müsste. Kein Wunder, zumindest ihr Ego wird von Stalkerboy permanent gestreichelt. Der Mann scheint die Inkarnation aller romantischen Frauenträume zu sein. In der vergangenen Woche hat er sie einmal zum Picknicken abgeholt, ihr dreimal Blumen geschickt, und einmal waren sie – im Anschluss an ein Abendessen beim teuersten Inder des Viertels – im Kino, und zwar in einem gottverdammten *Mädchen*film. Und in genau so einen Film fühle ich mich versetzt: in diese Romantiksequenz im ersten Drittel der Handlung, *bevor* sich herausstellt, dass ER verheiratet oder ein notorischer Aufreißer oder der ›Neue‹ der besten Freundin ist. Na ja, Letzteres ist er in diesem Fall definitiv nicht, aber dennoch ist das alles irgendwie … irgendwie … ich weiß auch nicht. Wie Liebesperlen (diese kleinen Zuckerkügelchen in niedlichen Puppenfläschchen): Zu bunt. Zu süß. Zu allerliebst.

Ich meine, der Mann rettet Hundebabys, liebt Kinder, und der Mond inspiriert ihn zu lyrischen Wortspenden. So was gibt's einfach nicht im wirklichen Leben.

Während wir die Pferde holen, erzählt Gwennie mir die

allerneueste Geschichte. Offenbar hat sie Stalkerboy mit Gulla bekannt gemacht, was an sich schon eine Stufe ziemlicher Vertrautheit signalisiert. Gulla ist ein schwedisches Waisenmädchen, das irgendwann im 19. Jahrhundert bei armen Bauern aufwächst. Dann stellt sich heraus, dass sie in Wirklichkeit die Enkelin des reichen Gutsherrn ist, und alles wird gut. Irgendwie hat die Autorin es geschafft, diese simple Geschichte über sechs Bände auszudehnen. Nur so aus Neugier hab ich mal gegoogelt: Der Verlag hat damals *Pippi Langstrumpf* abgelehnt, weil er mit *Gulla* schon eine erfolgreiche Mädchenfigur hatte. Grooooooooooßer Fehler, würde ich sagen. Ich meine, wer kennt heute noch Kulla-Gulla? Außer Gwennie natürlich. Die Bücher sind alles Erstausgaben aus den Fünfziger- und frühen Sechzigerjahren, die sie von ihrer Großmutter bekommen und geschätzte vier Millionen Mal gelesen hat. Aus dem letzten Band (er heißt passenderweise *Gulla am Ziel*, wobei das Ziel natürlich Gullas Verehelichung ist) fehlt tragischerweise die Farbillustration der ersten Seite: Gulla im weißen Brautkleid. Vor allem unter dem Einfluss von zu vielen Mojitos gibt sich Gwennie gern tränenreichen Spekulationen über den Verbleib dieses Bildes hin. Mögliche Schuldige, von der Cousine bis zur Putzfrau, vom vorletzten Exfreund bis zu ihrer Mutter, werden wegen potenziellen Diebstahls, Vandalismus und/oder gezielten, gegen Gwennie gerichteten Psychoterrors angeklagt. Das Bild war da, dann war es plötzlich nicht mehr da, einer muss es genommen haben. Der Umstand, dass der Buchrücken immerhin an die sechzig Jahre alt ist, wird bei diesen Verschwörungstheorien gern außer Acht gelassen. Ich persönlich vermute, die Seite hat sich irgendwann gelöst, ist beim Lesen unbemerkt aus dem Buch gefallen und unter einem Regal oder Sofa gelandet. Bei seinem nächsten Einsatz hatte der Staubsauger vermutlich einen kurzen Schluckauf, und das war's dann. Bye-bye, Gulla!

Jedenfalls hat Darius von der Story erfahren, über Ebay eine Ausgabe des Buchs erstanden und Gwennie diese Farbtafel mit Gulla im Brautkleid als Geschenk überreicht.

»Ist das nicht einfach unglaublich lieb und aufmerksam?«

»Es ist beängstigend. In mir verdichtet sich die Vorstellung, dass der Trennungsschock bei dir eine Psychose ausgelöst hat. Dein Unterbewusstsein hat sich den perfekten Mann erfunden, und du lebst nun ein Phantasieleben mit ihm.«

Gwennie lächelt. »Frag Lucy! Sie hat ihn gesehen.«

»Bestätigt hat sie nur, einen Labradorwelpen gesehen zu haben, und auch das nur in wirren, von Verzückungsschreien unterbrochenen Worten.«

»Ich gebe zu, Darius stand bei ihr nicht im Mittelpunkt der Aufmerksamkeit. Aber sie hat genug von ihm gesehen, um festzustellen, dass er aussieht wie Walzertraum-Barbies Ken.«

»Soll das etwa was Gutes sein?«

»Sofern nicht Walzertraum-Barbie plötzlich eifersüchtig aus einer Kiste springt ...«

»Hat Ken denn nun endlich den Versuch in eine gewisse Richtung gestartet, der beweisen könnte, dass er ein Mann aus Fleisch und Blut ist?«

Sie seufzt und sieht mich mitleidig an. »Es geht nicht immer nur um Sex, weißt du.«

»Nicht nur, aber auch.«

»Vielleicht auch, aber jetzt noch nicht.«

»Richtig. Warum nicht bis nach der Hochzeit warten? Die ist ja ohnehin bald. Und der Moment, in dem er den Schleier hebt, wäre dann wohl ideal für den ersten Kuss.«

»Wer sagt, dass wir uns noch nicht geküsst haben?«
Ich mustere sie skeptisch. »Na ja. Du hast mich danach nicht angerufen, um mir davon vorzuschwärmen – oder deine Enttäuschung kundzutun. Das ist ungewöhnlich.«

»Du hättest doch nur alles ruiniert mit deinem Zynismus.«

Ich seufze. »Ich verspreche, nur so zynisch wie unbedingt nötig zu sein. Krieg ich jetzt einen Bericht?«

»Es war gestern. Im Mondschein. Vor meiner Haustür. Der perfekte erste Kuss.«

»Aber?«

»Nichts aber.«

Ich sehe sie nur schief an.

Sie schüttelt den Kopf. »Kein Aber. Echt nicht«, sagt sie entschlossen. »Es war toll. Ein guter Kuss. Er macht einfach alles gut.«

Pegasus stupst Gwennie zärtlich an. Er merkt genau, dass ihre Aufmerksamkeit nicht bei ihm ist, sondern bei der Konkurrenz.

»Ja, du bist auch ein phantastischer Küsser«, schmeichelt sie und reibt die Nase an seinen Nüstern. »Der beste von allen! Und Mike, den alten Angsthasen, mochtest du sowieso nicht, hab ich recht?«

Jetzt, da sein Kumpel von Gwennie Streicheleinheiten bekommt, fordert Napoleon bei mir dasselbe ein.

»Jaja, mein Großer«, schmeichle ich ihm und drücke das Gesicht an seinen Hals. »Du bist der Beste, Liebste und Schönste.«

»Sieht aus, als bliebe da kein Superlativ mehr für mich übrig.«

Victor, natürlich. Er kommt gerade von einem Ausritt zurück, auf seiner Lorelai. Inzwischen hat er seinen blassen

Anwaltsteint verloren, und seine Reitstiefel spiegeln nicht mehr so wie bei unserem ersten Zusammentreffen. Seine Therapeutin hat ihm wohl geraten, sich viel an der frischen Luft zu bewegen.

»Aber ja doch«, erkläre ich ihm mit einem leutseligen Lächeln. »Der Unmöglichste, der Aufdringlichste, der Egozentrischste ...«

»Sie mag Sie«, meldet Gwennie sich völlig unnötig zu Wort und streckt Victor die Hand entgegen. »Sonst würde sie nicht so viel Kreativität an Sie verschwenden. Ich bin übrigens Gwendolyn. Gwennie für Freunde.«

»Er ist kein Freund«, murre ich. »Und er darf bestimmt nicht mit dir reden, ohne vorher seine Therapeutin zu fragen.«

»Sie ist witzig, nicht wahr?«, fragt Gwennie ihn mit einem liebevollen Seitenblick auf mich, als wäre ich ihr Jüngstes, das eben ein besonders schönes Bäuerchen gemacht hat.

»Ja, das ist sie«, erwidert Victor im selben Tonfall. »Stets mit einem Anflug von Zynismus, aber ausgesprochen witzig.«

»Der Zynismus macht ihren besonderen Reiz aus«, erläutert Gwennie, als spräche sie von einem modernen Gemälde, das der Interpretation einer Expertin bedarf.

»Ja, er bringt ihre Augen zum Blitzen, abgesehen vom rein rhetorischen Genuss.«

»Sie hat besonders schöne Augen«, stimmt Gwennie befriedigt zu.

Victor nickt ernsthaft. »Das Erste, was mir an ihr aufgefallen ist.«

Ich räuspere mich. »Sagt mal, euch ist schon bewusst, dass ich anwesend bin?«

»Sie kann mit Komplimenten nicht umgehen«, stellt

Gwennie mit leisem Bedauern in Victors Richtung fest, als hätte ich überhaupt nichts gesagt.

»Aber mit Kritik auch nicht«, seufzt Victor.

»Ja, sie ist eine echte Herausforderung. Aber es lohnt sich, dranzubleiben. Wirklich.«

»Danke für den Tipp.«

Jetzt werde ich langsam sauer. »Es reicht, ich hör mir das nicht länger an!« Ich ziehe den Sattelgurt fest und steige auf. »Kommst du nun mit, Gwennie, oder möchtest du noch länger mit diesem Herrn fachsimpeln?«

Gwennie steigt ebenfalls auf. »Bis bald, Victor!«, ruft sie und winkt ihm freundlich zu. »Hat mich gefreut!«

»Mich ebenfalls!« Victor deutet eine Verbeugung an.

Ich habe eigentlich vor, Gwennie mindestens auf den ersten zwei Kilometern mit eisigem Schweigen zu bestrafen, aber sie plaudert munter weiter, ohne den geringsten Anflug von Schuldbewusstsein.

»Ich mag ihn. Er ist anders als deine anderen Typen.«

»Der Hauptunterschied besteht darin, dass er keiner von meinen Typen ist.«

»Du magst ihn.«

»Da weißt du mehr als ich. Außerdem ist er ohne Pferd wahrscheinlich nur noch einssechzig.«

»Und was macht das?«

»Gar nichts, wenn ich ihn zur Grundschule begleite.«

»Er ist cool. Und er steht auf dich. Gib ihm eine Chance!«

»Noch ein Wort über Victor, und ich gebe dich zur Adoption frei.«

Glücklicherweise kommen wir gerade an unsere erste Galoppstrecke – Gwennie kann nämlich sehr hartnäckig sein.

Danach kreisen ihre Gedanken zum Glück wieder um einen anderen Mann.

»Willst du am Samstag mit uns essen gehen?«

»Wenn Stalkerboy bereit ist, dich einen Abend lang zu teilen. Ich dachte schon, das Inspektionsdate fände nie statt.«

»Doch, doch, es findet statt. Du wirst ihn lieben. Du kannst gar nicht anders. Er behandelt mich, wie ich es verdiene, und er lenkt mich von Mike ab. Niemand, dem ich am Herzen liege, würde mir diesen Mann ausreden wollen.«

Was soll ich darauf schon groß sagen? Dass es ein elementares Gesetz gibt, das besagt, wenn etwas zu schön ist, um wahr zu sein, *ist* es meistens nicht wahr? Vielleicht bin ich wirklich zu zynisch. Vielleicht muss ich mich nur mehr *öffnen*. Verdammt, ich bin sogar zynisch, wenn ich mit mir selbst rede.

»Und tu mir am Samstag einen Gefallen«, sagt Gwennie.

»Jeden.«

»Nenn ihn nicht Stalkerboy.«

GWENNIE

Ich habe Kat ausnahmsweise nicht alles erzählt. Sie hat diese Gabe, hinter allem und jedem, so unschuldig es auch sein mag, einen niedrigen Beweggrund oder eine armselige Ursache zu finden.

Nach dem Kuss hab ich Darius gefragt, ob er nicht mit raufkommen will. Ehrlich gesagt: nicht deshalb, weil der Kuss mich so unsäglich heiß gemacht hätte, sondern eher deshalb, weil es nicht der Fall war. Ich wollte also »den Mike-Bann brechen«, indem ich heißen Sex mit Darius habe. Weil ich das Gefühl habe, ich kann all das Wunderbare, das er sagt und tut – den perfekten Kuss inklusive –, nicht richtig genießen, solange ich immer noch an Mike denke. Da ist so eine starke körperliche Erinnerung an Mike – ich weiß nicht, wie ich es anders nennen soll: Mein Körper hat seine Berührungen als die perfekten Berührungen abgespeichert. Und ich glaube, ich muss sie sozusagen auf meiner Festplatte mit anderen Berührungen überspielen, um sie zu löschen. Darius soll mich von meiner Mike-Sucht heilen, damit ich nach ihm süchtig werde. Oder so ähnlich.

Na, jedenfalls sieht er das anders.

»Mit raufkommen wie ›noch ein Glas Wein trinken‹? Oder mit raufkommen wie ›dir die Kleider vom Leib reißen und es in allen Zimmern mit dir treiben‹?«

»Beides«, flüstere ich an seiner grau melierten Schläfe. »Die Reihenfolge darfst du aussuchen.«

Er schiebt mich ein Stückchen weg. »Nein«, sagt er sanft, ohne die Hände von meinen Armen zu nehmen.

Nach all den Blumen, Einladungen, schönen Worten und dem perfekten Kuss ist das ein unerwarteter Schlag für meinen Stolz.

»Nein wie ›Ich hab vergessen zu erwähnen, dass ich schwul bin‹, oder nein wie ›Du törnst mich nicht an, und der Satz mit der vergessenen Zahnbürste ist mir nicht rechtzeitig eingefallen‹?«

Ich will seine Hände abschütteln, aber er lässt mich nicht los. Ein ganz kleines Lächeln erscheint auf seinen Adonislippen.

»Weder noch«, sagt er. »Nein wie ›Ich will keine Affäre mit dir‹.«

»Bitte?«

»Gwennie, meine Trennung ist schon zwei Jahre her. Ich bin darüber weg. Aber du hast deine Trennung noch nicht verarbeitet.«

»Ja, eben drum.« Ich kann die Gekränktheit nicht ganz

aus meiner Stimme raushalten.«Ich dachte, es würde die Sache … das Verarbeiten … erleichtern.«

»Zweiundneunzig Prozent aller Beziehungen, die unmittelbar nach einer Trennung eingegangen werden, halten nicht länger als drei Monate.«

»Ist das wahr?«

»Ja, aber nur dann, wenn man bestimmte Fehler begeht.« Sein Lächeln verstärkt sich. »Ich will nicht dein Übergangsmann sein, Gwennie. Ich will, dass du nur an mich denkst, wenn wir miteinander schlafen, nicht an diesen Idioten. Du bist noch nicht so weit.«

In diesem Moment bin ich *fast* so weit. Dieses Einfühlungsvermögen, gepaart mit so viel Selbstbeherrschung, ist einfach unglaublich sexy.

»Und wenn es gar keine Anziehung zwischen uns gibt?«, frage ich ihn herausfordernd. »Du weißt schon, keine sexuelle Energie? Dann verschwenden wir vielleicht nur unsere Zeit.«

Er küsst mich erst ganz zart und dann heftiger. Und dann so, als hätte er seine Meinung gerade geändert und wollte noch hier vor dem Haus über mich herfallen. »Zwischen uns ist genug sexuelle Energie, um ein mittleres Kraftwerk zu betreiben«, sagt er ein wenig atemlos und tritt dann einen Schritt zurück. »Aber ich will mehr als das. Und ich will, dass du das auch willst.«

Ich seufze. »Du bist …« In Ermangelung einer Definition schüttle ich den Kopf, bis mir das eine Wort einfällt, das es trifft: »Perfekt. Wie kann es so was wie dich überhaupt geben?«

»Weil du das Beste in mir zum Vorschein bringst.«

Und dann wirft er mir aus sicherer Entfernung eine Kusshand zu, dreht sich um und überquert die Straße.

Ehrlich jetzt: Wie hätte ich *das* Kat erzählen sollen?

117

KAT

Wir sind beim Japaner verabredet, weil Mike kein Sushi mag und daher die Wahrscheinlichkeit, ihn hier zu treffen, minimal ist. Ich bin etwas zu früh dran und seltsam nervös. Vielleicht deshalb, weil ich mich irgendwie immer noch für den Ablauf der Ereignisse verantwortlich fühle. Vielleicht auch nur deshalb, weil ich genau weiß, dass Gwennie von mir erwartet, diesem sagenhaften Mr. Wonderful mindestens fünf Sterne zu verpassen, und ich verzweifelt hoffe, dass er es wert ist – nicht nur deshalb, weil ich sie nicht gern enttäusche. Vor allem deshalb, weil ich nicht will, dass *er* sie enttäuscht.

Und dann kommen sie rein, meine kleine rothaarige Elfe mit dem Porzellanteint und den strahlenden grünen Augen und der neue Mann. Groß, dunkler Typ, aber schon deutlich angegraut. Gesichtszüge wie gemeißelt, Bewegungen wie ein Panther, ein Body, den man nicht nackt sehen muss, um zu wissen, dass hier ein griechischer Gott Pate gestanden hat. Ein Mann, nach dem sich alle in dem Lokal umdrehen – die Männer mit Empörung in den Augen, weil diese Erscheinung ihre kläglichen Bodystylingversuche im Fitnesscenter ad absurdum führt. Und die Frauen sowieso.

Aber das alles ist es nicht, was diesen Moment so außergewöhnlich macht. Was mich wirklich vollkommen aus dem Gleichgewicht bringt, ist die Tatsache, dass ich so was wie ein unglaublich heftiges Déjà-vu-Erlebnis habe. Heftig, aber vernebelt. Ich kenne diesen Typen, hundertprozentig. Aber ich habe nicht die blasseste Ahnung, woher. Ich meine, es ist ja nicht so, dass unser Einzugs- (also Ausgeh-) Gebiet vor Vogue-Models nur so wimmelt. Und der hier

118

liegt kilometerweit über dem optischen Durchschnitt. Den vergisst man nicht.

Ich sehe ihn erwartungsvoll an, fest überzeugt, dass er in einer Sekunde das Rätsel lösen wird. Mir lachend erklären wird, dass er sich genau erinnert, wie ich ihm vor drei Jahren ein Haus in der Badener Straße gezeigt habe. Oder dass wir uns über einen Bekannten von Ben kennengelernt oder bei einer der Wohltätigkeitsveranstaltungen meiner Mutter gleichzeitig verzweifelt nach dem letzten Sektglas gegriffen haben.

Aber nichts. Sein Blick ist höflich, interessiert. Aber da ist keine Spur des Wiedererkennens, nada.

»Darius Romberg. Freut mich sehr.« Der Name sagt mir überhaupt nichts.

Ich starre ihn an, offenbar ein bisschen zu lange.

»Kat? Alles in Ordnung?«, fragt Gwennie irritiert, und in ihrer Stimme schwingt für meine geschulten Ohren ein deutlich hörbares »Du wolltest doch nett und normal sein« mit.

»Sorry«, murmle ich und reiße mich aus meinen Überlegungen. »Kathrin Imbach. Freut mich auch.« Ich beobachte ihn genau. Auch mein Name scheint bei ihm nichts zum Klingeln zu bringen. Ich meine, natürlich ist es möglich, dass ich ihn mal in einem Lokal gesehen habe und sein Gesicht sich eingeprägt hat, einfach weil er so gut aussieht. Er spielt optisch in einer anderen Liga als ich, also müsste es ihm umgekehrt nicht unbedingt genauso gegangen sein.

Aber irgendwie habe ich das Gefühl, es ist mehr als das. Ich *kenne* ihn.

»Kat, wenn du nicht aufhörst, Darius anzustarren, setzen wir uns woanders hin.«

Ich muss das einfach loswerden. »Tut mir leid, es ist nur: Du kommst mir so unwahrscheinlich bekannt vor, ich habe allerdings keine Ahnung, woher. Hast du nicht auch das Gefühl, wir kennen uns?«

Darius schaut mich einen Augenblick lang prüfend an, lächelt und meint:»Ich hätte es bestimmt nicht vergessen, wenn wir uns schon mal begegnet wären.«

Gwennie wirft mir einen triumphierenden Hab-ich-nicht-gesagt-er-sagt-immer-das-Richtige-Blick zu. Also gut. Entweder, er hat ein noch schlechteres Gedächtnis als ich, oder ich irre mich schlicht und ergreifend. So was ist schon vorgekommen.

Der Abend vergeht unspektakulär. Darius ist reizend zu Gwennie, was sie sichtlich genießt. Er ist einigermaßen witzig, durchaus intelligent und dazu eine echte Augenweide. Durch die angegrauten Haare zu den jugendlich scharf geschnittenen Zügen hat er so was Edles. Ja, der Mann ist verdammt nahe an der Vollkommenheit, von den leicht mandelförmigen Augen unter den dichten, schwarzen Wimpern bis zu den schlanken, gepflegten Händen. Der Unterschied zu Mike ist auffällig – mit ihm war ich entweder innerhalb von Sekunden in ein Streitgespräch verwickelt, sei es über Werbung, Politik oder die Schuhe der Frau am Nebentisch –, oder es gab aus irgendeinem Grund was zu lachen. Darius beherrscht die Kunst der harmonischen Konversation. Der kleine Hund, den er gefunden hat, die E-Mail von seinem ehemaligen Partner, der jetzt in der Karibik lebt, sein Lieblingshotel in der Provence. Diese Art der Unterhaltung erfordert nur ein Mindestmaß an Aufmerksamkeit, was mir sehr entgegenkommt, da ich mich ohnehin nicht darauf konzentrieren kann. Mein Gehirn durchpflügt im Eiltempo die Unmengen in meinem Gedächtnis gespeicherten Daten, um eine Synapse zum Aufglühen zu bringen, die den Durchgang zur richtigen Erinnerung freigibt.

Aber nichts. Ich weiß, dass es da ist, aber ich finde es nicht.

Irgendwann muss ich zur Toilette, und Gwennie springt auf und erklärt, dass sie da auch gerade hinwolle. Darius entlässt uns mit dem großmütigen Lächeln dessen, der weiß, dass gleich über ihn geredet wird, und der nichts zu befürchten hat.

»Und? Wie findest du ihn?«, fragt Gwennie aufgeregt, kaum dass sich die Tür mit den japanischen Schriftzeichen für das Wort *Damen* hinter uns geschlossen hat (zur Sicherheit befindet sich daneben das international verständliche Symbol des kleinen Mädchens auf dem Pipitopf).

»Charmant«, antworte ich wahrheitsgemäß. »Und er hat ganz offensichtlich einen Narren an dir gefressen. Über sein Aussehen kann man auch nicht streiten.«

»Du hast nichts an ihm auszusetzen?«

Ich zucke mit den Schultern. »Höchstens, dass er sich nicht an mich erinnert. Ich weiß genau, wir kennen uns von irgendwo.«

»Aber du erinnerst dich ja auch nicht dran!«

»Doch. Ich muss mich nur erst an die Erinnerung erinnern. Er hingegen tut so, als hätte er mich noch nie gesehen.«

»Aber Kat, warum sollte er denn *so tun*?«

»Nun ja, wenn er *doch* ein irrer Serienmörder ist, war ich vielleicht mal in der Nähe, als er dich ausspionierte ...«

»Kat, du hast dich so gut gehalten, verdirb es jetzt nicht!« Sie zögert kurz. »Es ginge mir viel schlechter, wegen der Mike-Sache, weißt du, wenn er nicht wäre.«

»Schon gut. Er ist ein Ritter ohne Fehl und Tadel, genau wie du gesagt hast. Und wahrscheinlich irre ich mich einfach.«

»Braves Mädchen!«

Ich öffne die Tür zu einer der Toiletten.

»Wo gehst du hin?«, fragt Gwennie verblüfft.

»Glaub's oder glaub's nicht, aber ich muss *wirklich* mal.«

Wir kehren schließlich an unseren Tisch zurück, ich sage nicht ein einziges Mal »Stalkerboy«, und ich glaube, Gwennie verbucht den Abend als Erfolg.

Auf der ganzen Fahrt nach Hause zermartere ich mir weiter das Hirn. Ich weiß *genau*, dass ich ihn kenne.

GWENNIE

Meine anhaltende Phase von Hyperkreativität beim Schreiben ist ein deutliches Indiz dafür, dass der Mike-Schmerz viel heftiger ist, als es mein Darius-gestreicheltes Ego wahrhaben will.

Baronin Richtfelsen hat inzwischen versucht, den gut aussehenden Anwalt zu verführen. Aber weil der Anwalt trotz seines Mike-inspirierten Vornamens nun eindeutig Züge von Darius trägt, hab ich ihn ihr irgendwie nicht gegönnt. Soll die alte Schlampe sich doch einen anderen Lustknaben suchen! Wenn ich die zwei zusammen ins Bett lasse, dann ist klar, dass Vincent der Gute ist, und ich bin mir noch längst nicht sicher, ob es der rehäugige Gutsbesitzer nicht doch faustdick hinter den Ohren hat, auch wenn er noch so gut mit Pferden umgehen kann. Sophie hat einstweilen die heftigsten Gewissensbisse wegen der Liebesnacht mit Anwalt Michael und beantwortet dessen Anrufe nicht. Sie ist verwirrt – dachte sie doch, ihre Liebe zu Vincent könne durch nichts erschüttert werden. Nun weiß sie nicht, ob ein Mann, den sie nicht liebt, ihre Leidenschaft geweckt hat – was sie noch vor Kurzem für unmöglich gehalten hätte (Ähnlichkeiten mit realen Personen und Ereignissen sind natürlich rein zufällig) –, oder ob sie sich am Ende in den hintergründigen Anwalt verliebt hat, ohne es zu merken, und für Vincent nur eine tiefe Freundschaft empfindet. Da wird ihr ein Schriftstück zugespielt, das zweifelsfrei beweist: Ihrem Vater, dereinst Gutsverwalter und verantwortlich für die Pferdezucht, wurde von Vincents Großvater auf dem Sterbebett der halbe Besitz überschrieben. Weiß Vincent davon? Kennt Michael die Wahrheit? Oder ist das Dokument gar gefälscht?

Die Spannung ist auf dem Höhepunkt, und ich muss mich bald entscheiden, welchem der beiden Männer Sophie letztlich in die Arme sinken wird. Außerdem lässt die Wirkung der letzten Bettszene schon nach, und ich hätte große Lust, noch mal ein paar Seiten heftige Erotik einzustreuen. Nicht nur meinen Leserinnen zuliebe, ehrlich gesagt. Ich hatte seit über einem Monat keinen Sex mehr und denke an nichts anderes. Ich gehe mögliche Szenarien durch, mit beiden Kandidaten, und weil man für die Kunst bekanntlich alles geben muss, übernehme ich dabei heldenhaft die Rolle von Sophie. Die Arme hat ohnehin so viele Skrupel. Ich spüre Vincents Küsse im Nacken, seine Hände, die über meinen Körper gleiten, meinen BH aufhaken – und bevor er mich sanft hochheben und auf die seidene Tagesdecke des Himmelbetts legen kann, um mit den Augen (und nicht nur mit denen) meinen makellosen Körper zu liebkosen, wechsle ich zu Michael, dem Anwalt. Gerade hab ich ihm in der Küche meines kleinen Hauses wütend entgegengeschleudert, dass ich ihm kein Wort glaube, dass ich ihn nie wieder sehen will, dass es ein Fehler war, ihm zu vertrauen. Da blitzen seine blauen Augen mich herausfordernd an, er drängt mich an den Küchentisch aus schwerem altem

Holz, ich hole aus, um wütend auf ihn einzuschlagen (ganz gegen meine sonstige Natur, aber dieser Mann weckt auch das Tier in mir), er fängt meine Hand ab, verschließt mir die Lippen mit seinem Mund, seine Hände gleiten tiefer, mit einem Ruck hebt er mich auf den Küchentisch …

Und haaaalt.

Wenn ich alle Sexszenen in das Buch schreibe, die mir derzeit im Kopf rumspuken, dann sprengt das mit ziemlicher Wahrscheinlichkeit die Vorstellung meiner Lektorin von Romantik.

Ich gehe in die Küche und gönne mir zur Beruhigung ein Glas Prosecco. Wahrscheinlich hat das zur Folge, dass ich in einer halben Stunde schrecklich müde bin und heute keine Zeile mehr schreiben werde, aber was soll's. Ich schlürfe das eiskalte Getränk, merke, dass ich an der Kante des Küchentischs lehne, und meine Phantasie ist sofort wieder da. Allerdings trage ich darin keine engen Jeans, sondern ein luftiges Sommerkleid, oben eng und auf mädchenhafte Weise meine Reize betonend, unten weit schwingend. So habe ich einen Rock, den der Anwalt mit dem Raubtiercharme hochschieben, unter dem er mir die Knie sanft auseinanderdrücken kann …

Als hätte mich ein elektrischer Schlag getroffen, mache ich einen Satz weg vom Küchentisch. Und da heißt es immer, nur Männer seien unterleibgesteuert. Ich erinnere mich an ein ziemlich intimes, weil heftig betrunkenes Gespräch mit einem alten Freund. Es ging darum, ob wir für vierundzwanzig Stunden einen Geschlechtertausch eingehen würden, wenn das möglich wäre. Ich wollte, er wollte nicht, konnte aber meinen Wunsch nachfühlen. »Kein Schwanz«, lallte er. »Voll arm. Womit denkst du bloß?«

Ich spaziere mit meinem Proseccoglas ins Wohnzimmer, und mein Blick fällt auf die geschmackvolle kleine Papiermappe, die Darius mir vor ein paar Tagen geschenkt hat. Ich schlage sie auf und lasse meinen Blick auf Gulla im hochgeschlossenen, jungfräulich weißen Brautkleid ruhen – die ideale Therapie gegen unreine Gedanken.

Letztere, nun geläutert, wandern zu Karnuntina, der Wahrsagerin, wie sie mir in ihrer seltsam modernen kleinen Wohnung gegenübergesessen hat, meine Hände in den ihren, unsere Blicke ineinander verhakt. Dann haben sich ihre Augen plötzlich geschlossen, und sie hat mit ihrer eindrucksvollen tiefen Stimme gesagt: »Sie werden ihn verlassen, schon bald. Ein anderer Mann wird kommen. Sehr viel Aufregung, Verwirrung ... auch im Zusammenhang mit einer guten Freundin.«

Verwirrung im Zusammenhang mit einer Freundin? Bis jetzt haben in meinem Leben immer nur Männer Verwirrung gestiftet.

»Wut, Tränen, Enttäuschung. Aber eine Hochzeit innerhalb von ... hmmm ... innerhalb von drei ...«

»Drei Jahren?«, frage ich, halb enttäuscht, halb hoffnungsvoll. Ich war auf eine Hochzeit in diesem Jahr eingestellt, aber innerhalb von drei Jahren ... da hätte ich immerhin was, worauf ich mich freuen könnte.

»Hmmm ... dreißig ...«

Wie bitte? Na, dass ich innerhalb der nächsten dreißig Jahre heirate, will ich doch stark hoffen!

»Werden Sie dieses Jahr vielleicht dreißig?«

»Ja!« Unglaublich, die Frau! »Im August!«

Sie nickt, als würde ich nur bestätigen, was sie ohnehin schon gewusst hat. »Bis dahin«, sagt sie entschieden, »passiert das mit der Hochzeit. Vielleicht heiraten Sie sogar genau an Ihrem Geburtstag.«

Ich habe daraufhin natürlich noch dreimal nachgefragt, ob sie auch ganz sicher sei, was die Trennung angeht. Ich meine, wenn einem Entlobung und Hochzeit innerhalb eines Dreimonatszeitraums prognostiziert werden, darf man doch kurz checken, ob man sich nicht verhört hat, oder? Aber sie ist nicht davon abgewichen. Sie hat keine weiteren Details offenbart, ist aber dabei geblieben, dass alles gut ausgehen werde, zu meinem Besten. Natürlich hat mich das alles ziemlich verwirrt. Ich meine, die Frau scheint Spitzenklasse zu sein. Niemand, absolut niemand hätte voraussagen können, dass Kat diese schreckliche Coudenhove-Villa doch noch an den Mann bringt. Und auch Carolas Verlobung war ein Haupttreffer – wie hätte sie so was erraten sollen? Sogar Kat war von ihr beeindruckt, und das ist wohl das größte Kompliment, das man einer Wahrsagerin machen kann. Inzwischen waren Steffi aus dem Reitstall und meine Schulfreundin Andrea, die ich neulich zufällig getroffen habe, ebenfalls bei ihr. Beide waren ganz hin und weg. Wieso sollte sie also gerade bei mir danebenhauen?

Ich starre auf die ätherische blonde Gulla, und plötzlich trägt ihr vertrautes Gesicht die Züge der fremden Blondine, und ihr Ausdruck ist gar nicht mehr unschuldig erwartungsvoll, sondern hämisch und herausfordernd. Die blonde Schlampe hat *meinen* Mike! Warum hat er das getan?? Im Bruchteil einer Sekunde ist nun wirklich jeder Rest von Verlangen nach Sex aus meinem Körper gewichen, und alles tut bloß noch weh. Was wollte er von ihr? Er hat mir mehr als einmal versichert, mit mir den besten Sex seines Lebens zu haben. Mir ging es mit ihm genauso. Was hat er also bei einer anderen Frau gesucht? Warum war ihm der Gedanke auf einmal unerträglich, sich an mich zu binden?

Vielleicht sollte ich doch noch einmal mit ihm reden, immerhin ist die Sache mit Darius (noch) nicht ganz so, wie sie für ihn ausgesehen haben mag. Aber kaum habe ich diesen Gedanken gedacht, steigt erneut die Wut in mir hoch. Soll ich mir wieder seine Lügen, seine Ausflüchte anhören, mich wieder für dumm verkaufen lassen? Selbst wenn er das Intermezzo mit der Blondine bereuen sollte – soll ich einfach ignorieren, was es in mir ausgelöst hat? Dass er mich ihretwegen über Wochen hinweg auf Distanz gehalten, mit meinen Gefühlen gespielt hat? Zur Wut gesellt sich Rachsucht. Soll er mich doch ruhig mit Darius sehen! Jetzt weiß er wenigstens, was das für ein Gefühl ist. Ist ja auch nicht gerade so, dass er wie ein Rasender um mich kämpft. Ein paar Anrufe, ein paar E-Mails, ein kleiner Auftritt vor meiner Haustür, das war's schon.

Wenn ich wirklich seine große Liebe wäre, dürfte ich da nicht ein bisschen mehr Einsatz erwarten? Vor allem nachdem ja er *mich* betrogen hat und nicht umgekehrt. *Er* hat von Auszeit geredet und dabei an eine andere Frau gedacht, vielleicht auch an mehrere, vielleicht an *die andere Frau* schlechthin. Vielleicht hat ihm plötzlich die Vorstellung Angst gemacht, nie mehr mit einer anderen Sex haben zu dürfen.

Ich trete ans Fenster und starre nachdenklich hinunter auf die Straße. Dieselben Menschen, dieselben Läden, Vorgärten und altmodischen Laternen wie noch vor zwei Wochen. Und trotzdem ist heute alles anders. Wenn Mike jetzt vor der Tür stünde, um Verzeihung bäte, mir versicherte wie sehr er mich liebt, immer lieben wird, dass er einen schrecklichen Fehler begangen hat, was würde ich sagen?

Mein Handy läutet, und mein Herz beginnt zu rasen. Gedankenübertragung? Vielleicht??? Mit zwei Schritten bin ich an meinem Schreibtisch und sehe aufs Display. Darius. Ich wünschte, ich wäre nicht enttäuscht. Aber ich freue mich trotzdem, seine Stimme zu hören. Es war wieder mal hoch an der Zeit, mich aus meinen trüben Gedanken zu reißen.

»Sprech ich mit der schönsten Frau unter der Sonne?«

»Tut mir leid, außer der kleinen Rothaarigen ist niemand hier.«

»Ich hatte so ein Gefühl, dass du herumsitzt und Trübsal bläst, und wollte dich ein wenig aufheitern.« Wie macht der Mann das bloß? Hat er den sechsten Sinn, das dritte Auge, das zweite Gesicht?

»Was ist es denn? Dein Ex?«

»Nein, nein«, beeile ich mich zu versichern, um wenigstens keine Verlängerung des Sex-Embargos zu riskieren (vielleicht ist das doch genau das Heilmittel, das ich brauche). »Ich hänge da nur bei einer Szene ... ich meine, einem Artikel«, korrigiere ich mich hastig. Ich hab ihm immer noch nicht gestanden, dass ich Liebesromane schreibe. An der Sprechanlage unten steht *Petrell*, die Romane schreibe ich unter meinem Pseudonym *Gwendolyn Luz*, was eigentlich kein Pseudonym ist, sondern einfach mein erster Vorname, gefolgt von meinem zweiten. Meine Mutter war immer schon esoterisch und hispanophil angehaucht, und Gwendolyn, der alte keltische Name, in Verbindung mit Luz, dem Licht, war ihr gerade melodramatisch genug.

Kat hat mir zu dem Pseudonym geraten. »Erstens brauchst du dann keine Geheimnummer, wenn du berühmt bist, und zweitens ist es einfach ewig schade um deinen zweiten Vornamen. Er ist wie geschaffen für das Pseudonym einer Romantikschriftstellerin.«

Eine Romantikerin zu so was Romantischem wie einem Pseudonym zu überreden war naturgemäß nicht sonderlich schwer. Es gab dem Start meiner Karriere etwas Geheimnisvolles, und bis jetzt hat der Name mir nur Glück gebracht.

Natürlich wissen meine Freunde alle Bescheid, ebenso wie die meisten Nachbarn, die Leute aus dem Viertel, die ich schon ewig kenne. Aber ich binde nicht jeder neuen Bekanntschaft auf die Nase, dass ich eine Bestsellerautorin bin. Schon bemerkenswert, dass ich mich (wenn auch nur sehr theoretisch) gedanklich damit befasse, Darius zu heiraten – aus Gründen des Timings und der angewandten Esoterik –, ihm aber zugleich noch nicht verraten habe, wer ich wirklich bin. Vielleicht wäre es an der Zeit, dass er mal zu mir kommt. Ach, das geht ja nicht, das hab ich mit der allzu offenherzigen Sex-Einladung neulich vermurkst. Ich wache von meinem eigenen tiefen Seufzer aus meinem Gedanken-Kuddelmuddel auf.

»Gwennie, bist du noch da?«

»Ähm, ja, es war nur … der Empfang war kurz weg …«

»Ich dachte, ich könnte heute was für dich kochen.«

»Du kannst kochen?« Der Mann steckt voller Überraschungen, und eine ist besser als die andere. Ich habe immer von einem Mann geträumt, der kochen kann – Mike mit seinem Sonntags-Gourmet-Scramble ist dem Ideal bis jetzt am nächsten gekommen.

»Lass dich überraschen! Vielleicht bei dir? Bei mir ist es etwas ungemütlich, ich hatte vor ein paar Wochen einen Wasserrohrbruch.«

»Klar. Ich freu mich. Wenn's warm genug ist, können wir auf dem Balkon essen.« Wieder so ein kleiner Stich, als ich an das letzte gemeinsame Essen mit Mike auf meinem Balkon denke. Es war im September, der letzte warme Abend. Wir hatten uns im Spätsommer kennengelernt, und ich hatte mich schon so auf einen verliebten Frühling gefreut, den nächsten Sommer, viele Abende auf meinem Balkon.

»Das klingt toll. Dann komm ich so gegen fünf.«

»Soll ich irgendwas einkaufen?«

»Nein, nein, das wird ein All-inclusive-Dinner. Ich kaufe ein, ich koche, und ich bringe den Wein mit. Du musst nur hübsch aussehen und die Räumlichkeiten zur Verfügung stellen.«

Nach dem Telefonat bin ich erst mal nur dankbar, klappe den Laptop zu und beschließe, es für heute gut sein zu lassen. Vielleicht bin ich ja morgen schon in der Lage, die heiße Liebesszene aus eigenem jüngstem Erleben und nicht aus der Phantasie erstehen zu lassen.

Ich bin dabei, die Wohnung etwas in Ordnung zu bringen, leere Kleenex-Packungen zu entsorgen, die sich in den letzten Wochen auf mysteriöse Weise angesammelt haben, und Fotos von Mike und mir in Schubladen zu verstecken, als mein Handy noch mal läutet. In der Erwartung, dass es Darius ist, der mich fragt, ob ich eine Pfeffermühle besitze oder so was Ähnliches, hebe ich sofort ab.

»Gwennie, ich bin's!«

»Nati!«

»Ich bin auf dem Weg in die Stadt, hast du Zeit für einen Kaffee?«

»Was ist denn los?« Sie klingt, als wäre sie irgendwie schwer durch den Wind.

»Nicht am Telefon, ich brauche einen richtigen Menschen, nicht bloß eine Stimme. In einer Stunde?«

Ein schneller Blick auf die Uhr: Kurz nach drei. Wahrscheinlich ist Darius gar nicht böse, wenn ich ihn allein in der Küche werken lasse, Köche sind so, hab ich mir sagen lassen.

»Klar, das geht. In der Konditorei am Brunnenplatz?«

»Perfekt.« Erleichterung in der Stimme. »Danke, Schwesterchen. Bis dann.«

Natalie ist die Ausgeglichenheit in Person. Sie ist einer

dieser seltenen Menschen, die genau wissen, was sie wollen, es sich holen und dann, wenn sie es haben, auch damit zufrieden sind.

Nur eine so entspannte Mutter kann ein so entspanntes Kind haben wie Lucy. Ich weiß nicht, wann Natalie das letzte Mal etwas aus der Ruhe gebracht hat, ehrlich. Ich bin die Emotionale von uns beiden, die, in deren Leben ständig Unruhe herrscht, die von einem Drama ins nächste stolpert. Nati ist der Fels in der Brandung.

Ich wähle rasch Darius' Nummer. Nach den Geräuschen zu schließen, ist er gerade auf dem Markt, um einzukaufen. Wie erwartet, hat er kein Problem damit, allein zu kochen. Ich erkläre ihm noch, dass der Schlüssel unter einem Minigartenzwerg versteckt ist, der den Gummibaum auf dem Treppenabsatz am Eingang zu meiner Dachgeschosswohnung bewacht.

Dann lasse ich schnell die Fotoautomaten-Schnappschüsse von Mike und mir vom Kühlschrank verschwinden – das hatte ich in so vielen Filmen gesehen und wollte es unbedingt auch mal machen. Mike fand's erst doof, und dann hatten wir doch einen Riesenspaß dabei. Vor allem weil ich während der ganzen Zeit auf seinem Schoß saß und er versuchte, den Zipp meiner Jeans aufzukriegen, damit ich »nicht so verkrampft dreinschaue«.

Ich mach mich also an die Auswahl meines Outfits. Unauffällig genug, um mich damit in einem Innenstadtcafé zeigen zu können, und herausfordernd genug, um beim Nachhausekommen der Szenerie »Sexy Privatkoch empfängt mich in meinen eigenen Gemächern« gerecht zu werden.

Ich entscheide mich für Jeans und ein tief ausgeschnittenes Ethnotop. Den Ausschnitt kaschiere ich bei Teil eins meines Nachmittagsprogramms einfach mit einer Strickweste.

Ich bin schon zur Tür hinaus, als mir noch etwas einfällt. Wieder hinein und alle Belegexemplare meiner Romane vom Regal genommen und in eine Schublade gestopft. Ist das anstrengend, nicht ganz ehrlich zu sein! Mike muss in den letzten Wochen den Megastress gehabt haben. Oder wollte er vielleicht sogar, dass ich draufkomme? Verdammt noch mal. Als ich die Wohnungstür endgültig hinter mir zuschlage, beschließe ich wieder einmal, (zumindest heute) nicht mehr an Mike zu denken.

KAT

»Sie haben mir einen Termin mit der Kunes ausgemacht, zum *Kaffeetrinken*? Sind Sie von allen guten Geistern verlassen, Carola?«

»Na ja, sie sucht außerdem eine Wohnung für ihr Patenkind. Aber sie hat angedeutet, dass sie das Ganze lieber in einem ›privaten Rahmen‹ besprechen möchte. Im Büro fühle sie sich so eingeschüchtert.«

»Und das haben Sie ihr abgekauft? Diese Frau lässt sich durch nichts und niemanden einschüchtern. Die würde einen wilden Grizzlybären totquasseln.«

»Ich dachte nur, Sie machen ohnehin viel zu wenig Pausen, und außerdem kommt Herr Schön um sechzehn Uhr dreißig …«

Ich unterdrücke ein Grinsen. Sie besteht immer noch darauf, ihren Zukünftigen mit »Herr Schön« zu titulieren.

»Er möchte die Spesen in die Bilanz einarbeiten …«

»Himmel noch mal, kann er seine Spesen nicht zu Hause in Ihre Bilanz einarbeiten?«, begehre ich in ungewohnter Deftigkeit auf.

Carola hebt eine schmal gezupfte Augenbraue – so weit es geht. Nach zwei Liftings sind die Augenbrauen nicht mehr so sportlich, wie sie vermutlich mal waren.

»Na, wenn's wahr ist! Ich muss mich aus meinem eigenen Büro in ein Café verziehen, in dem ich der Geräuschentwicklung dieser naturtrüben Urgewalt schutzlos ausgeliefert bin, während Sie hier gemütlich besprechen, ob Sie den Wok oder den Sandwichtoaster auf Ihre Hochzeitsliste setzen.«

Carolas Mund wird zu einem gekränkten kleinen Silikonschmollauflauf. »Wenn Sie meinen, ich würde meine Arbeitszeit missbrauchen, um mich privaten Belangen zu widmen ...«

Ich lache beinahe laut heraus. Keine Ahnung, wann die Frau das letzte Mal *unbezahlt* im Solarium war. Aber jeder hat nun mal seine persönliche Wahrheit, und ich brauche Carola.

Also sage ich, ergeben seufzend: »Kein Mensch wirft Ihnen irgendwas vor. Lassen Sie mich einfach ein bisschen vor mich hin schimpfen, okay? Sie wissen genau, dass mich die Kunes an den Rand des Wahnsinns treibt. Aber was soll's: Der Kunde ist nun mal König.«

Carolas Versuch, mir abschließend einen strengen Blick zuzuwerfen, scheitert an zu viel Botox in der Stirn, und wir lassen es gut sein. In dem Moment bin ich fast froh, dass mein Telefon läutet.

»Imbach-Immobilien, Kathrin Imbach hier, was kann ich für Sie tun?«

»Du kannst dich endlich wieder mal blicken lassen, alte Schlampe!«

Es dauert einen Moment, dann hab ich die Stimme zugeordnet: Margo, eine Uraltfreundin aus Studientagen. Blond, laut, ein bisschen derb, immer gut aufgelegt – eine Stimmungskanone. Ich hab sie in den letzten Jahren total aus den Augen verloren.

»Margo! Wie geht's dir? Wir haben uns ja ewig nicht mehr gesehen ... seit ... ich hab echt keine Ahnung mehr, seit wann.«

»Das glaub ich dir aufs Wort, dass du dich daran nicht erinnern kannst, du warst breit wie hundert Russen!«

Es war in dem Jahr nach der Trennung, und da war ich ein wenig heftig unterwegs, zugegeben.

»Na ja«, sage ich grinsend, »damals war ich noch jung.«

»Nicht so jung wie der Typ, den du an dem Abend abgeschleppt hast, diesen langhaarigen Schönling. Der war ja an dich verschwendet, so wie du drauf warst, wahrscheinlich hast du überhaupt nichts mitgekriegt.«

Margos heiseres Lachen höre ich gar nicht richtig, denn in diesem Moment explodiert in meinem Kopf ein ganzes Feuerwerk. Margo hat die Synapse freigelegt, nach der ich so verzweifelt gesucht habe.

Er hatte damals ziemlich langes Haar, kohlrabenschwarz. So schwarz, dass ich vermutete, es sei gefärbt – und so ein kleines Orlando-Bloom-Bärtchen, aber es war Darius, ohne Zweifel. Ich war an dem Abend mit Margo und einer ziemlich bunt gewürfelten Gruppe, den Überbleibseln eines Geburtstagsfests, bis in die frühen Morgenstunden in einer Cocktailbar in der Innenstadt, in der ich davor noch nie und danach nie wieder war. Der bildschöne Servierkörper mit den mandelförmigen Augen und den scharf geschnittenen Zügen hatte ebenfalls ziemlich getankt und erzählte irgendwas von einem Agenten in L.A. und einer Serienrolle. Er war schon auf dem Sprung in die Staaten, das war sein letzter Abend mit dem Serviertablett: Jetzt konnte es losgehen mit der Weltkarriere. Ich schätze mal, ein paar Kamikazes und Grasshoppers vereinheitlichen die Wellen-

134

länge in so einer Cocktailbar ganz schnell, unabhängig von Schönheit, Alter und Interessen. Ich erinnere mich an einen heftigen Clinch, bei dem ein Barhocker eine tragende Rolle spielte.

»Der Typ war echt heiß«, seufzt Margo mit rauer Stimme. »Hast du ihn mal wieder gesehen?«

O ja, das hab ich. Allerdings ist er um zehn Jahre gealtert statt um drei, und das ist bei Weitem nicht das einzig Rätselhafte an ihm. »Nein, war ein klassischer One-Night-Stand, sozusagen.«

»Ach, das sind ohnehin die besten. Nächtliche Flirts vertragen das Sonnenlicht kaum besser als Vampire.« Wieder das heisere Lachen. Margo ist echt in Ordnung. Ich würde auch gern länger mit ihr plaudern, aber erstens schwirren mir plötzlich tausend Fragen, Darius betreffend (Darius? Ich glaube nicht, dass er damals Darius hieß …), durch den Kopf, und zweitens entert die Kunes gerade mein Büro und eilt mit dem strahlenden Lächeln einer Frau auf mich zu, die im Begriff ist, jemandem eine ganz große Freude zu machen.

»Margo, es tut mir leid, ich hab gerade eine Klientin. Kann ich dich demnächst mal anrufen?«

»Klar, tu das. Und merk dir bitte den übernächsten Freitag vor, ich mach ein Fest.«

»Super. Ein spezieller Anlass?«

»Ich heirate. Wundert mich selbst am meisten, kannst du mir glauben. Aber irgendwann erwischt es uns wohl alle einmal.«

»Mindestens einmal.«

»Harhar! Das musste ja kommen. Derzeit glaube ich jedenfalls noch, dass es eine gute Idee ist. Also du kommst?«

»Auf alle Fälle. Ich ruf dich noch an.«

»Und sag Gwennie Bescheid, ja? Ihr seid doch noch befreundet?«

»More than ever.« Und ich hoffe, dass meine neueste Erkenntnis in Bezug auf Gwennies aktuellen Begleiter diesen Zustand nicht beeinträchtigt.

Die Kunes redet mittlerweile auf mich ein, ungeachtet der Tatsache, dass ich mich ganz offensichtlich im Gespräch mit jemand anderem befinde.

»Also bis dann, Margo. Ich bin echt froh, dass du angerufen hast.« Sie hat keine Ahnung, *wie* froh!

»Ciao, Kat. Wir hören uns.«

Ich lege auf und deaktiviere langsam, damit der Schock für mein System nicht zu groß ist, den Kunes-Audio-Filter.

»… und darum ist es einfach herzallerliebst, dass Sie mit mir einen kleinen Kaffee – und vielleicht auch ein kleines Stückchen Erdbeercremetorte – nehmen wollen, Sie können es sich ja leisten, ich hingegen muss ein bisschen auf meine Figur achten, ein Glück, dass mein Mann das Mollige schätzt, was zum Festhalten, sagt er immer, und wussten Sie, dass man das hier …«, sie krallt zwei plumpe Fäuste mit rot lackierten Fingernägeln in ihre Hüften, »… dass man das hier auch ›Liebesgriffe‹ nennt? Ist doch zehnmal besser als ›Hüftspeck‹, meinen Sie nicht? Und seit ich einen Kurs für orientalischen Tanz besuche, weiß ich auch, wie man diese Liebesgriffe am besten einsetzt, damit es dem Mann die Sinne raubt …« Sie illustriert diese dramatische Äußerung mit einem Hüftschwung, der meinen Stiftebecher vom Tisch fegt, und ich kann mich des Gedankens nicht erwehren, dass sie »die Sinne rauben« wörtlich meint.

Während sie sich bemüht, den einen oder anderen Stift wieder einzufangen, gerät sie ein wenig ins Keuchen, und ich nutze den wertvollen Moment, um aufs Geschäft zu sprechen zu kommen.

»Carola hat mir gesagt, Sie suchen eine Wohnung. Was soll es denn ungefähr sein? Wissen Sie, so was bespricht sich besser im Büro, da habe ich Zugriff auf alle meine Daten und kann Ihnen gleich sagen, was ich im Angebot ...«

Frau Kunes droht mir scherzhaft mit einem gut gepolsterten Zeigefinger. »Aber Frau Imbach, Sie nehmen einfach Ihren Laptop, und wir haben ein hochmodernes Businessmeeting im Café, mit dem pulsierenden Leben um uns herum, und nicht zu vergessen – dem Duft von heißer Schokolade.«

Ich habe plötzlich eine Idee. »Ich weiß, es ist noch etwas früh, aber was halten Sie davon, liebe Frau Kunes, wenn wir aus dem Kaffee einen Cocktail machen?«

GWENNIE

Natalie sitzt mir gegenüber und erntet eine Erdbeere von ihrem Erdbeer-Schoko-Törtchen.

»Für jemanden, der unbedingt reden wollte, bist du ziemlich schweigsam, Schwesterherz.«

»Wenn ich anfange zu reden, muss ich aber heulen!«, sagt sie, und tatsächlich beginnen ihre runden blauen Augen verdächtig zu glänzen.

Sie ist rothaarig, genau wie ich, allerdings legen sich ihre Haare in weichen Wellen statt in störrischen Locken um ihr Gesicht. Alles an ihr ist weicher, runder: ihre Nase, ihr Kinn, ihr Busen, ihr Po. Sogar ihre Finger und Zehen sind weicher gepolstert als meine. Sie ist etwas größer als ich und viel ruhiger und besonnener. Wenn sie auf einem Stuhl sitzt, dann sitzt sie dort wirklich, während ich auf der vorderen Kante herumzapple, immer auf dem Sprung.

Jetzt sitzt meine große Schwester mir gegenüber, starrt auf eine Erdbeere und ringt um Fassung.

»Was ist denn nur los? Habt ihr Geldprobleme?«

»Aber nein. Alles bestens.«

Ein Gedanke zuckt auf. »Sag bloß ... geht Piet etwa fremd?«

Sie schaut mich verblüfft an. »Piet? Wie kommst du denn auf so was?«

Ja, wie komm ich auf so was? Die Info bin ich meiner Schwester auch noch schuldig. Immerhin hab ich sie mit der Frage zum Lachen gebracht.

»Er bringt kaum die Energie für *eine* Frau auf, was soll er da mit einer zweiten?«

Auch wieder wahr. Piet designt Websites und ist damit ziemlich erfolgreich. Aber zu Hause ist er ein 3F-Mann: Familie, Fernsehen, Faulenzen. Natalie beklagt zuweilen, dass sich ein viertes F-Wort in ihrem Alltag ziemlich rar gemacht hat. Also ist es das umgekehrte Problem?

»Ist er schon wieder mal sexfaul?«

Nun zucken auch Natalies Mundwinkel, und ich habe Angst, dass sie tatsächlich losschluchzt, aber sie lacht nur ein wenig hysterisch auf.

»Im Gegenteil. Wir sehen uns neuerdings manchmal Pornos an, und das törnt uns beide so an, dass wir ...«

»Dass ihr was?«

»... dass wir Vorsichtsmaßnahmen außer Acht lassen.«

Erleichterung breitet sich in mir aus. »Du meinst – du willst sagen ...?«

Sie nickt. »Ich bin schwanger.«

»Aber das ist doch großartig!«

»Ach ja? Das war aber erst die halbe Nachricht.«

»Und wie lautet die andere Hälfte?«

»Ich bin schwanger!«

Ich starre sie verständnislos an. »Ich dachte, das sei die eine Hälfte.«

»Die eine und die andere.«

Ich weiß nicht, wie lange ich sie dumpfdöselig anglotze, bevor es mir endlich dämmert.

»Na, ist der Groschen gefallen?«, fragt sie ein wenig hinterhältig. »Der Tripeltantenstatus verlangsamt doch hoffentlich nicht dein Denkvermögen?«

»Zwillinge!«

Sie macht eine dieser Das-Universum-hat-gesprochen-Gesten, die mich so an unsere Mutter erinnern.

»Na ja, ich gebe zu, für jemanden, der eigentlich noch nicht mal *ein* zweites Kind wollte ...«

»... sind *zwei* zweite Kinder ein ganz schöner Schock.«

»Ach, Nati, ihr schafft das schon, Piet und du! Ihr versteht euch so gut und ... Piet weiß es doch, oder?«

Ein grimmiges kleines Lächeln. »Nur die erste Hälfte.«

»Dann kommst du gerade erst vom Arzt?«

Sie nickt. »Ich war so fertig. Wenn ich so nach Hause gefahren wäre, hätte ich Piet mit meiner Verzweiflung die ganze Freude verdorben.«

»Er freut sich also? Aber dann ... dann ist doch eigentlich alles bestens. Ich meine, natürlich wird es eine Umstellung, aber ...«

»Eine Umstellung? Bei dir klingt das so, als wollte ich mal eben ein Zimmer anders tapezieren. Ich werde fett wie ein Walross sein, meine Beine werden anschwellen, ich werde Blähungen bekommen, nicht mehr schlafen können – und das ist noch das Beste, denn so gewöhne ich mich wenigstens dran, ich werde sowieso die nächsten zwei Jahre nicht mehr schlafen! Ich werde zu müde für Sex sein, es wird im ganzen Haus nach angekackten Windeln riechen, ich werde bis zwei Uhr nachmittags mit zerrauften Haaren im Pyjama durchs Haus stolpern, und ich werde *nie wieder* arbeiten!«

Natalie unterrichtet Deutsch und Kunst an einem Gymnasium, und sie liebt ihren Job. Und die Kids lieben sie. Kein Wunder bei ihrer Art zu unterrichten. Ihr letztes Kunstprojekt in einer vierten Klasse etwa waren Karikaturen. Als Modelle dienten Natis Kollegen aus der Lehrerschaft.

Sie hat Lucy ziemlich früh gekriegt, da unterrichtete sie noch keine zwei Jahre. Dann Schwangerschaft und drei Jahre Babypause. Danach musste sie ewig an verschiedenen Schulen als Vertretung einspringen, bevor sie wieder eine feste Anstellung mit voller Stundenzahl bekam. Und jetzt soll das Ganze von vorn losgehen – ich kann mir schon vorstellen, dass sie da aus dem Gleichgewicht gerät.

Das kleine Erdbeerschokoding ist inzwischen so ganz nebenbei verschwunden, und Nati ordert eine Salzbrezel mit Ketchup und einen Eiskaffee.

»Hättest du das nicht gleich bestellen können? Ich hätte mir die Herumraterei gespart.«

Sie ignoriert mich. »Ich wollte nie eine Großfamilie«, sagt sie, und es klingt beinahe wie ein Schluchzen. »Und außerdem ist Lucy so ein tolles Kind, das schaffen wir sicher nicht noch mal – geschweige denn zweimal.«

Diese Vermutung teile ich zwar, aber das muss ich Natalie ja nicht auf die Nase binden.

»Ach was«, sage ich stattdessen. »Du musst es andersrum sehen! Wenn ihr bei Lucy nur geübt habt, wie toll müssen dann erst Nummer zwei und drei werden!«

»Meinst du wirklich?« Sie klingt gar nicht überzeugt.

»Garantiert. Wenn ich das mit den Tantentagen allerdings durchziehen will, kann ich nur noch halb so viele Romane schreiben.« Und unsere Mutter wird vermutlich doppelt so oft zu Besuch kommen. Und ausschließlich bei mir wohnen, weil bei Nati ja das Gästezimmer zum Zwillingszimmer mutiert.»Hast du's Mamita schon gesagt?« Unsere Mutter ist kurz nach Papas Tod nach Spanien gezogen. Auf Spanisch ist *Mamita* ein weiblicher Kosename, der unter engen Freundinnen benutzt wird, aber auch als Bezeichnung für reife Damen mit Sex-Appeal. Für die eigene Mutter wird er im Allgemeinen nicht verwendet, aber auf unsere passt er in jeder Hinsicht.

»Ja, ich hab sie angerufen, nachdem ich den Test gemacht hatte, vor ein paar Tagen. Da hab ich übrigens auch deine Verlobung erwähnt. Sie war, glaub ich, ein bisschen eingeschnappt, weil sie noch nichts davon wusste. Aber ansonsten ist sie natürlich aus dem Häuschen vor Freude.«

O Mann! Ich wusste, es rächt sich, wenn ich meine Schwester nicht auf dem Laufenden halte. Verdammt. Natalie muss an meinem Gesichtsausdruck gemerkt haben, dass was nicht stimmt.

»Hätt ich's ihr nicht verraten sollen? Hör mal, du musst schon Bescheid sagen, wenn du auf Überraschung machen willst oder so. Sonst rufst du immer gleich Gott und die Welt an, und Kat, Mamita und ich sind die Ersten, also …«

»Ich bin nicht mehr verlobt«, unterbreche ich sie.»Und Mamita hatte ich's gar nicht erst erzählt, weil Mike gleich nach der Verlobung so komisch wurde. Ging auf Distanz, redete plötzlich von Auszeit und so.«

»Was??? Und so was erzählst du mir nicht? Denkst du, ich will nur die guten Nachrichten hören?«

»Ich dachte, es gäbe sich wieder. Ich dachte, es wär nur eine Phase.«

»Und war es nicht? Das kann ich gar nicht glauben. Mike war wie geschaffen für dich. Endlich mal ein richtiger Mann, einer, der weiß, was er will …«

Hier muss ich leider wieder unterbrechen und das blonde Gift einstreuen, das Mike offenbar *auch* wollte, richtiger Mann, der er ist. Und da ich schon dabei bin, erzähl ich auch gleich von Darius, dem Traummann, für den ich die Liebe auf den ersten Blick zu sein scheine, von dem Auftritt mit Mike vor dem Haus und dass ich den Kontakt völlig abgebrochen habe. Ach ja, und am Schluss berichte ich von der Wahrsagerin und der prophezeiten Trennung mit anschließender Hochzeit.

Natalie starrt mich mit großen runden Augen an. »Ich bin so froh, dass wir uns getroffen haben«, meint sie schließlich. »Es geht mir schon viel besser.«

»Tatsächlich?«

»Ja, denn ich bin bloß ein bisschen schwanger«, sagt sie zufrieden. »Alles wird harmonisch, friedlich und wunderbar werden. Weil du nämlich den *ganzen* Wahnsinn gepachtet hast. Da bleibt für mich überhaupt nichts mehr übrig.«

Wir verabschieden uns vor dem Café, und ich muss versprechen, sie künftig über alle Neuigkeiten auf dem Laufenden zu halten.

»Wenn du eines Tages eine Autobiografie schreibst, werden alle deine Romane dagegen völlig farblos wirken«, meint sie zum Abschied.

»Du kennst die erotischen Szenen in *Hohe Zinnen – lange Schatten* noch nicht.«

»Das Buch kommt erst raus, wenn die Zwillinge schon auf der Welt sind. Bis ich zum Lesen komme, hab ich wahrscheinlich vergessen, was Erotik bedeutet.«

»Na, dafür hast du jetzt noch fast acht Monate, um dich auszutoben.«

»Richtig. Ich fahre gleich auf dem Heimweg in der Erotikwelt vorbei.«

»Lucy kann jederzeit bei mir übernachten.«

Als ich vor meinem Haus einparke, bin ich irgendwie aufgedreht. Man weiß echt nie, was der neue Tag bringt. Ich muss lernen, die Dinge so zu nehmen, wie ich sie vom Universum bekomme. Auch wenn das nicht in meine ursprünglichen Pläne passt. Das Universum hat mir einen süßen, zuvorkommenden, großzügigen griechischen Gott geschickt. Und zwar direkt in meine Küche. Die Dinge so zu nehmen, wie sie kommen, war schon mal schwieriger. Ich werde jetzt raufgehen und ihm sagen, dass ich zu allem bereit bin, denn gestern war gestern und heute ist heute.

Ich laufe die Treppen hinauf, und in meinem Kopf gibt es nur einen einzigen Mike-Gedanken, und der heißt: Nicht an Mike denken! Ich stecke den Schlüssel ins Schloss, drücke die Tür auf und schließe für einen Moment die Augen, um den herrlichen Duft einzuatmen, der mir aus der Küche entgegenströmt. Salbei? Rotwein? Schalotten?

Dann kommt Darius auf mich zu, in Jeans und einem engen weißen T-Shirt, erhitzt von der Kocherei und unwahrscheinlich sexy. Obwohl, seine Unterarme sind nicht ganz so ... Aus!!!! Ich lächle ihn an und schlüpfe aus der Weste, damit der Ausschnitt voll zur Geltung kommt. Im nächsten Moment ertönt ein schriller Freudenschrei, und mein Busen landet an einer ganz anderen Brust als vorgesehen.

»Mamita! Was machst du denn hier?«

»Na, was dachtest du denn, mein Liebling, mein süßer? Bei *den* Neuigkeiten! Dein reizender Bräutigam hat mich reingelassen!«

KAT

»… und so ein kleiner Cocktail ist genau das Richtige, Sie haben absolut recht. Nichts entspannt so schön wie Sex on the Beach, haha, nicht wahr? Bin ich auch richtig angezogen für das Etablissement, das Sie im Sinne haben?«

Ich brauche einen Augenblick, um zu realisieren, dass die Frau tatsächlich eine Schweigesekunde anbietet, um meine Antwort in ihr Sprechgesamtkunstwerk einzubauen.

Sie zerrt an dem topmodischen Wickelkleid mit dem grafischen Schwarz-Weiß-Druckmuster vom Versandhaus ihres Vertrauens, das gar nicht mal so übel aussähe, hätte sie es nicht zwei Nummern zu klein gekauft.

»Sie sehen phantastisch aus, keine Sorge.«

Ich finde die Bar auf Anhieb, was geradezu einem Wunder gleicht. Geografische Details scheinen alkoholresistent zu sein. *The Cosmopolitan American Bar* verkündet ein weinrotes Schild am Eingang des Hotels, in dessen Untergeschoss der Cocktailtempel untergebracht ist. Schwarz-weiß-Fotos von US-Ikonen wie Hemingway und Judy Garland erinnern diskret daran, dass die Besten unter uns sich dem Suff ergeben. Unzählige Flaschen in verspiegelten Regalen erfüllen einen mit Zuversicht, am Ende des Abends nicht nüchtern in die graue Welt da oben zurückkehren zu müssen. In ein paar Stunden wird es hier nur so wimmeln von After-Workaholics in Businessanzügen, kichernden Gruppen von Freundinnen, die bei Aperol-Sprizzern über ihre Freunde lästern, und einsamen Mittfünfzigerinnen, die Erdnüsse kauend auf ein Wunder in Gestalt eines allein reisenden Hotelgasts hoffen.

Jetzt sind wir die einzigen Gäste und stören offensichtlich bei den meditativen Übungen des etwas in die Jahre gekommenen Barkeepers. Er erinnert mich gleichermaßen an Julio Iglesias und Garfield.

»Ist er nicht goldig?«, flüstert hingerissen die Kunes. Na ja, auch irgendwie verständlich. Ihr Mann erinnert nur noch an Garfield.

Sie schwingt ihr schwarzweißes XL-Hinterteil mit erstaunlicher Treffsicherheit auf einen Barhocker und wirft dem Beinahe-Julio einen verheißungsvollen Blick zu. »Ich bin sicher, hier kriegt man einen hervorragenden Latin Lover«, sagt sie und reckt herausfordernd ihr üppiges Dekolleté.

»Den besten«, antwortet der Barkeeper zu meiner Überraschung mit gut geölter Stimme und einem ebensolchen Lächeln. »Und auch einen ungeschlagenen Ladykiller.«

»Hmmm«, murmelt die Kunes genießerisch zurück. »Mal sehen, vielleicht nehme ich als Nachspeise noch einen Sex Machine …«

Holla, ich hab die Frau echt unterschätzt! Langsam kriege ich eine Ahnung, wo sie ihre Zeit totschlägt, wenn der liebe Gatte im schalldichten Untergeschoss sein Schlagzeug misshandelt.

Ich bestelle einen Mojito, und während Julio gymnastische Übungen mit dem Shaker macht und Minzeblättchen von ihrem Stängel pflückt, als hätte er eine Hauptrolle in *50 Shades of Grey*, schalte ich den Kunes-Audio-Filter wieder ein und lasse meinen Blick durch den Raum wandern.

Ich: Der ist doch einigermaßen niedlich, oder hab ich ihn bereits schöngesoffen?

Margo: Der ist nicht nur niedlich, der ist Achilles und Marc Anton und noch ein paar von diesen griechischen Knackärschen in einer Person ...

Ich, kichernd: Marc Anton ist ein Römer, verdammt! Was hast du bloß mit deinem Gehirn gemacht?

Margo: Das fragst du? Du hast doch die letzte Runde bestellt! (singt): Junge Römer tanzen anders als die andern ...

Ich: Margo, du bist peinlich. Außerdem tanzt der nicht, der stolpert.

Margo, kichernd: Der ist genauso dicht wie wir ...

Ich: Er kommt rüber.

Der junge Römer kommt und stellt sein Tablett so schwungvoll ab, dass eine Pina Colada in die Erdnüsse kippt.

Ich (schlürfe aus dem Erdnussschälchen): Yummie! Noch eine Peanuttolada, bitte! (brüllendes Gelächter von allen am Tisch) Und den jungen Römer (deute mit dem Daumen auf ihn) lassen Sie mir bitte einpacken! (noch mehr Gelächter).

»Entschuldigen Sie«, mische ich mich in das Gespräch zwischen Julio und der Kunes ein (es scheint mehr zweideutige Cocktail-Namen zu geben, als ich ahnte). »Aber ich hätte da eine Frage. Vor zwei, drei Jahren hat hier so ein extrem gut aussehender junger Typ gearbeitet, mit einem Bärtchen und etwas längeren Haaren ...«

»Sehen Sie, Schätzchen«, meint die Kunes mit Kennerlächeln, »genau das ist Ihr Fehler: Sie sehen sich nach den ganz Jungen um. Wenn Sie auch nur die geringste Ahnung hätten ...«, sie schenkt Julio/Garfield einen betörenden

Augenaufschlag, »dann würden Sie sich an erwachsene Männer halten.«

»Ich selbst kenne ihn nur ganz flüchtig«, rechtfertige ich mich (warum rechtfertige ich mich?). »Ich frage nur, weil eine Freundin von mir …«

»Eine Freundin …«, sagen die beiden im Chor und werfen einander einen wissenden Blick zu.

»Wie auch immer. Jedenfalls muss ich ihn auftreiben. Irgendeine Ahnung, was aus ihm geworden ist? Vorausgesetzt, Sie arbeiten überhaupt schon so lange hier, natürlich.«

»Ich arbeite schon immer hier«, sagt Julio knapp. Der beleidigte Stolz ist deutlich herauszuhören.

»*Ich* würde mich bestimmt an Sie erinnern«, spricht die Kunes aus, was er denkt, und ich seufze.

»Ich denke, er wollte zum Film oder so. Als ich damals hier war, sagte er, es sei sein letzter Tag, und er habe schon sein Ticket nach Los Angeles. Können Sie sich zufällig daran erinnern?«

Er schaut tatsächlich fragend zur Kunes, als wäre sie meine Gouvernante und hätte das Recht zu entscheiden, ob meine Ohren das Folgende hören dürften.

»Sagen Sie's ihr schon!«, flötet die Frau mit einem bereits deutlich vernehmbaren Zungenschlag (der Ladykiller – *on the house* – hatte es wohl in sich). »Vielleicht kommt ihr gepeinigtes Herz dann endlich zur Ruhe, und sie lernt, sich zu *öffnen!*«

Am liebsten hätte ich der Kunes den Mund mit Cocktailkirschen vollgestopft, aber ihre Worte dienen letztlich der guten Sache. Also beherrsche ich mich.

»Den Abend vergess' ich bestimmt nicht«, knurrt der Barkeeper. »Auf den Namen komm ich zwar nicht mehr: Marco vielleicht? Oder Marcus …?«

Marcus? Da klingelt auch nichts. Aber ich hab's überhaupt nicht so mit Namen. Eher mit Spitznamen. Der von neulich ist unter »Mykonos« abgespeichert.

»Die Weiber waren verrückt nach ihm, und er hat mehr Trinkgeld gekriegt als alle anderen zusammen. Hatte einen guten Griff bei den Damen – denen, die sich's leisten konnten, wenn Sie wissen, was ich meine.«

Ein Gigolo? Das wird ja immer besser! Obwohl, die Hälfte von Julios Bericht entspringt vermutlich dem Neid des Waschbrettlosen.

»Er war blau und hat mehr Cocktails verschüttet als verkauft. Verdammter Idiot. Musste ihn nicht rauswerfen, er hatte ohnehin schon gekündigt. An dem Abend hat ihn eine mitgenommen, die nicht in sein Schema passte. Jünger.«

Ich bin dankbar für das schummrige Licht in der Bar. Der Mann hat aber auch ein abartig gutes Gedächtnis.

»Und ist er seither wiederaufgetaucht?«, frage ich so gleichgültig wie möglich.

»Nicht hier bei mir.« Mist. »Hab aber von einem Kollegen gehört, er soll wieder in der Stadt sein. War wohl nichts mit der großen Karriere.« Der Hohn in der Stimme ist nicht zu überhören.

Die Kunes testet auf Empfehlung des Barkeepers den *Big Mama* und legt ihr Dekolleté endgültig auf dem Tresen ab.

Ich nippe an meinem Mojito und lasse die Atmosphäre wirken.

Er: Heute ist meine letzte Nacht in dieser verdammten Kleinbürgermetropole, und ich habe keine Lust, sie allein zu verbringen.

Ich: Soll ich mich jetzt etwa geschmeichelt fühlen?

148

Er: Du siehst nicht aus wie jemand, bei dem man mit
Schmeicheleien weit kommt.
Ich: Wie sehe ich denn aus?
Er: Heiß. Du siehst heiß aus. Und so, als wolltest du
heute nicht allein nach Hause gehen.

Ich bezahle meinen Mojito und überlasse die Kunes dankbar ihrem Julio. Wer hätte gedacht, dass sie heute A) so
nützlich sein und ich sie B) so elegant loswerden würde?
Ich setze mich ins Auto und denke so angestrengt nach
wie noch nie in meinem Leben. Aber vergeblich: Ich kann
mich an das Eigentliche – sprich: den Sex – nicht erinnern.
Nicht mal undeutlich. Ich gehe davon aus, dass wir wel-
chen gehabt haben, weil Männer in dem Alter durch Alkohol zumeist noch keine massiven Soliditätseinbußen zu
beklagen haben.

»Hätte nicht gedacht, dass du so was liest.«
»Hä?« Ich öffne mit Gewalt die Augen, und vor mir
steht der wahrscheinlich bestgebaute Mann, der je den Weg
in mein Schlafzimmer gefunden hat, in der Hand Gwennies
zweites Buch, das gerade rausgekommen ist. Es ist auf den
ersten Blick als Liebesroman zu erkennen, auch unabhän-
gig vom Titel. »Herz im freien Fall« könnte schließlich
auch das Programm eines Kardiologenkongresses sein. Die
Worte prangen auf einem himmelblauen Fallschirm, der
vor rosafarbenem Hintergrund erdenwärts schwebt, seine
einzige Last ein stilisiertes Herz, von einem Amorpfeil
durchbohrt. Das Ganze ist niedlich-naiv grafisch darge-
stellt und symbolisiert genau das, was die Leserin erwar-
tet: ein paar Stunden vergnüglich-romantisches Leseverg-
nügen.
»Ein Tandemsprung soll Jenny von ihrem Verflossenen

149

heilen«, liest er mit süffisantem Unterton.»Das hat ihre Therapeutin empfohlen. Doch was sie nicht geahnt hat: Fallschirmspringen bringt einen gewissen Suchtfaktor mit sich, ebenso wie Tom, der Typ aus der Kunstspringergruppe, den sie anfangs so gar nicht leiden kann …«

»Ich sag dir was, mein Süßer«, intoniere ich mit etwas schwerer Zunge.»Wenn Hollywood deinem niedlichen Arsch halb so viel zahlt, wie meine Freundin Gwennie mit ihren Romanen verdient, dann reden wir weiter.«

»Sag bloß, sie ist so was wie eine Bestsellerautorin?«

»Die Senkrechtstarterin der deutschen Feelgood-Literatur, Zitat Ende.«

»Klingt, als wäre sie fünfundsechzig mit Dutt und Bubikragen.«

»Am Kühlschrank hängt ein Foto von ihr, Schlaumeier.«

Durch die offene Schiebetür verfolge ich, wie Oscar seinen bemerkenswerten Hintern durchs Wohnzimmer in die Küche bewegt.

Oscar? Wo kam denn das auf einmal her? Ich lasse die Bilder noch mal zurücklaufen, und da ist es: Er hatte eine kleine Oscar-Statuette auf die linke Hüfte tätowiert. Er war also Oscar für mich, klar konnte ich mit seinem Namen nichts anfangen – weiß nicht mal, ob ich ihn überhaupt danach gefragt habe.

Sekunden später dringt aus der Küche ein bewundernder Pfiff an meine Ohren, und ich muss grinsen. Das Foto zeigt Gwennie und mich Arm in Arm herumalbernd auf einer Party. Gwennie mit wilder roter Lockenpracht in einem tierisch sexy grünen Kleid.

»Doch nicht die Rothaarige?«, ruft er.

»Dieselbe.«

Noch ein Pfiff.
»Jaja, ich weiß. Es gibt sogar eine Soap über sie.«
»Wie bitte?« Plötzlich steht er wieder in der Schlafzim-
mertür. »Eine Soap?«
»Reich und schön«, grinse ich. »Und jetzt lass mich end-
lich schlafen.«
Ich kriege im Halbschlaf noch mit, dass er irgendwas
von einem Friseurtermin und Packen und Abflug murmelt.
Friseurtermin, denke ich noch, gibt's in L. A. keine Fri-
seure? Und überhaupt ist es affig, wenn Männer von Fri-
seurterminen reden. Wahrscheinlich das ebenholzschwarze
Schneewittchenhaar nachfärben, denke ich ein wenig bos-
haft.
Als ich aufwache, ist er weg, und statt seiner beschäftigt
mich ein Kater von epochalen Ausmaßen.

Ich habe nie wieder einen Gedanken an Oscar verschwendet. Mir wird ein bisschen übel bei dem Gedanken, ihn mit
der Nase auf Gwennies Reichtum und ihre sonstigen Qualitäten gestoßen zu haben. Es wäre ein Leichtes gewesen,
ihre Adresse aus meinem Smartphone zu holen. Ich war so
was von weggetreten, ich hätte es nicht mal mitgekriegt,
wenn er meinen Safe gesprengt und dabei in voller Laut-
stärke Aerosmith gespielt hätte. Mir wird gleich noch mal
übel, wenn ich daran denke, dass ich eigentlich ein verdammt gefährliches Leben führe: stockbesoffen wildfremde
Typen in meine Wohnung zu schleppen. Natürlich bilde ich
mir ein, überragende Menschenkenntnis zu besitzen. Aber
in Wirklichkeit, und das wird mir in diesem Moment klar,
hab ich bisher einfach nur Glück gehabt.
Ist es möglich, dass mein Misstrauen auf eine wilde Ver-
schwörungstheorie hinausläuft, die ich mir da zusammen-
braue, weil ich zwanghaft mit Gwennies Liebesleben be-

schäftigt bin? Ich weiß, Carola würde mir das wahrscheinlich vorwerfen. Vielleicht würde sie sogar herumpsychologisieren, dass ich Gwennie nur ihr unverhofftes Glück nicht gönne. Und abschließend würde sie mir nahelegen, lieber selbst den perfekten Mann zu suchen, statt Gwennie den ihren madig zu machen.

Aber Carola hat schließlich nicht immer recht, und ich *weiß*, dass er es ist. Die Haare sind anders, der Bart ist weg, aber er ist es.

Ist er es? Kann ich absolut sicher sein? Ich *muss* absolut sicher sein, bevor ich Gwennie davon erzähle.

In diese Überlegungen versunken, schließe ich die Tür zum Büro auf, und da schießt mir Carola schon entgegen, Unmut umwölkt die geglättete Stirn.

»Herr Schön und ich sind zu *nichts* gekommen!«, zischt sie. »Der Herr dort hat darauf bestanden, auf Sie zu warten.«

Ich sehe an ihr vorbei zu dem Besucherstuhl, von dem gerade ein großer, dunkelhaariger, blauäugiger Mann aufsteht.

»Hallo, Kat«, sagt Mike. »Ich muss mit dir reden.«

GWENNIE

Als meine Mutter vor etwa drei Monaten zuletzt hier war, da war Mike geschäftlich in London und hat sie verpasst. Bei ihrem Besuch davor war ich gerade solo. Natürlich telefonieren wir regelmäßig, aber Mamita führt ein ausgesprochen reges gesellschaftliches Leben auf Ibiza – sie leitet Yogakurse und Tantraseminare, praktiziert die freie Liebe mit Barbesitzern und Teilzeitgurus und kocht für ihren beträchtlichen Freundeskreis. Sie liebt mich innig, das weiß ich, aber sie hat sich nie besondere Mühe gegeben, auf dem Laufenden zu bleiben, was meine Freunde angeht, das war ihr immer zu verwirrend. »Wenn der Richtige kommt, präge ich mir jedes Barthaar einzeln ein, Gwennie-Schatz«, hat sie zu dem Thema immer geäußert. »Inzwischen muss es reichen, wenn ich deine Bücher auswendig kann.«

Piet hat sie blitzartig als »den Richtigen« für Nati eingestuft und ihm spätestens nach Lucys Geburt immerwährenden Sohnstatus verliehen. Mike sollte der andere Sohn werden. Nach dem Heiratsantrag hab ich Kat und Natalie angerufen. Das wöchentliche Gespräch mit Mamita, das wir immer sehr bewusst zelebrieren (»Bewusstes Zelebrieren« ist meiner Mutter überaus wichtig), war gerade in dieser Woche ausgefallen, weil sie sich auf hoher See befand, auf der Jacht eines ihrer Freunde. Als sie von dem Törn zurückkam, benahm Mike sich schon seltsam, und mich beherrschte statt des überschäumenden Glücksgefühls eher eine mulmige, undefinierbare Stimmung, die sich gar nicht zum Künden froher Botschaften eignete. Meine Mutter hätte sofort gemerkt, dass da was nicht stimmt, also habe ich erst mal die ganze Verlobungssache für mich behalten und das Übermitteln der freudigen Nachricht auf später verschoben – später, wenn Mike wieder er selbst wäre. Dass »er selbst« zum beziehungsparanoiden Fremdküsser mutieren würde, war natürlich nicht Teil meines Plans gewesen.

Na ja, wie auch immer. Als sie von Natalie erfuhr, dass sie wieder Großmutter würde und außerdem endlich der ersehnte »Richtige« für ihre jüngere Tochter ins Haus stünde, saß sie keine vierundzwanzig Stunden später im Flieger. Ich wohne zentraler als Natalie, daher führt der erste Weg vom Flughafen sie immer zu mir.

Und als ihr Darius mit nacktem Oberkörper (wegen des warmen Tages und der noch wärmeren Küchendünste) und karierter Schürze die Tür öffnete, war sie natürlich überzeugt, meinen Verlobten vor sich zu haben. Und was diesen Mike anging, von dem zuletzt so viel die Rede war, da hatte sie wohl irgendwas vergessen oder nicht mitgekriegt.

Außerdem mache ich mir null Illusionen, welche Nachricht bei meiner Mutter die heftigere Endorphin-Ausschüttung ausgelöst hat: Lucys Geburt hat sie auf den Großmuttergeschmack gebracht, und sie hat keinen Zweifel daran gelassen, dass sie sich diesbezüglich unterfordert fühlt. Na, *den* Druck wird Nati ja vorerst mal von mir nehmen.

»Ich hatte keine Wahl«, flüstert Darius mir in der Küche zu, während Mamita im Gästezimmer Traumfänger aufhängt und ihre Räucherstäbchen entzündet. »Sie schien so glücklich, dass du heiratest …«

»Das war sehr süß von dir«, flüstere ich zurück, »aber irgendwann muss ich ihr die Wahrheit ja doch sagen.«

»Es gibt keine absolute Wahrheit«, antwortet er mit einem wissenden Lächeln und küsst mich auf den Hals. »Wir erschaffen sie doch jeden Augenblick neu – mit allem, was wir sagen und tun.«

»Meine Mutter wird dich lieben«, seufze ich und bedaure, dass sie diesen wunderbar romantisch-esoterischen Satz nicht mitgehört hat.

»Dann hoffe ich, du hast so viel mit deiner Mutter gemeinsam, wie es den Anschein hat.«

Und dann serviert er uns selbstgemachte Gnocchi an Kürbis-Tomaten-Salbei-Schalotten-Rotwein-Magie und danach eine unwiderstehliche Mousse au Chocolat. Und ich denke nur ein klitzekleines Mal an Mike, nämlich, als Darius sein T-Shirt aus- und sein Hemd wieder anzieht und ich bei aller Bewunderung für seinen göttergleichen

Oberkörper doch ein wenig bedaure, dass er offenbar einer dieser Nacktbrustfetischisten ist. Aber das sind Kleinigkeiten.

KAT

»Also, ich weiß echt nicht, was du dir davon versprichst, hier aufzukreuzen.«

Dieser Tag setzt mir langsam richtig zu. Da sitze ich nun an meinem Schreibtisch und will in Ruhe überlegen, wie ich Gwennie (und mich) am besten möglichst schmerzfrei von ihrem aktuellen Desaster befreie – und stattdessen muss ich mich mit dem bereits abgehakten Ex-Desaster auseinandersetzen. Ein Glück, dass ich wenigstens Carola und ihren Herrn Schön loswerden konnte.

»Ich halte dich nicht lange auf«, sagt Mike. Er sieht schlimm aus. Dunkle Schatten unter den Augen, ein gequälter Zug um den Mund. So hätte ich mir eigentlich Gwennies Zustand vorgestellt – leidend. »Ich wollte heute zu Gwennie, um mit ihr zu reden. Unten vor der Haustür sehe ich, wie eine ältere Dame aus einem Taxi steigt. Sah aus wie eine Touristin. Ganze Menge Gepäck, mit dem sie eindeutig überfordert ist. Schleppt die Taschen nacheinander ins Treppenhaus. Ich kann das nicht mit ansehen und biete meine Hilfe an.«

Was will er? Mir vermitteln, was er für ein guter Mensch ist?

»Komischerweise will sie weder in den ersten noch in den zweiten Stock. Auf der Treppe zum Dachgeschoss frage ich sie, ob sie auch ganz sicher ist, dass sie da hinauf will. Aber ja doch, mein Junge, sagt sie und klingelt an der Tür, ich werde doch wissen, wo meine eigene Tochter wohnt.«

Gwennies Mutter ist hier? Du liebe Zeit, Gwennie hat bestimmt keine Ahnung!

»Bevor ich noch ein Wort sagen kann, öffnet sich die Tür, und da steht dieses zweitklassige Katalogmodel – mit nacktem Oberkörper! Und die Frau stürzt sich in seine Arme und jubelt: Du musst mein neuer Schwiegersohn sein! Dieser aalglatte Heini wirft mir einen Blick zu, für den ich ihm am liebsten seine Hose zu fressen gegeben hätte. Aber ich halte mich zurück, weil sich in diesem Moment Gwennies Mutter zu mir umdreht und sich mit einem reizenden Lächeln fürs Koffertragen bedankt – bevor sie mir die Tür vor der Nase zuschlägt.«

Autsch. Ein eher ungünstiges Zusammentreffen, das gebe ich zu. Aber andererseits – hat Mike nicht jedes markige Detail verdient? Doppelt und dreifach?

»Ich muss nur wissen, wie lange es diesen Typen schon gibt. Wie lange hat sie mich schon verarscht, Kat?«

Ich starre ihn fassungslos an. »Wie lange *sie* dich verarscht hat? Das kann doch nicht dein Ernst sein! Frag doch lieber, wie lange *du* sie verarscht hast!!«

»Ich habe mich ein wenig widersprüchlich verhalten, das weiß ich schon ...«

»Ein *wenig* widersprüchlich?? Du hast ihr einen Heiratsantrag gemacht, und fünf Sekunden später wolltest du eine Auszeit. Du hast sie über Wochen total im Unklaren gelassen, was in deiner komischen Männerbirne vorgeht. Du kennst doch Gwennie. Sie hat sich nächtelang in den Schlaf geheult und darüber nachgedacht, was sie falsch gemacht hat.«

Mikes Gesicht wird grau, und er vergräbt es in den Händen. »Gott, ich weiß, ich weiß. Ich muss unerträglich gewesen sein. Aber trotzdem hätte ich nie gedacht, dass sie deswegen gleich mit einem anderen was anfängt … ich dachte, sie liebt mich. Ich dachte, sie wartet ein bisschen. Ich wollte nur nicht, dass … ich wollte doch nur …« Seine Stimme wird brüchig, und einen schrecklichen kleinen Moment lang befürchte ich, er fängt an zu heulen.

»Du wolltest nur *was*?«, frage ich ziemlich scharf, als der Risikomoment vorüber ist. »Eine kleine Schonzeit, bevor's ernst wird? Noch ein bisschen in der Gegend rumvögeln …?«

Er will mich unterbrechen, aber das lasse ich nicht zu. Jetzt bin ich dran, und ich bin gerade herrlich in Schwung.

»… und dir gleichzeitig Gwennie als nette Option in Bereitschaft halten, egal, wie sehr du damit ihre Gefühle verletzt? Tut mir ja echt leid für dich, Kumpel, aber irgendwann ist auch bei Gwennie Schluss – zum Glück. Du hast ihr das Herz gebrochen, du Mistkerl! Sie ist so daneben, dass sie den erstbesten hübschen Kleiderständer heiraten würde.« Dass dieser Umstand auch mit einer getürkten Weissagung zusammenhängt, an der ich nicht ganz unschuldig bin, kreuzt zwar mein Bewusstsein, aber es ist so befreiend, zur Abwechslung mal jemanden in der Nähe zu haben, der mehr Schuld auf sich geladen hat als ich selbst.

»Heiraten?«, flüstert er. »Sie will ihn wirklich heiraten?«

»Nicht, wenn ich es verhindern kann.«

Er schluckt. »Wer ist der Typ? Wo kommt er auf einmal her? Was macht er in ihrer Wohnung, wenn sie nicht da ist?«

Das gefällt mir allerdings auch überhaupt nicht. Die Sache geht viel zu schnell – Darius scheint ein geradezu unheimliches Talent als Frauenflüsterer zu haben. Aber das ist eine andere Geschichte.

Ich verschränke die Arme vor der Brust.

»Was soll das Ganze, Mike? Gwennie hat Schluss gemacht, es ist aus. Mit wem sie sich trifft, geht dich überhaupt nichts an. Du hast es selbst vermasselt.«

»Ich weiß, ich weiß, aber ich wollte sie doch nicht verlieren! Ich gebe zu, nach dem Gespräch mit meinem Bruder bin ich in Panik geraten ...«

»Dein Bruder? Was hat denn der damit zu tun?«

Er stößt einen tiefen Seufzer aus. »Mein Bruder hat vor Kurzem geheiratet«, fängt er an, und diesmal lasse ich ihn reden.

Zehn Minuten später hat er es tatsächlich geschafft, dass ich ihm gegenüber ein bisschen milder gestimmt bin. Aber halt! Hat er da nicht ein klitzekleines Detail außer Acht gelassen?

»Das ist alles schön und gut, Mikey-Boy, und vielleicht eine Erklärung für deine Serie von Fluchtreflexen. Aber es entschuldigt wohl kaum, dass du was mit einer anderen Frau angefangen hast.«

Er sieht mich an, als hätte ich soeben eine kleine Anekdote auf Altaramäisch eingestreut. »Eine andere Frau?«

Sind tatsächlich *alle* Männer solche Schauspieler? »O bitte, Mike, erspar mir das Theater!«

»Kat, glaub mir: Ich hab keine Ahnung, wovon du redest!«

»Jetzt hör schon auf damit! Gwennie hat es mit eigenen Augen gesehen.«

Mike starrt mich an, schüttelt langsam den Kopf. »Kat. Bitte«, sagt er mit Nachdruck, »ich weiß nicht, was Gwennie gesehen hat, aber ich schwöre dir, es gibt keine andere Frau. Und gab auch nie eine andere, seit ich Gwennie kenne.«

Vielleicht bin ich jetzt vollends durchgeknallt, aber ich

habe wirklich den Eindruck, dass er die Wahrheit sagt. Und wenn das tatsächlich so ist, dann bin ich vielleicht schuld dran, dass Gwennie ein Übel durch ein viel größeres ersetzt hat. Ein Gedanke, der mir einen sehr unangenehmen Knoten in der Magengegend verursacht.

GWENNIE

Also, nach einem kurzen Brainstorming mit mir selbst – und einem noch kürzeren mit Darius – habe ich beschlossen, die Dinge für Mamita einfach mal so zu lassen, wie sie sich bei ihrer Ankunft dargestellt haben. Ist so doch alles viel einfacher – ich meine, die Situation ist an und für sich schon, sagen wir mal, kompliziert –, und meiner Mutter alles erklären zu müssen, das überfordert mich momentan schlichtweg. Ich sehe es als Spiel – ein bisschen wie Poker, da ist Bluffen auch ganz normal. Und ich tue es ja auch gar nicht für mich, ich mache damit meine Mutter glücklich. Ich liefere ihr einen gut aussehenden, charmanten Schwiegersohn, Natalie liefert ihr Zwillingsenkel, und gemeinsam machen wir sie zu einer glücklichen Mutter Schrägstrich Schwiegermutter Schrägstrich Großmutter. Es ist durchaus angenehm, ausnahmsweise mal nicht die Katastrophentochter zu sein, sondern zum mütterlichen Glücksgefühl beizutragen. Natürlich habe ich meine Schwester eingeweiht. Sie hat nur gelacht, schon wieder ganz ihr altes, vollkommen ausgeglichenes Selbst: »Ich bin gespannt auf das nächste Kapitel dieser irren Geschichte. Gott, bin ich froh, dass ich bloß Zwillinge kriege, das ist vergleichsweise richtig entspannend. Piet ist übrigens ganz von den Socken. Er prahlt mit seinen Turbospermien und sieht sich im Internet tiefer gelegte Zwillingsbuggys mit Breitreifen an.«

Und Darius spielt dieses Spiel mit nonchalanter Professionalität. Er nennt meine Mutter bereits Mamita, fachsimpelt mit ihr über Tarotkarten und hat sie gebeten, ihm einen Traumfänger zu basteln, weil er in seinem Schlafzimmer »die Aura so unruhig« findet. Also, wenn man ihm so zuhört – er hat so was Jungenhaftes, kaum vorstellbar, dass er schon einige harte Geschäftsjahre in einer eigenen Firma hinter sich hat. Mamita findet ihn jedenfalls hinreißend, und ich bin ihm unendlich dankbar, dass er seine Rolle so überzeugend spielt. Obwohl ich zwischendurch manchmal das Gefühl habe, das *ist* gar keine Rolle für ihn. Nach zwei Tagen, in denen er mit uns frühstücken, shoppen, im Kino und im Restaurant war und dabei mit solcher Selbstverständlichkeit den Schwiegersohn gegeben hat, ertappe ich mich dabei, wie ich wieder nach Brautmodenmagazinen schiele. Die Zeit war so ausgefüllt, dass ich nur ganz selten Gelegenheit hatte, über Mike nachzugrübeln. Vielleicht komme ich über diesen Mann ja wirklich ausnahmsweise mit einem dynamischen, kapitalen Sprung hinweg statt in einem quälenden Marathon-Hürdenlauf.

So schön es ist, meine Mutter wieder mal hier zu haben, ich bin dennoch ein wenig erleichtert, als sie ankündigt, zu meiner Schwester zu übersiedeln. Darius hat sich nach dem Frühstück auf meinem Balkon, zu dem er mit einer weißen Calla für Mamita erschienen ist, von ihr verabschiedet, und man hätte glauben können, sie sei seine eigene Mutter – ich bilde mir tatsächlich ein, er hat feuchte Augen gekriegt. Was, wenn er kein richtiger Mensch ist, sondern ein Replikant? Von einem Frauenplaneten entsandt, auf dem der Ideale-Mann/Sohn/Schwiegersohn-Roboter serienweise vom Band geht? Perfekter Körper, perfekte

Manieren? Na ja, meine Phantasie schlägt gern Kapriolen, wenn ich ein paar Tage nicht zum Arbeiten komme. Irgendwo muss die überschüssige Fabulierenergie sich ja entladen. Dabei ist das so unfair Darius gegenüber, gebe ich mir sofort selbst einen Rüffel – da ist nichts Roboterhaftes an seiner liebevollen, einfühlsamen Art. Vielleicht habe ich nur einfach durch Mike ein Stück Urvertrauen verloren und kann nicht mehr glauben, dass mir etwas so Gutes passiert.

Als Mamita und ich in mein rotes Mini-Cooper-Cabrio steigen und uns auf den Weg zu Natalie machen, dauert es keine zwei Minuten, bis wir von Darius reden.

»Er ist ganz reizend, wirklich, Gwennie-Liebling. Aber ich hoffe, du bist später nicht allzu enttäuscht.«

»Enttäuscht?« Ich schaue sie verblüfft an. »Ich dachte, du findest ihn toll. Inwiefern sollte er mich enttäuschen?«

»Ach Schatz!« Sie schaut mich mit demselben mitleidig-liebevollen Blick an, der mir von unserem Aufklärungsgespräch zum Thema »Osterhase« in Erinnerung ist (ich war immerhin schon neun, und in der Schule wurde geredet). »Das hält kein Mann auf Dauer durch. Und schon gar nicht ein so junger.«

»Jung? Darius ist Ende dreißig.«

Mamita lacht laut auf. »Aber Gwennie«, sagt sie und schüttelt den Kopf, als hätte ich was zutiefst Albernes gesagt, »nie im Leben ist er das.«

Wie soll ich mit ihr darüber streiten? Darius ist schließlich nicht da, um seinen Führerschein zu zücken und den Beweis anzutreten. Außerdem würde wahrscheinlich selbst das nichts nutzen. Wenn meine Mutter recht hat, dann hat sie recht, sie besitzt einen viel gerühmten Dickkopf, den ich angeblich von ihr geerbt habe. Blödsinn, sage ich. Wenn mir jemand beweist, dass ich im Unrecht bin, dann kann ich das problemlos akzeptieren.

Ich liefere meine Mutter bei Natalie ab, die sich nur kurz mit einem Augenzwinkern bei mir erkundigt, ob die »Operation Schwiegersohn« noch läuft. Ich glaube, sie amüsiert sich prächtig auf meine Kosten.

Als ich wieder im Auto sitze, diesmal allein auf dem Weg zu Pegasus, den ich in den letzten Tagen etwas vernachlässigt habe, fällt mir auf, dass er nicht der Einzige ist. Das seltsam leere Gefühl, dieses Gefühl, dass irgendetwas fehlt, kommt daher, dass ich tatsächlich seit zwei ganzen Tagen nichts mehr von Kat gehört habe, seit ihrer Antwort auf meine SMS, in der ich ihr von Mamitas Überraschungsbesuch erzählt habe. Ich habe Beste-Freundin-Entzugserscheinungen. Wahrscheinlich hat sie richtig vermutet, dass Mamita mich mehr als genug mit Beschlag belegt, und sich gedacht, ich würde mich schon melden, wenn ich wieder etwas Flossenfreiheit hätte. Ich gebe zu, wenn ich sie angerufen hätte, dann wäre ich versucht gewesen, ihr von Darius' kleiner Schwiegersohnlüge zu berichten, und wer weiß, was sie da wieder reininterpretiert hätte. Überhaupt weihe ich Kat zum ersten Mal nicht in alles ein. Bis inklusive Mike hat es keine Männergeheimnisse zwischen uns gegeben, und auf einmal habe ich das Gefühl, genau überlegen zu müssen, was ich ihr erzähle. Das muss wieder anders werden. Ich meine, wenn beste Freundinnen nicht ehrlich zueinander sind, dann sollte man sich ernsthafte Sorgen um die Zukunft dieses Planeten machen. Ich wähle ihre Nummer, in der Hoffnung, die Autofahrt für ein Telefonat mit ihr nutzen zu können, komme aber nur auf die Mailbox. Na ja, sie scheint momentan eine Menge Arbeit zu haben.

Auch meine Hoffnung, sie im Stall zu treffen, erfüllt sich

nicht. Ich hole also beide Pferde und mache mich ans Striegeln, Mähnekämmen, Hufeauskratzen. Das ist ganz normale Routine bei uns, dass jede sich um das Pferd der anderen kümmert. Und dazu haben wir noch Lucy, die sich um unsere Pferde sorgt, als wären sie ihre vierbeinigen Kinder.

Als Napoleons Fell wieder glänzt wie Schneewittchens Ebenholzhaar, bringe ich ihn zurück auf die Koppel und sattle Pegasus. Ich bin die einzige Reiterin, die am Gatter, durch das man das Hofgelände verlässt, nicht absteigen muss: Pegasus öffnet den Hebel mit den Zähnen und drückt das Tor dann mit der Nase auf. Wenn wir durch sind, schließt er es mit einem gezielten Tritt. Es hat eben Vorteile, auf einem alten Zirkusgaul zu reiten.

Sosehr ich mich gefreut hätte, Kat zu treffen, genieße ich doch diese eineinhalb ruhigen Stunden mit Pegasus. Es war verdammt hektisch in letzter Zeit, und mir wird so richtig bewusst, dass ich kaum Gelegenheit hatte, mit meinen Gedanken allein zu sein. Na ja, eigentlich war ich *froh*, mit meinen Gedanken nicht allein zu sein. Die letzten Wochen, aufgeteilt zwischen Arbeit, Darius, Lucy und nun auch meiner Mutter, waren pures Ablenkungsprogramm in der Hoffnung, einen Weg zu finden, der um den Schmerz herumführt. Nun, ich schätze, ich kann mich nicht ewig ablenken. Irgendwann muss ich da mittendurch. Aber mit etwas Abstand ist es dann vielleicht schon leichter. Was spricht eigentlich dagegen, es sich so leicht wie möglich zu machen? Darius mildert so viele Entzugssymptome: Er streichelt mein Ego, er lässt es gar nicht erst so weit kommen, dass sich einsame Abende mit Rotwein und Schokoladeorgien ergeben. Kaum stehe ich in Gedanken versunken auf meinem Balkon, ruft er an und lädt mich ins Kino ein. Und das, was er sagt, überzeugt mich schon beinahe wieder davon, dass wahre Liebe möglich ist. Ich meine, ein Mann, der freiwillig auf Sex verzichtet, weil die Beziehung erst reifen soll? Der damit zufrieden ist, nur zu geben, und keine Gegenleistung erwartet? Er ist wirklich einzigartig. Ganz ruhig kehre ich von meinem Ausritt zurück, zentriert, in meiner Mitte. Alles wird gut. Das hat schließlich auch Karnuntina gesagt.

Nachdem ich Pegasus versorgt habe, setze ich mich ins Auto und werfe einen Blick auf mein Handy. Nanu? Fünf versäumte Anrufe von Kat? Ich will sie gerade zurückrufen, da klingelt Darius rein.

»Hey«, sage ich ganz gelöst, »wie wär's, wenn ich heute mal zu dir komme? Das mit dem Wasserrohrbruch macht mir nichts aus und ...«

»Entschuldige«, unterbricht er mich, und seine Stimme klingt nicht nur ernst, sondern richtig verstimmt. »Da sollten wir vorher vielleicht noch einiges klären.«

»Was ist denn los?«, frage ich alarmiert. Hat er das mit den Büchern rausgefunden und ist sauer, dass ich ihm nicht alles über mich erzählt habe? Ich merke, wie Panik in mir hochsteigt. Ich bin nicht bereit, Darius aufzugeben, er ist einfach zu gut, ich muss mich fallen lassen, muss offen zu ihm sein, sonst verderbe ich mir vielleicht die Chance meines Lebens. »Hör zu, egal, was du denkst ...«, will ich gerade zu einer Rechtfertigung ansetzen, da unterbricht er mich erneut.

»Deine Freundin Kat scheint ein ernsthaftes psychisches Problem zu haben«, sagt er eisig. »Oder sie ist einfach nur bösartig.«

Kat? Was um Himmels willen kann Kat denn getan haben? »Aber nein«, verteidige ich sie sofort, »Kat hat vielleicht eine große Klappe, aber sie ist eine super Freundin mit einem Herzen aus Gold.«

Seine Stimme wird noch um einige Grad kälter. »Dann erklär mir doch mal, warum diese super Freundin mir auflauert und nahelegt, meine – Zitat: ›Finger von Gwennie zu lassen‹, Zitat Ende. Sie hat wirre Räuberpistolen von sich gegeben und mir sogar gedroht …«

Fassungslos lausche ich Darius' Bericht.

»Ich glaube nicht, dass ich das verdient habe«, schließt er gekränkt.

»Nein, natürlich nicht.« In meinem Kopf rasen die Gedanken um die Wette. Was mag nur in Kat gefahren sein? Warum tut sie so was, ohne zuerst mit mir zu sprechen? Das ergibt doch alles keinen Sinn! »Das tut mir wahnsinnig leid, Darius, ich schwöre dir, ich hatte keine Ahnung, dass sie irgendwas gegen dich hat. Sie hat kein Wort zu mir gesagt. Es muss sich um ein Missverständnis handeln. Bestimmt klärt sich alles auf, und sie entschuldigt sich bei dir.«

»Das hoffe ich sehr«, antwortet er, und ein Anflug des gewohnten Schokoladetimbres kehrt in seine Stimme zurück. »Sie ist ein wichtiger Mensch für dich. Ich hatte gehofft, wir könnten Freunde sein.«

Erleichterung breitet sich in mir aus. Immerhin hat Kat es nicht geschafft, seine Gefühle für mich zu beeinflussen.

»Aber ich habe wirklich das Gefühl, mit der Frau stimmt was nicht«, fährt Darius fort, und aus seiner Stimme höre ich jetzt nur noch Besorgnis. »Sie hat großen Einfluss auf dich, Gwennie, und ich glaube, sie nutzt das aus. Vielleicht erträgt sie den Gedanken nicht, dass dir jemand näher kommen könnte als sie.«

Er macht eine kleine Pause. Kann es sein, dass er recht hat? Dass ich Kat immer zu verklärt gesehen habe? Habe ich ihr zu viel Einfluss auf mein Leben zugestanden? Könnte es sein, dass sie fürchtet, mich zu verlieren, weil ich der einzige Mensch bin, den sie an sich heranlässt?

»Ich habe jedenfalls den Eindruck, dass sie alles Mögliche behaupten würde, wenn es nur dazu führt, dass wir uns nicht mehr sehen.«

»Aber Darius! Glaubst du wirklich, ich hätte keine eigene Meinung? Ich lasse mir von Kat doch nicht diktieren, wen ich treffe. Was immer sie sagt, es ändert meine Meinung über dich nicht im Geringsten.«

»Das ist schön zu hören.« Nun klingt seine Stimme wieder warm, weich, souverän, und eine Welle der Erleichterung schwappt über meinen Körper. Ich kann nicht schon wieder einen Mann verlieren, schon gar nicht einen, der so wunderbar ist! Ich lasse mir das nicht verderben, auch von Kat nicht! Ich verabrede mich mit Darius für später und wähle Kats Nummer.

KAT

Also, ich gebe zu, mein Besuch bei Darius war vielleicht kein diplomatischer Geniestreich. Das Ganze war nicht richtig durchdacht, aber nach zwei Tagen und zwei schlaflosen Nächten, in denen ich mich gewaltsam davon abhalten musste, etwas Unüberlegtes zu tun, das die Sache vielleicht noch verzwickter gemacht hätte, konnte ich wohl nicht mehr klar denken. Als ich dann Gwennie mit der Nachricht auf meiner Mailbox hatte, dass sie unterwegs zum Stall sei, da hat es in meinem Hirn *klick* gemacht, und ich bin einfach losgefahren.

Ich habe gehofft, wenn ich ihm alles mit voller Wucht an den Kopf werfe, zieht er den Schwanz ein und lässt sein Opfer aus den Klauen. Vielleicht hätte dieser Spontanplan auch funktioniert, wenn ich mit dem An-den-Kopf-Werfen gewartet hätte, bis ich in seiner Wohnung bin. Aber ich habe ja nur gewusst, welches Haus es ist, nicht welche Tür, und daher beschlossen, mich systematisch von oben runterzuarbeiten. Ich läute beim Penthouse. Der blonde Typ, der öffnet, trägt einen rotseidenen Morgenmantel und eine Danach-Frisur. »Entschuldigen Sie die Störung«, murmle ich, »ich suche jemanden, der hier wohnt – groß, dunkel, gut aussehend …«

Er starrt mich an, mustert mich von oben bis unten, ruft dann mit drohendem Unterton, ohne den Blick von mir zu wenden: »Claudio, Schatz …? Hast du mir vielleicht etwas zu sagen?«

Claudio, im Blauseidenen, mit Glatze, taucht aus dem Wohnungsinneren auf. Er blickt erstaunt, ich verschwinde treppabwärts und murmle etwas von Verwechslung.

Tür 8. Eine sehr gepflegte Dame, gut über siebzig, graue Löckchen mit apartem Blauschimmer, rosafarbenes Kostüm im Chanel-Stil.

Ich: »Oh, verzeihen Sie, ich hab mich in der Tür geirrt …«

Sie (laut): »Sie müssen lauter sprechen, Liebes, mein Hörgerät ist ausgeschaltet …«

Ich (sehr laut): »*Ich habe mich in der Tür geirrt!!*«

Sie schüttelt nur den Kopf, um anzuzeigen, dass sie mich noch immer nicht verstanden hat. Mit einem reizenden, Geduld heischenden Lächeln dreht sie an einem Plastikteil hinter dem Ohr. Himmel, was hätte ich denn tun sollen? Die alte Dame einfach stehen lassen? Dazu hab ich mich von meiner guten Erziehung noch nicht weit genug distanziert.

»*Falsche Tür!*«, brülle ich daher noch mal, was zur Folge hat, dass bei Tür 7 hörbar das Guckloch aufgeschoben und einen Stock tiefer ein Schlüssel im Schloss gedreht wird. Die Augen der alten Dame strahlen plötzlich auf, und sie klopft sich mit einem Finger ans Ohr. »Jetzt geht es! Was kann ich für Sie tun, Liebes?«

Das Ganze wird langsam peinlich, also lächle ich so gütig wie nur irgend möglich und sage: »Ich wollte mit Ihnen über Jesus sprechen.«

Blöderweise zeigt sich wieder mal, dass man nicht von sich selbst auf andere schließen soll, denn die reizende alte Dame knallt mir keineswegs die Tür ins Gesicht, sondern strahlt mich an, als wäre ich ihre verloren geglaubte Enkelin. »Aber natürlich, Liebes«, sagt sie und tätschelt mir den Arm. »Kommen Sie doch rein, ich mache uns einen Kaffee …«

»Kat? Bist du das?«, kommt seine Stimme von der Tür vis-à-vis. Da steht er, dunkle Jeans, gestreiftes Hemd, Sakko. Das Abbild eines respektablen Mannes mit seinen Salt-and-Pepper-Haaren, die schon deutlich mehr auf der salzigen Seite sind. Einen Augenblick lang bin ich verunsichert. Vielleicht liege ich ja komplett falsch. Vielleicht ist er genau das, was er zu sein vorgibt, und mein One-Night-Stand kellnert irgendwo in L. A. oder hat vielleicht sogar den zweiten Liebhaber von links in irgendeiner Soap abbekommen. Aber dann fährt er sich mit der Hand übers Kinn, und ich habe wieder dieses heftige Déjà-vu-Gefühl.

»Ich denke, die Dame hat *mich* gesucht, Frau Trautenfels«, sagt er mit einem charmanten Lächeln. »Bitte entschuldigen Sie die Störung.«

»Aber das macht doch überhaupt nichts …«

Darius zieht die Augenbrauen hoch, und die alte Dame flüstert mir zu: »Wenn Sie mit ihm fertig sind, läuten Sie einfach noch mal, Liebes!«

Sie schließt ihre Tür, ich wende mich Darius zu und bin

zugegebenermaßen durch dieses ungeplante Entree etwas aus der Fassung gebracht.

»Was verschafft mir das Vergnügen?«, fragt er, durchaus liebenswürdig.

»Ich muss mit dir reden«, erwidere ich, vielleicht einen Hauch zu aggressiv. »Willst du mich nicht reinbitten?«

»Ehrlich gesagt wollte ich gerade los. Vielleicht können wir uns im Gehen unterhalten.«

»Oh, ich kann dir im Gehen, Stehen oder Sitzen sagen, was ich von dir halte. Nur im Liegen nicht, denn ich mache selten denselben Fehler zweimal.«

Also, wie gesagt, ich habe es nicht sehr geschickt angestellt. Hätte ich es geschafft, mich ein paar Minuten lang höflich zu geben, vielleicht hätte er mich in seine Wohnung gelassen, und ich hätte irgendwelche verräterischen Indizien entdeckt. Ein Fernrohr, genau auf Gwennies Balkon gerichtet. Schwarzweiß-Schnappschüsse von ihr, sämtliche Bände von *Romantik für Fortgeschrittene*, mit farbigen Post-it-Markierungen versehen …

Aber so ist er sofort gewarnt und streitet natürlich alles ab. Und nicht nur das, er deutet auch zart an, dass ich vermutlich professionelle Hilfe brauche. Als ich dann ein klein wenig unhöflich werde, lässt er mich einfach stehen und steigt in sein Auto, ein Mercedes-Cabrio. Wenigstens bin ich geistesgegenwärtig genug, die Nummer zu notieren.

Natürlich habe ich sofort versucht, Gwennie zu erreichen – vergeblich natürlich, weil sie ständig vergisst, zum Ausreiten ihr Handy mitzunehmen. (Ich: Was ist, wenn Pegasus dich abwirft und du dich verletzt? Sie: Du weißt genau, dass Pegasus mich nie abwirft. Ich: Doch nicht absichtlich. Er könnte erschrecken! Sie: Er ist ein Zirkuspferd. Neben ihm könnte man Kanonen abfeuern, und er würde nicht mal mit dem Ohr wackeln. Und wenn's drauf ankommt, beherrscht er wahrscheinlich auch Herzmassage und Mund-zu-Mund-Beatmung. Ich werfe einen vielsagenden Blick. Sie verdreht die Augen: Ja ja, ich versuch, dran zu denken.) Ich versuche es wieder und wieder, im Zehnminutentakt. Als sie mich schließlich zurückruft, merke ich irgendwie schon am Klingeln, dass er schneller war als ich.

Gwennie: »Kat, um Himmels willen, was ist in dich gefahren? Wenn ich Darius glaube, dann hast du ihn nicht nur bedroht, beschimpft und erpresst …«

Ich: »Immer langsam! Erstens solltest du Darius – oder wie immer er heißt – *gar nichts* glauben. Er ist nicht, wer er zu sein vorgibt, und obwohl ich das noch nicht beweisen kann, bitte ich dich inständig …«

»Du kannst es nicht beweisen? Was meinst du? Worauf gründen sich deine seltsamen Anspielungen?« Mist. Er hat sie eindeutig schon heftig bearbeitet.

»Ich hab dir doch gesagt, ich bin sicher, ich kenne ihn …«

»Aber du konntest dich nicht dran erinnern, woher! So was passiert jedem von uns immer wieder mal …«

»Ich hab mich aber erinnert. Er war vor etwa zweieinhalb Jahren Kellner in einer Cocktailbar – und Schauspieler. Nicht älter als acht- oder neunundzwanzig. Und er wollte nach Los Angeles, zum Film, entdeckt werden.«

Ich höre sie nach Luft schnappen. »Bitte???? Was redest du denn da?«

»Sein Haar war ganz dunkel und länger, und er hatte so ein Robin-Hood-Bärtchen, aber *er war es*, ich bin mir ganz sicher. Margo hat mich angerufen und mich an unsere letzte gemeinsame Fete erinnert …«

»Du meinst dieses Besäufnis, von dem ich früher verschwunden bin, das sich dann Gerüchten zufolge in eine Bar verlagert hat …«

»Genau …« Irgendwie beschleicht mich das Gefühl, dass ich auch das nicht besonders geschickt angefangen habe.

»Dieses Gelage, nach dem du drei Tage lang nicht ansprechbar warst?«

»Ja, aber …«

»Du erklärst mir gerade, ich soll mich von Darius fernhalten, weil er dich an jemanden erinnert, den du volltrunken vor über zwei Jahren bei Schummerlicht in einer Bar gesehen haben willst.«

»Ich weiß, es klingt nicht besonders überzeugend, aber …«

»Nicht überzeugend?« Gwennies Stimme überschlägt sich fast. »Wenn mir eine Frau, die ich nicht kenne, diese Geschichte reingedrückt hätte, würde ich sagen, sie ist geisteskrank.«

»Ja, aber Gwennie, das ist der springende Punkt, oder? Du kennst mich! Ich bin deine beste Freundin und …«

»Hätte meine beste Freundin nicht mit mir sprechen sollen, bevor sie meinem Freund auflauert und ihn als Hochstapler beschimpft? Bevor sie versucht, gewaltsam in seine Wohnung einzudringen?«

»Moment mal! Ich hab bloß versucht, einen Blick hineinzuwerfen, aber er wollte mich nicht reinlassen, was ich übrigens mehr als verdächtig finde …«

»Verdächtig?? Hast du sie noch alle? Eine Verrückte, die du kaum kennst, taucht vor deiner Tür auf und wirft dir die haarsträubendsten Vorwürfe an den Kopf? Ich hätte dich auch nicht reingelassen, Kat!«

Ich hole tief Luft. Diese Unterhaltung läuft gar nicht gut. Ich muss gelassener argumentieren, sonst habe ich keine Chance.

»Warst du denn schon einmal in seiner Wohnung?«

»Nein.« Es klingt frostig, defensiv.

»Und findest du das nicht irgendwie seltsam? Ich meine, ihr seid Nachbarn, da ist es doch naheliegend, dass er dich auch mal zu sich einlädt.«

»Er hatte vor Kurzem einen Wasserrohrbruch.«

»Ach so.« Ich sage nichts weiter, sie weiß ohnehin, was ich denke, und vielleicht sickert es ja noch ein bisschen. »Weißt du was, ich finde, wir sollten das nicht alles am Telefon besprechen. Warum treffen wir uns nicht morgen im Stall und reden in Ruhe? Wenn sich herausstellt, dass ich mich irre, entschuldige ich mich auf Knien bei Darius, singe ihm ein Ständchen und wasche drei Monate lang täglich seinen Wagen. Im Bikini.«

Halleluja, ich hab sie zum Lachen gebracht!

»Also gut, morgen um zwei im Stall, du Verrückte. Aber ich weiß bereits jetzt, dass ich dir kein Wort glauben werde. Kauf dir schon mal einen hübschen Bikini.«

GWENNIE

Diese ganze Geschichte ist verrückt. Allmählich glaube ich, dass Kat wirklich alle möglichen Dinge auf mich projiziert. Hätte sie selbst eine Beziehung, ein Liebesleben, käme sie nicht auf den Gedanken, Geschichten über meinen Freund zusammenzuphantasieren. Das ist direkt ungesund, wie sehr sie sich da hineinsteigert. Ich meine, Darius Kellner in einer Cocktailbar? *Schauspieler?* Mein weltgewandter, reifer, auf umwerfend attraktive Art angegrauter, seriöser Darius? Vor zweieinhalb Jahren hatte er noch seine Firma und hat so viel gearbeitet, dass er kaum zum Luftholen gekommen ist. Selbst dass er nicht als Kellner, sondern als Gast dort war, ist unwahrscheinlich, so wie er mir sein Leben damals beschrieben hat. Und erst die Sache mit dem Alter! Aber was denke ich überhaupt darüber nach, das Ganze ist einfach vollkommen lächerlich. Als ich zwei Stunden später nicht mehr nach Pferdestall rieche, sondern nach J.P. Gaultier und in dem grünen Kleid stecke, das seit Jahren einer meiner Favoriten ist, habe ich die ganze Sache weggedrängt, so gut es geht. Darius wollte mich um halb acht abholen, und er ist meistens überpünktlich. Also versuche ich, weder an Kat zu denken noch daran, wie sehr Mike auf dieses grüne Kleid steht. Genieß den Augenblick, sage ich mir vor wie ein Mantra, als ich die Treppen hinuntersteige, genieß den Augenblick, als ich unten im Vorgarten stehe und die laue Luft dieses Frühsommerabends einatme, genieß den Augenblick, als ich den Riegel des Gartentors aufschiebe und auf die Straße trete.

Darius ist noch nicht zu sehen. Oder ist er das etwa in dem Taxi? Vielleicht kommt er ja nicht von zu Hause. Doch das Taxi fährt im Schneckentempo an mir vorbei, der Fahrer sucht offenbar eine bestimmte Hausnummer. Außer einem Mofa und einer Pferdekutsche am Ende der Straße, die sich wahrscheinlich ein exzentrischer amerikanischer Tourist gemietet hat, sind keine Fahrzeuge zu sehen. Ich sehe auf die Uhr. Fünf nach halb. Komisch. Darius war noch kein einziges Mal unpünktlich. Sein Auto steht da, direkt vor dem Haus, also weit kann er nicht sein.

Ein Gefühl der Unsicherheit breitet sich in mir aus. Was, wenn Kat ihn doch so richtig verärgert hat? Mehr, als er sich zunächst eingestehen wollte? Ich weiß wahrscheinlich nur die Hälfte von dem, was sie ihm an den Kopf geworfen hat, weil Darius mit seinem Taktgefühl mir wohl nur die Light-Version dieses Auftritts zumuten wollte. Aber ich weiß, wie unangenehm Kat werden kann, wenn sie sich im Recht glaubt.

Ich werde von Minute zu Minute nervöser und versuche mich damit abzulenken, dass ich die Kutsche beobachte, die langsam näher kommt, vermutlich auf dem Weg zum Park. So ein richtig altmodisches Ding mit schwarzem Faltdach, das bei dem schönen Wetter natürlich zurückgeklappt ist, gezogen von zwei Schimmeln. Sitzt tatsächlich nur ein Mann drin, soweit ich sehen kann, bestimmt der reiche ältere Amerikaner, den ich mir vorgestellt habe. Was der wohl hier draußen in der Vorstadt will? Das nenne ich gründliches Sightseeing. Ich sehe noch mal auf die Uhr. Zehn nach halb. Mit einem Seufzer wende ich mich ab, gehe die paar Schritte bis an die Ecke zu Hertas Laden. Herta sitzt auf einem Hocker zwischen zwei Eimern mit fertig gebundenen Frühlingsblumensträußen und raucht einen Zigarillo. Der Mops liegt in einer leeren Obstkiste und schaut misstrauisch.

»'n Abend, Herta«, grüße ich sie, und sie nickt zurück, während sie genießerisch Wölkchen in die Luft pafft.

»Na, Schätzchen?«, fragt sie. »Wie geht's voran? Wann gibt's neuen Stoff?« Sie fragt mich das zum x-ten Mal, obwohl meine Bücher immer zu denselben Terminen erscheinen, Juli und Dezember.

»Im Juli, Herta, wie immer.«

Da erscheint *Neues Spiel, neues Glück*, die Geschichte einer professionellen Pokerspielerin, die sich in einen Polizisten verliebt und ihm hilft, eine Glücksspiel-Betrugsserie aufzuklären. Mein erstes Buch, das auch eine kleine Krimihandlung hat – bin schon gespannt, wie es ankommt.

»Herta, heute könnte es einer dieser Abende werden, an denen ich ganz dringend Edelbitter-Schoko brauche …«

Herta blickt an mir vorbei auf die Straße. »Das glaube ich nicht, Herzchen. Ich glaube, Sie haben heute was anderes zu tun.«

Ich wende mich um, und da steht die Kutsche, genau vor meinem Gartentor. Der Schlag ist geöffnet, und der Mann, der der Kutsche gerade entstiegen ist und in einem unglaublich lässigen dunkelgrauen Leinenanzug mit einem kleinen, gleichzeitig stolzen und verlegenen Lächeln im Gesicht auf mich zukommt, ist kein amerikanischer Tourist, sondern Darius.

»Prinzessin«, sagt er, »wollt Ihr mir die Ehre erweisen, mit mir um den Block zu traben?«

KAT

Ich habe das Gefühl, lange lässt Mike sich nicht mehr davon abhalten, irgendwas Dummes zu tun – wie Darius ein Gratis-Karate-Training angedeihen zu lassen oder vor Gwennies Wohnungstür zu kampieren, bis sie ihm endlich zuhört. Aber ich bin nun mal fest davon überzeugt, dass er mit ein wenig Vorbereitungsarbeit meinerseits bessere Chancen hat. Nicht dass ich plötzlich zum totalen Mike-Fan mutiert wäre. Sein Verhalten war armselig und feige und rücksichtslos, und alles, was er jetzt leidet, hat er verdient. Aber der springende Punkt ist ja, *dass* er leidet. Er ist wirklich unglücklich, er vermisst sie wirklich, er will wirklich alles wiedergutmachen. Ich glaube, er *liebt* sie wirklich. Und ich weiß, Gwennie liebt ihn, auch wenn sie alles tut, um das zu verdrängen. Ich habe versucht, Mike zu erklären, dass er in Gwennies Augen bei einem Plus-Minus-Vergleich mit Darius momentan schlecht abschnitte:

Mike

+   **–**

- hat vor ihren Augen eine fremde Frau geküsst
- hat wochenlang die Kommunikation verweigert
- hat ebenso lange seine Zuwendung (inkl. Sex) entzogen
- hat ein Versprechen gegeben (Verlobungsring), um es gleich darauf wieder zurückzunehmen
- Die Wahrsagerin hat eine Trennung von ihm prophezeit

Darius

+   **–**

- zeigt seine Gefühle
- ist romantisch in Worten und Taten
- erfüllt alle Vorstellungen Gwennies in Bezug auf den idealen Mann: kinderlieb, tierlieb, beziehungsgeeicht, bindungswillig, gut aussehend
- Die Wahrsagerin hat eine Hochzeit noch vor oder spätestens an Gwennies Geburtstag prophezeit - folglich muss in ihren Augen Darius der Richtige sein. Sie glaubt daher (und das ist ein Doppelplus), dass hier das Schicksal die Hand im Spiel hat

?!

Nun ja. Zumindest das Schicksals-Plus kann ich vielleicht neutralisieren – mit einem Geständnis. Aber wirklich nur, wenn's nicht anders geht.

Die Tabelle besagt eindeutig, dass ich Mike nicht an Gwennie heranlassen darf, bevor ich nicht mit ihr geredet hab. Auf mich ist sie zwar sauer, aber sie hört mir wenigstens noch zu. Mike hingegen will sie aus ihrem Leben radieren, und sie ist ziemlich starrköpfig, wenn's drauf ankommt. Hat sie von ihrer Mutter. Wenn sie es schafft, seine Handynummer aus dem Speicher zu löschen und seine E-Mails als Spam zu markieren, dann schafft sie es auch, an ihm vorbeizugehen und so zu tun, als würde sie ihn nicht kennen. Oder die Polizei zu rufen und zu behaupten, er belästige sie. Und gibt Darius damit die Möglichkeit, sich als Retter aufzuspielen.

Nein, nein, so was Unausgegorenes wie der Besuch bei Darius passiert mir nicht mehr. Meine Rede ist gut vorbereitet, meine Argumente sind schlagkräftig, und ich habe schließlich einen Beste-Freundin-Vertrauensbonus, den dieser Kerl noch nicht eingeholt haben *kann*.

Trotzdem bin ich irgendwie nervös, was sich natürlich sofort auf Napoleon überträgt, er ist so ein verdammtes Sensibelchen. Immer wieder reißt er den Kopf hoch, während ich ihn mit dem Mähnenkamm bearbeite, tänzelt aufgeregt hin und her und versucht sogar, nach Foxy zu treten, als Ilse Meixner sie vorbeiführt. Das heißt, eigentlich hoffe ich, er hat nach der Meixner getreten, das spräche für seine Menschenkenntnis. Dauernd meckert sie über unsere Pferde. Sie »vergisst«, das Gatter an der Koppel doppelt zu sichern, und regt sich dann auf, dass sie ihr Pferd auf dem ganzen Gelände suchen muss. Wo doch jeder weiß, dass Pegasus den Riegel aufkriegt. In Wirklichkeit ist es bloß Trotz – sie findet es ungerecht, dass sie wegen eines

177

fremden Pferds selbst mehr »Arbeit« hat. Die Welt ist echt ein Kindergarten.

Ich bin viel zu früh da und beschließe, Napoleon einstweilen wieder auf die Koppel zu entlassen. Vielleicht haben Gwennie und ich ja Lust zum Ausreiten, nachdem wir uns ausgesprochen haben.

Victor übt Galoppwechsel auf dem Viereck. Eigentlich macht er wirklich keine schlechte Figur auf dem Pferd. Allerdings beiße ich mir eher die Zunge ab, als ihm das zu sagen. Der hat ohnedies schon viel zu viel Selbstbewusstsein. Jetzt hat er mich entdeckt und tippt grüßend an seine Kappe. Ich habe ihn tatsächlich noch kein einziges Mal mit seinen zwei Beinen auf der Erde stehen gesehen.

»Hey, Kat!«

Ich habe Gwennie nicht mal kommen hören, so konzentriert war ich auf Victor. »Hey, Gwennie! Diese Lorelai ist echt ein verdammt schönes Pferd.«

Sie schüttelt ganz leicht den Kopf und grinst ein bisschen müde. »Warum kannst du nicht einfach zugeben, dass er dir gefällt?«

»Er gefällt mir aber nun mal nicht. Er ist eine selbstzufriedene kleine Nervensäge.«

»Er ist intelligent und witzig. Du lässt dich nur nicht auf ihn ein, weil du Angst hast, dass du diesen Mann nicht vor dem Morgengrauen wieder aus der Wohnung haben willst.«

»Ich will den Mann zu keiner Tages- oder Nachtzeit *in* meiner Wohnung haben. Und außerdem wollte ich ganz was anderes mit dir besprechen.«

Sie seufzt abgrundtief. »Ach ja, richtig. Darius ist ein kaum volljähriger Schauspielschüler und kein Enddreißiger, der Software entwickelt hat.«

»Gwennie, hör zu! Ich glaube, dass er dich systematisch

um den Finger wickelt, um dich zum Heiraten zu bringen, weil du eine gute Partie bist.«

Gwennie schaut mich ungläubig an. »Du glaubst, er will mich des Geldes wegen? Sag mal, ist das dein Ernst? Du bist meine beste Freundin. Du solltest am allerwenigsten daran zweifeln, dass sich jemand um meiner selbst willen in mich verliebt.«

»Aber so meine ich das doch nicht! Und ich bin auch sicher, du bist ihm sympathisch, und er findet dich anziehend. Aber hinter dir her ist er, weil er mit dir als Ehefrau ausgesorgt hätte, da wette ich.«

Sie schüttelt traurig den Kopf. »Du kannst einem echt leidtun, weißt du das, Kat? Das ist Verfolgungswahn oder noch was Schlimmeres.«

»Gwennie, glaub mir doch: Der Typ hat dich studiert und spielt jetzt – zugegebenermaßen sehr überzeugend – eine Rolle! Und zwar den idealen Mann für Gwendolyn Luz! Ich wette, er hat alle deine Bücher gelesen, zu Recherchezwecken.«

»Das ist höchst unwahrscheinlich«, sagt Gwennie trocken. »Er kennt mich als Gwendolyn Petrell. Dass ich Bestseller schreibe, weiß er gar nicht.«

»Doch, weiß er«, murmle ich niedergeschlagen. »Ich hab's ihm verraten.«

»Du?« Jetzt ist sie sichtlich verwirrt. »Du hast ihn doch grade erst kennengelernt …«

»Habe ich eben nicht. Ich habe ihn vor zweieinhalb Jahren kennengelernt. In einer Bar. Das sagte ich schon. Noch nicht gesagt habe ich dir, dass er auch bei mir zu Hause war, in der Nacht.«

Ihre Augen weiten sich. »Du willst sagen, du hast ihn an dem Abend abgeschleppt?«

Ich senke den Blick. »Genau. Ich bin nicht stolz drauf,

aber so war es nun mal. Auf jeden Fall hatte er plötzlich ein Buch von dir in der Hand, und ich hab etwas mit dir angegeben. Er hat ein Foto von dir auf meinem Kühlschrank gesehen. Und er hatte Gelegenheit, deinen richtigen Namen aus meinem Filo oder meinem Handy abzuschreiben.«

Gwennie bleibt ruhig. »Jetzt ist Darius also nicht nur ein Hochstapler, sondern auch ein Hochstapler, mit dem du im Bett warst.«

Natürlich glaubt sie mir noch nicht richtig, aber immerhin bleibt sie cool und denkt mit.

»Ich fürchte, ja«, fahre ich hastig fort. »Und den ich sozusagen auf deine Fährte gesetzt habe. Weißt du, ich sage ja gar nicht, dass es von ganz langer Hand geplant war. Aber ich schätze, es hat mit der Karriere nicht so geklappt, wie er sich das vorgestellt hat, und er war pleite, als er hierher zurückkam. Vielleicht hat er dich zufällig auf der Straße gesehen, wiedererkannt und sich gedacht, hey, da geht meine Pensionsvorsorge.«

»Sehr spannende Theorie«, meint Gwennie kühl. »Nur dass es kaum Indizien gibt, die sie untermauern. Wie leistet sich ein arbeitsloser Schauspieler ein Mercedes-Cabrio und Armani-Anzüge?«

»Ich vermute, dass weder Wohnung noch Auto ihm gehören und er es mit anderer Leute Eigentum nicht so genau nimmt.«

»Jetzt ist er also auch ein Dieb und ein Einbrecher? Oder wohnt er in Wahrheit im Männerasyl und klaut allmorgendlich auf dem Weg zu meinem Haus einen Designeranzug und das passende Eau de Toilette?«

»Vielleicht ist es eine Art Untermiete, vielleicht tut ihm jemand einen Gefallen. Soviel ich weiß, hat er ein paar wohlhabende Gönnerinnen.«

»Jetzt ist er also auch noch ein Callboy?«

Ich weiß, dass alles, was sie sagt, vor Ironie nur so trieft, aber blöderweise muss ich befürchten, dass die ungeheuerlichsten Unterstellungen in diesem Fall der Wahrheit am nächsten kommen.

»Nur so aus Interesse. Darius ist eindeutig älter als dein Knabe sein müsste. Wie erklärst du das?«

»Er wirkt vor allem durch die grauen Haare älter als er ist.«

»Dieses Grau könnte kein Friseur hinkriegen, Kat.«

»Nein, nein. Das Grau ist echt. Ich hab recherchiert. Es gibt Männer, die werden schon mit zwanzig grau. Ich glaube, dass er früher gefärbt hat. Seine Haare waren damals zu schwarz, um echt zu sein. Er hat das Grau wohl als Karrierehindernis betrachtet. In seine Pläne mit dir hingegen hat es genau gepasst.«

Gwennie nickt nachdenklich vor sich hin. »Lass mich also zusammenfassen: Darius ist ein abgelegter One-Night-Stand von dir, der mit mir nur des Geldes wegen zusammen ist. Er ist ein Hochstapler und Heiratsschwindler in spe und ich eine leichtgläubige Tussi, die auf jeden Dahergelaufenen hereinfällt.«

»Nicht doch«, besänftige ich. »Du warst verletzt nach allem, was Mike mit dir angestellt hat, und besonders empfänglich für romantische Streicheleinheiten.«

Gwennie starrt vor sich hin. »Wie kommt es eigentlich, Kat«, fragt sie mit gefährlich ruhiger Stimme, »dass du mir jeden Mann ausreden willst, absolut jeden? Kaum beginne ich eine Beziehung, ziehst du sie in den Dreck.«

»Das kommt daher, dass ich mir Sorgen um dich mache. Und ich habe noch jedes Mal recht behalten, vergiss das nicht.«

Sie fährt fort, ohne meinen Einwurf zu beachten. »Als

mit Mike noch alles zum Besten stand, hast du schon immer geunkt, dass das sicher nicht so bleiben wird, weil in Wirklichkeit alle Männer Mistkerle sind. Nun, in Mikes Fall hast du recht behalten ...«

»Also, was Mike angeht ...«, versuche ich zu unterbrechen, doch sie lässt es nicht zu.

»... aber dass du dieselbe Masche jetzt bei Darius abziehst, einem Mann, den zu finden jede Frau sich glücklich schätzen würde, der mich auf Händen trägt, der einfach der sensibelste, liebevollste, fürsorglichste ...« Plötzlich stehen ihre Augen voller Tränen, und ich kriege die Panik. Das läuft alles überhaupt nicht so, wie ich es mir gedacht habe!

»Gwennie«, sage ich eindringlich, »er *spielt* nur. Er ist ein guter Schauspieler, das ist alles. Und was Mike angeht ...« Ich bin nicht sicher, ob dies der ideale Zeitpunkt ist, um Mike ins Gespräch zu bringen, aber ich habe so ein Gefühl, dass Gwennies Geduld sich dem Ende zuneigt, und ich will auf keinen Fall, dass sie davonstürmt, ohne alles gehört zu haben. »Ich fürchte, bei Mike habe ich zum ersten Mal *doch* falschgelegen. Ich finde, du solltest unbedingt mit ihm reden, er hat wirklich eine plausible Erklärung für ...«

»Du hast mit Mike geredet?« Sie hat große, runde, ungläubige Augen.

»Er ist bei mir aufgetaucht, ja. Gwennie – ich weiß doch genau, dass du ihn noch liebst, du verdrängst die Gefühle für ihn doch nur ...«

Sie lacht bitter auf und funkelt mich an. »Das ist doch wirklich die Krönung! *Du* willst mir was über Gefühle erzählen? Du, die Oberverdrängerin? Und ausgerechnet du hast dich von Mike einwickeln lassen? Du nutzt es aus, mich so gut zu kennen, um das Messer in der Mike-Wunde noch dreimal umzudrehen. Du, meine sogenannte beste Freundin, willst mir einreden, einen Mann zu verlassen, der nichts weniger als perfekt ist, für einen, der mich belogen und betrogen hat?«

»Du solltest mit ihm reden. Er hat sicher nicht alles richtig gemacht, aber ...«

»Nicht alles richtig gemacht? Sag mal, was ist eigentlich los mit dir? Nachdem er mich wochenlang gequält hat ...«

»Glaub mir, das kann er erklären ...«

»... hab ich mit eigenen Augen gesehen, wie er eine andere küsst!«

»Aber sie hat *ihn* geküsst, nicht er sie!«

Wieder so ein Lacher. »Ich fass es nicht«, sagt sie und sieht mich beinahe angewidert an. »Hörst du dir eigentlich zu? Wenn ich zu dir gekommen wäre und dir erzählt hätte ...« Hier lässt Gwennie ihre Stimme klingen, als wäre sie eine Cartoon-Blondine: »Du, Kat, hör doch mal, Mike hat eine ganz tolle Entschuldigung, echt voll supi – nicht er hat sie geküsst, sondern sie ihn! Was hättest du wohl gesagt?«

»Ich weiß schon, wie das klingt, aber ...«

»Was hättest du gesagt, Kat?«

Ich lasse die Schultern hängen und kicke mit dem Reitstiefel gegen den Zaun. »Ich hätte gesagt: ›Glaub ihm kein Wort!‹«, seufze ich. »Ich hätte gesagt, man müsse vollkommen verblödet sein, um so eine Ausrede zu glauben.«

Sie nickt. »Und du hättest recht gehabt.«

»Hör zu, Gwennie ich weiß wirklich, wie das alles für dich klingen muss.«

Sie sieht mich traurig an. »Es klingt für mich, als würdest du dringend Hilfe brauchen, Kat. Such dir ein eigenes Leben. Hör auf, ersatzweise meins zu sabotieren.« Ein abgrundtiefer Seufzer. »Jetzt weiß ich auch, was Karnuntina gemeint hat, als sie sagte: ›Aufregung und Verwirrung im Zusammenhang mit einer guten Freundin‹. Nur dass ich jetzt nicht mehr sicher bin, wie gut diese Freundin tatsächlich ist. Sie hat einfach mit allem recht gehabt, die Wahrsagerin. Schon paradox, dass ausgerechnet du mich zu ihr geschickt hast. Jedes Wort, das sie gesagt hat, ist wahr. Sie hat Carolas Verlobung gesehen, den Verkauf der Coudenhove-Villa, meine Trennung von Mike und sogar unseren Streit. Alles Vorkommnisse, die ich vorher nie für möglich gehalten hätte. Alles ist eingetroffen. Nur eins fehlt noch.« Ein kleines Lächeln spielt um ihre Lippen. »Aber ich bin überzeugt, dass sie auch damit recht behält.«

O Mann! Jetzt spielt sie auch noch die Wahrsagerinnen-Karte. Mir bleibt echt nichts erspart.

GWENNIE

Da steht meine allerallerbeste Freundin mir gegenüber in dieser total unwirklichen Szene. Es ist, als ob mir jemand nach Jahren endlich einen Schleier vom Gesicht gerissen hätte. Kat gönnt es mir nicht, glücklich zu sein. Sie weiß es vermutlich selbst nicht, denkt wahrscheinlich wirklich, sie redet und handelt nur in meinem Interesse. Und jetzt sieht sie mich an wie der Hund, der den Sonntagsbraten gefressen hat, und ganz offensichtlich muss sie mir noch etwas Wichtiges sagen. Nur zu meinem Besten natürlich.

»Ich muss dir noch etwas sagen«, beginnt sie zögernd.

»Immer raus damit! Ist meine Mutter eine Drogendealerin? Meine Schwester eine CIA-Geheimagentin? Meine Nichte vom Teufel besessen?«

Sie verzieht das Gesicht. »Karnuntina ist nicht echt.«

»Wie bitte?«

»Die Wahrsagerin. Sie ist keine. Alles, was sie dir gesagt hat, bedeutet nicht mal einen Furz.«

Also, langsam wird mir das alles zu viel. »Was soll denn das nun wieder, Kat? Du selbst hast mich doch zu ihr geschickt! Sie hat von Carolas Verlobung gewusst …«

»Carola hatte mir selbst von ihrer Verlobung erzählt. Und der Kaufvertrag für die Coudenhove-Villa war auch schon unterschrieben, als ich die Wahrsagerin dir gegenüber erwähnt hab.«

Ich weiß nicht, bin ich so blöd oder *muss* ich hier endgültig den Faden verlieren? »Aber was …? Ich versteh nicht …«

»Die Wahrsagerin heißt eigentlich Friedrun Hellerschmied und ist Schauspielerin. Ich hab sie engagiert, damit sie dir die Trennung von Mike vorhersagt. Den Namen Karnuntina hab ich aus dem Internet. Alte keltische Schicksalsgöttin. Die Wohnung war eines meiner freien Objekte, die Hellerschmied ist eine Bekannte von Carola.«

Ich starre Kat an, wahrscheinlich steht mir der Mund offen, vielleicht sabbere ich sogar. Ich fass es nicht.

»Gwennie, ich weiß, ich bin zu weit gegangen, ich hätte mich nie derartig einmischen dürfen. Aber du warst so unglücklich, und ich wollte, dass du Mike endlich hinter dir lässt, und weil ich doch weiß, wie sehr du an diesen Esoterik-Humbug glaubst …«

»Weil du das weißt, hast du eine Frau bezahlt, um mir eine Zukunft vorherzusagen, die *du* gut findest?«

»Mir ging es nur um die Trennung von Mike«, beteuert Kat, und wahrscheinlich ist ihre Verzweiflung sogar echt. »Sie ist ein wenig zu kreativ geworden, das mit der Hochzeit ist auf ihrem Mist gewachsen. Gwennie, ich bin echt nicht stolz auf das, was ich da getan hab, ich weiß, es war ein Riesenfehler, aber du machst mit Darius einen noch viel größeren! Bitte, du musst mir vertrauen, Gwennie!«

Jetzt platzt mir endgültig der Kragen. Ich spüre, wie mir die Tränen in die Augen steigen, aber das ist mir im Moment scheißegal. »Ich soll dir vertrauen? Was geht bloß hinter deiner Stirn vor, Kat? Du hast mich belogen, betrogen, ein ganzes Theaterstück inszeniert, um mich zu beeinflussen, weil ich nicht freiwillig getan habe, was du wolltest. Und jetzt soll ich dir vertrauen?«

»Wenn du schon mir nicht vertraust, dann vertrau wenigstens deiner Intuition! Ich weiß genau, dass du Mike noch liebst. Du willst diesen Darius doch gar nicht. Ich hab mir seine Hände angesehen: perfekt manikürte, lange dünne Finger, wie du sie nicht leiden kannst. Du hast immer gesagt, Mike hätte die richtigen Hände.«

»Mike hatte die richtigen Hände auf der falschen Frau, verdammt! Er hat mich betrogen, das weißt du genau!« Jetzt spüre ich, wie mir die Tränen über die Wangen rinnen.

»Das wissen wir überhaupt nicht.«

»Doch, das weiß ich, weil ich es gesehen habe!«

»Es ist nicht immer alles so, wie es auf den ersten Blick den Anschein hat, verdammt!«

»Ach ja? Wann hast du denn die Religion gewechselt?«

»Himmel noch mal!«, schnaubt Kat. Offenbar ist es jetzt an der Zeit, die Taktik zu wechseln und von »verzweifelt« auf »wütend« umzuschalten. »Kein Mensch ist perfekt, auch Mike ist nicht perfekt, er hat Fehler gemacht, aber er ist *echt*! Du klammerst dich an etwas, das wunderschön aussieht, aber in Wirklichkeit hohl ist, kapierst du das nicht? Es gibt keine perfekten Menschen, also gibt es auch keinen perfekten Mann.«

»Und ob es den gibt. Ich habe ihn gerade gefunden. Und du missgönnst ihn mir.«

»Du sturköpfige kleine Berufsromantikerin! Verdammt, Gwennie! Du musst immer alles übertreiben. Die Liebe genauso wie den Schmerz. Du bist ja geradezu süchtig nach Melodramen. Du kannst nicht einfach nur jemanden kennenlernen, nein, es muss der ideale Mann sein! Du kannst dich nicht nur einfach verlieben, nein, es müssen die größten Gefühle aller Zeiten sein! Und du kannst dich nicht einfach trennen, du musst sterben vor Schmerz! Hast du mir nicht vorhin erklärt, ich ließe Victor nicht an mich heran, weil ich Angst hätte, es könnte was Ernstes werden? Nun, ich glaube, du *willst* Mike gar nicht verzeihen, denn dann müsstest du dir eingestehen, dass du jemanden liebst, der nicht vollkommen ist. Stattdessen bildest du dir lieber ein, jemanden zu lieben, nur weil er perfekt zu sein scheint! Das passt besser in deine rosaroten Romantikvorstellungen. Aber das Leben ist nicht eines deiner Bücher.«

Da brennt bei mir endgültig die Sicherung durch. »Hör auf, und zwar sofort! Du hast kein Recht, so mit mir zu reden! Du, die du alle Männer für immer verteufelst, nur weil ein einziger Mann dich verletzt hat. Es reicht mir. Du hast genug in meinem Leben herumgepfuscht. Lass mich ein für allemal zufrieden, Kat! Ich will nichts mehr mit dir zu tun haben. Du bist so was von krank, krank, krank!!« Das Letzte kann ich nur noch mühsam unter Schluchzen hervorstoßen.

Aus den Augenwinkeln nehme ich wahr, dass die ganze Pferdeherde mit gespitzten Ohren zu uns herübersieht. Es ist totenstill auf dem Gelände, kein Schnauben, nichts. Kat steht da wie vom Donner gerührt und gibt keinen Mucks von sich. Ich wende mich ab und gehe langsam zurück zum Parkplatz. Da fällt mir noch was ein. Kat hat heute genug

Bomben platzen lassen, jetzt bin zum Grande Finale ich noch mal dran. »Und übrigens«, sage ich und drehe mich zu ihr um. Sie sieht viel kleiner aus als sonst, als wäre sie plötzlich geschrumpft. »Darius hat mir gestern einen Antrag gemacht. Ich wollte eigentlich noch abwarten mit der Antwort, aber jetzt … jetzt werde ich ihn wohl annehmen.«

KAT

Ich weiß nicht, wie lange ich so dagestanden habe. Echt, keine Ahnung. Eine Minute, eine Stunde? Irgendwann ist Victor mit besorgtem Gesicht plötzlich da und sagt irgendwas. Aber ich verstehe nichts. Vermutlich haben wir so laut gebrüllt, dass jeder auf dem Gelände was mitbekommen hat, allen voran natürlich die Pferde. Er versucht mich zu umarmen, und ich nehme zunächst nur irgendwie wahr, dass er gar nicht so klein ist, wie ich befürchtet habe. Mein Kopf passt ganz gut an seine Schulter, und einen Moment lang kämpfe ich gegen den irren Impuls, einfach loszuheulen. Zum Glück wache ich gerade noch rechtzeitig auf. Selbstmitleid hilft mir jetzt nicht weiter – und Victors Mitleid auch nicht. Ich schubse ihn weg und gehe zu meinem Auto, er mit diesem besorgten Dackelblick hinter mir her. Immer wieder fragt er, ob er mich nicht fahren soll. Aber ich setz mich einfach ans Steuer und brause los.

Wieso geht in letzter Zeit einfach alles schief, was ich anfange? Wie konnte dieses Gespräch nur so schrecklich verkehrt laufen? Ich fahre nach rechts auf einen Feldweg und rufe Mike an. Ohne mich zu unterbrechen, hört er sich an, was passiert ist.

»Was für ein Glück«, sagt er trocken, »dass ich auf dich gehört und dir die diplomatische Vorarbeit überlassen habe.«

»Wirf Steine, so viele du willst, ich schätze, ich hab's verdient.« Ich kann heute echt nicht mehr streiten. Ich fühl mich wie ein Halloweenkürbis, außen hässlich und innen hohl.

»Steinewerfen wird schnell langweilig und ist auch nicht besonders kreativ«, meint Mike nachdenklich. »Und wir brauchen jetzt jede Menge Kreativität. Hast du nicht gesagt, der Typ sei Schauspieler?«

»Genau.«

»Hat er vielleicht auch als Fotomodell gearbeitet?«

»Kann ich mir gut vorstellen.«

»Okay, dann mach ich mich mal an die Arbeit.«

»Was hast du vor?«

»Kreativ zu sein. Und Kat…« Seine Stimme wird ein bisschen unsicher. »Das wird schon alles wieder. Wenn wir nur verhindern können, dass sie diesen Lackaffen aus purem Trotz heiratet.«

»Verdammte Scheiße!« Verdammt, verdammt, ver…!

»Das wäre es allerdings.«

»Nein, ich mein was anderes. Ich hab was Wichtiges vergessen. Wir hören uns später, Mike.« Ich lege auf, gehe auf *Neue Mitteilung* und tippe los: »Hat Darius ein Tattoo auf der Hüfte? Dann hab ich nämlich recht.« *Senden an*: Gwennie.

GWENNIE

So ist das also, wenn man mit der besten Freundin Schluss macht. Ich hätte nie gedacht, dass es schlimmer, viel schlimmer ist, als mit einem Mann Schluss zu machen. Aber natürlich denkt man überhaupt nie, dass so was passiert. Beste Freundinnen sind da, um dich aufzufangen, wenn's dir schlecht geht, um dir wieder auf die Füße zu helfen. Und was hat Kat gemacht? Mich manipuliert, mich belogen und betrogen.

Ich fühle mich, als hätte mir jemand auf hoher See das Floß unter den Füßen weggezogen, und jetzt versinke ich langsam. Ich mache mir nicht die Mühe, die Tränen zurückzuhalten oder drüber nachzudenken, ob es eher verletzte oder eher wütende Tränen sind. Mein Leben ist zur Zeit ein emotionales Chaos, und ich brauche meine beste Freundin, brauche sie mehr denn je! Wie kann sie mir das antun? Wie kann sie gegen mein Glück arbeiten, wie kann sie Salz in die noch nicht geschlossene Mike-Wunde streuen, wie kann sie es wagen, über mein Leben zu bestimmen, mich hampeln zu lassen wie eine verdammte Marionette??

Gestern hatte ich ja schon fast so was wie Zweifel. Das, was Kat gesagt hat, über seine Wohnung und meine Wohnung, hat in mir gearbeitet. Der Gedanke nagte ja schon vorher an mir, ein klein wenig wenigstens. Aber dann diese wundervolle Überraschung mit der Kutschenfahrt! Es war echt märchenhaft, wie aus Tausendundeiner Nacht. Ich meine, so was gibt es in TV-Soaps und in Büchern – in meinen zum Beispiel. In meinem Erstling *Manege frei für die Liebe* verliert meine Heldin Minette bei einer nächtlichen Kutschenfahrt sogar ihre Unschuld. Woran man sehen kann, wie schön sich Sex und Romantik verknüpfen lassen – man muss nur wollen. Dann der Heiratsantrag. Im Mondschein. »Ich habe noch keinen Ring gefunden, der auch nur im Entferntesten angemessen wäre, also muss dieser einstweilen reichen …« Er schiebt mir vorsichtig einen aus Gänseblümchen geflochtenen Ring an den Finger. »Und ich will auch nicht, dass du sofort antwortest. Lass dir Zeit. Ich will nur, dass du weißt, wie ernst es mir ist. Und glaub nicht, dass mich erst deine Mutter auf den Gedanken gebracht hat.«

»Darius«, stammle ich, »ich weiß nicht, was ich sagen soll.« Ich muss regelrecht bestürzt dreingeschaut haben.

»Nun, ich wollte dir damit bestimmt nicht den Abend verderben«, sagt er, wohl nur halb im Scherz.

»Nein, natürlich nicht, du darfst das nicht falsch verstehen – ich bin einfach … überwältigt. Es geht alles so schnell …«

»Das Leben ist kurz«, lächelt er. »Und es ist heute!« Irgendwie kommt mir der Satz vertraut vor – wahrscheinlich deshalb, weil er von mir sein könnte. Ich habe einen Mann gefunden, der denkt wie ich, fühlt wie ich und es auch zeigen kann. Es ist eine warme, sternklare Nacht, und ein wunderschöner Sichelmond schaut auf uns herab. Wir sitzen in einer Kutsche, die von zwei Schimmeln gezogen wird, wie Prinz und Prinzessin aus dem Märchen. Alles ist so vollkommen, dass es beinahe wehtut. Ich starre auf meinen Gänseblümchenring und weiß: Wären wir in einem meiner Bücher, die Heldin würde unter Tränen ein gerührtes »Ja!« hauchen. Ich hingegen hauche … gar nichts.

Ich kann nicht, nicht so schnell. Tränen steigen mir in die Augen, und ich öffne den Mund, um etwas zu sagen, aber da beugt sich der Prinz über mich und küsst mich lange, sanft, liebevoll. Dann nimmt er mein Gesicht in seine Hände und sagt:»Nimm dir alle Zeit der Welt, Gwennie. Ich werde da sein, wenn du so weit bist.«

Und diesen wunderbaren Mann hat Kat als Betrüger hingestellt! Vielleicht bin ich (noch) nicht so verliebt in ihn, wie ich es sein sollte, vielleicht bin ich noch nicht über Mike hinweg, vielleicht ist es viel zu früh, um an eine Hochzeit mit einem anderen Mann auch nur zu denken – aber fest steht, dass Darius einfach wundervoll ist. *Sie* hingegen hat mich *erwiesenermaßen* betrogen. Und zwar mit Vorsatz und System.

»Und jetzt …«, sagt Darius und signalisiert mir mit seinem Tonfall, dass wir nicht weiter darüber reden, bevor ich nicht dazu bereit bin.»… jetzt gibt's was zu essen. Ich bin nämlich am Verhungern!«

»Ich auch«, seufze ich, zutiefst erleichtert. Er öffnet den Wagenschlag, springt auf die Straße, reicht mir die Hand. Der Kutscher macht eine Bewegung mit der Peitsche, und unser Märchengefährt entfernt sich beinahe lautlos.

»Ich finde, es ist wirklich an der Zeit, dass wir mal zu mir gehen«, sagt er und sieht mich an.»Was ist denn? Hab ich was Falsches gesagt?«

»Nein, nein!« Ich schüttle den Kopf.»Im Gegenteil!«

Tatsächlich habe ich diesem nagenden kleinen Wurm des Zweifels, den Kat in mein Gehirn gepflanzt hat, Raum gegeben. Dabei gibt es nichts, absolut gar nichts, was diese Zweifel rechtfertigt.

Im zweiten Stock lässt Darius mich kurz vor der weiß gestrichenen Tür warten. Kein Türschild, man sieht nur eine etwas hellere Stelle, wo das letzte Schild abgenommen wurde. Kat hätte ihm sofort wieder einen Strick daraus gedreht, garantiert. Aber mit ihrer Routine kann man auch aus roter Grütze Stricke drehen. Nachdem ich in meine Wohnung gezogen war, brauchte ich zwei Jahre, um das

Türschild des Vormieters abzumontieren. Letztendlich dazu durchgerungen habe ich mich erst, als Kat es auf irgendeiner Fete superwitzig gefunden hat, mich überall als »Dr. Paula Kozlowsky, Fachärztin für Zahn-, Mund- und Kieferheilkunde« vorzustellen und ich den Abend damit verbrachte, Anfragen zu beantworten wie: »Machen Sie auch Bleachings?« und »Ich habe da eine schwarze Stelle, können Sie mal eben ...?«.

Darius kommt zurück an die Tür und reißt mich aus den zahn-, mund- und kieferheilkundlichen Betrachtungen, die sein nichtvorhandenes Türschild ausgelöst hat.

Wie nicht anders zu erwarten, ist seine Wohnung nicht weniger geschmackvoll als seine Kleidung. Sehr puristisch, mit viel Weiß und nur wenigen Möbeln – soweit ich sehen kann. Das Wohnzimmer ist nämlich nur spärlich von Kerzenlicht erhellt – oder eigentlich nicht mal das ganze Wohnzimmer, sondern nur das Picknick auf dem Fußboden des Wohnzimmers, genau vor dem gemauerten Kamin. Ein Kaminfeuerpicknick! Immer wenn ich denke, romantischer kann es nicht mehr werden, setzt Darius noch einen drauf. Er hat alles so liebevoll vorbereitet: das Essen wunderschön dekoriert, die Weinflasche in der weißen Stoffserviette – es gibt sogar Edelzartbitter-Schokolade als Nachspeise.

»Ach, Darius, du bist so lieb zu mir! Ich verdien das gar nicht.«

»Und ob Ihr das verdient, Prinzessin! Ihr verdient nur das Beste!«

Ich umarme ihn, und wir küssen uns, diesmal nicht mehr so sanft, und plötzlich bin ich gar nicht mehr hungrig – zumindest ist es nicht derselbe Hunger. Ich will es verdammt noch mal endlich tun! Meine Hand zieht sein Hemd hoch, schiebt sich auf der Suche nach Haut unter seinen Hosenbund, da zuckt er plötzlich zusammen, als hätte er einen elektrischen Schlag bekommen. »Was ist denn?«, frage ich erschrocken.

Er lässt sich auf einem der Kissen nieder, die er vorsorglich um die Picknickdecke gruppiert hat, und verzieht verlegen das Gesicht. »Meine Hüfte«, sagt er. »Eine alte Sportverletzung. Wahrscheinlich muss ich mich irgendwann operieren lassen ...«

Na, wenn das nicht der Beweis ist, dass er genauso alt ist, wie er behauptet!

»Ach, du liebe Zeit! Du Ärmster! Warum hast du denn nichts gesagt?«

»Ist eigentlich halb so wild. Manchmal wird das eben für ein paar Wochen oder Monate akut. Und heute Nachmittag hab ich's bei der Physiotherapie offenbar ein wenig übertrieben.« Über seine Gesundheit zu reden, scheint ihm unangenehm zu sein – wahrscheinlich denkt er, ich bin Anhängerin der Ein-Indianer-kennt-keinen-Schmerz- und Männer-weinen-nicht-Fraktion. Kein Wunder, wir kennen uns ja noch nicht wirklich gut, und jedes Mal, wenn wir zusammen sind, ist es so was wie ein größerer Romantik-Event, bei dem für alltägliche Gespräche gar kein Raum bleibt.

»Darius«, sage ich vorsichtig, »du hast neulich gesagt, ich hätte mich deiner Ansicht nach emotional noch nicht genug von Mike gelöst, und du wolltest deshalb noch warten ...«

Er lächelt. »Das hab ich auch so gemeint, wie ich's gesagt habe. Du willst fragen, ob ich außerdem aus, ähm – medizinischen Gründen noch abwarte?«

»Ich will nur sagen, dass du dir deshalb keine Sorgen machen musst. Wenn wir beide so weit sind, dann sind wir so weit. Psychisch, emotional, medizinisch, was auch immer. Okay?« Auf einmal bin ich nicht mehr die sexsüchtige Verlassene, sondern die großmütige Krankenschwester, und ich muss sagen – das hat auch was.

»Na ja«, sagt er zögernd, »ich will schon, dass es was Besonderes wird – und du nicht mittendrin den Notarzt holen musst.«

»Ja, denn der Notarzt ist dann womöglich gar nicht mein Typ ...«

Er lacht, zieht mich zu sich hinunter und fährt mir durchs Haar – was bei jeder glatthaarigen Frau sicher supergut gekommen wäre, bei mir allerdings bleibt man im Lockendschungel hängen. Mike hat irgendwann behauptet, er habe einen Manschettenknopf in meinen Haaren verloren, und der sei nie wiederaufgetaucht – das ist natürlich Blödsinn, aber er kannte sich jedenfalls mit lockentauglichem Schmuseverhalten aus. Darius muss sich erst vorsichtig aus dem Dickicht zurückziehen. »Wir könnten warten bis nach der Hochzeit«, murmelt er. »Das hätte was verdammt Romantisches, meinst du nicht?«

»Das hätte auch was verdammt Neunzehntes-Jahrhundert-Mäßiges ...«, lache ich, irgendwie ein bisschen unbehaglich. Hat Kat nicht neulich so was gesagt, allerdings triefend vor Ironie? »Und außerdem hab ich noch nicht Ja gesagt ...«

Er betrachtet mich mit einer Verzückung, als sähe er die ganze Welt in meinen Augen. Ein Streifen Mondlicht fällt durchs Fenster und bringt das Silbergrau in seinem dunklen Haar zum Glänzen.

»Oh, wenn wir Sterne wären, du und ich«, sagt er langsam, bedächtig, als fielen ihm die Worte eben erst ein, eins nach dem anderen. »Mit Liebesglanz am schönen blauen Himmel. Und du mit mir den Nachtweg durchs Gewimmel mit Silberschritten gingst – wie wonniglich!«

Ich brauche einen Augenblick, um zu realisieren, dass soeben ein Mann für mich ein Liebesgedicht rezitiert hat. Es gibt also tatsächlich Menschen, die Poesie lesen und sogar auswendig lernen, denke ich. Ich selbst hab zwar mal Gedichte geschrieben, aber wenn ich ganz ehrlich bin, muss ich zugeben: Auf den Gedanken, Lyrik zu lesen, bin ich noch nie gekommen. »Das ist schön«, flüstere ich heiser. »Von wem ist es?«

»Es ist ein isländisches Liebeslied«, sagt er und streicht mir mit dem Zeigefinger über die Lippen. »Das war erst der erste Teil, die Zeilen des Mannes. Danach kommt die Antwort der Frau. Willst du sie hören?«

Ich nicke, vollkommen gefangen vom Zauber dieses Moments. Mann, Mondlicht, Minnesang. Kann das Leben noch romantischer werden?

»Ja, selig wäre ich, zu folgen dir! Doch ist's genug mir schon, darf ich nur wandern – so treu dir nach, wie ein Stern folgt dem andern, den Pfad, der auf zum Himmel führt von hier.«

»Wow!«, wispere ich ergriffen. »Die alten Isländer haben's aber echt drauf, nicht wahr?«

Das ist also der Mann, den Kat mir um jeden Preis ausreden will. Und überhaupt: Heiratsschwindel! So was betrifft höchstens Damen jenseits der fünfzig, die zu verzweifelt etwas glauben wollen, um die Wahrheit zu erkennen. Aber ich bin noch nicht mal dreißig! Ich schmeichle mir, ziemlich hübsch auszusehen, und an guten Tagen bin ich sexy wie drei Marilyns, das hat jedenfalls Mike gesagt – als er mir zum ersten Mal das grüne Kleid vom Leib riss. Das Kleid hatte echt Glück, alles heil zu überstehen. Und hätte es dran glauben müssen, wäre es das Opfer wert gewesen. Mann, war das eine Nacht! Wir haben so viel gelacht und so viel geredet und es so oft getan, dass …

Halt, verdammt. Wie bin ich jetzt von der isländischen Liebeslyrik zu Sex mit Mike gekommen?

Kein Wunder, dass er mir wieder dauernd im Kopf rumspukt, nachdem Kat unbedingt von ihm reden musste. Er habe nicht die Blondine geküsst, sondern *sie ihn*! Er habe für alles eine Erklärung! Und Kat scheint ihm tatsächlich geglaubt zu haben. Natürlich *wollte* sie mir nicht schaden – sie scheint ganz unbewusst Dinge zu tun, die mich unglücklich machen. Vielleicht, damit ich mich bei ihr ausheule und sie einmal mehr die große, starke und vor allem einzige Bezugsperson ist? Natürlich gibt es noch meine Mutter und meine Schwester, aber die haben ihr eigenes Leben und genug um die Ohren. Aber Kat? Nur ihr Immobilienbüro und Napoleon. Also gleicht sie ihr Romantikdefizit über mich aus.

Eine Schauspielerin zu engagieren, die mir eine von Kat bestimmte Zukunft vorhersagt! Bin ich wirklich eine derart naive Tussi? Ja, wahrscheinlich bin ich das. Karnuntina hat so authentisch gewirkt. Und hat sie nicht einiges erwähnt, das Kat gar nicht wissen konnte? Ich denke kurz nach, komme aber nicht mehr drauf. Egal, wahrscheinlich hat sie einfach gut geraten. Irgendwie ist die ganze Sache trotzdem komisch. Als ich bei ihr rausging, *wollte* ich Mike noch gar nicht verlassen. Da hab ich doch noch beschlossen, durchzuhalten. Erst als ich ihn und diese Blondine …

Aus, Schluss, verdammt. Ich will nicht mehr an schmerzhafte Erlebnisse denken. Das wird allerdings immer schwieriger. Wenn ich das durchziehen will, dann muss ich auch schleunigst Kat aus meinen Gedanken verbannen. Ein SMS-Brummen. Eine Nachricht von Kat, als hätte sie meine Gedanken gelesen. Nach kurzem Zögern seh ich sie mir an, um dann noch wütender auf sie zu sein. Jetzt soll ich Darius auch noch auf körperliche Erkennungszeichen hin absuchen, um auszuschließen, dass er der Loverboy ihrer besoffenen Nacht vor zwei Jahren ist. Aber echt nicht. Noch eine SMS, wieder von Kat. »LINKE Hüfte! Sieh nach!«

Nein, werde ich nicht, verdammt noch mal! Nur weil ich meinem Exverlobten nicht hätte vertrauen sollen und – wie es aussieht – auch meiner besten Freundin nicht, heißt das nicht, dass ich es überhaupt aufgebe, jemandem zu vertrauen. Und überhaupt: Darius, der silbergraue Anzugmann und ein Tattoo! Ist doch lächerlich.

Schicksal

KAT

Ich war das ganze Wochenende zu Hause und hab mich kaum vom Sofa weggerührt. Ich hab auf dem Sofa ferngesehen, auf dem Sofa geschlafen und auf dem Sofa gegessen.

Irgendwann im Halbschlaf habe ich geträumt, Gwennie findet mich tot unter einem Berg von Pizzakartons, gestorben an gebrochenem Herzen. Sie schlägt sich auf die Brust, streut kalte Pfefferoni auf ihr Haupt und weint laut: »Kat, Kat, bitte komm zurück zu mir!« Offenbar hat mein Unterbewusstsein ein weit größeres Dramatikpotenzial als mein waches Ich.

Was die Pizzakartons angeht, war der Traum übrigens von der Realität gar nicht so weit entfernt. Ich habe mir Freitagabend Pizza bestellt, Samstagmittag eine Bento-Box, Samstagabend indisch, Sonntagmittag eine Pizza, und als ich mich vor einer Stunde nicht entscheiden konnte, ob ich das bestefreundinförmige Loch in mir wieder mit Pizza oder mit einem Thai-Curry füllen soll, habe ich einfach beides bestellt. Es ist immerhin ein sehr großes Loch.

Tiramisu und gebratene Bananen mussten auch sein. Geschieht mir recht, wenn ich fett werde, ich hab's nicht anders verdient. Ich starre auf mein Handy. Von Mike habe ich seit unserem Gespräch am Freitagnachmittag nichts mehr gehört, Gwennie hat mich vermutlich schon aus ihrem Speicher gelöscht, und ich ertappe mich dabei, dass ich ernsthaft erwäge, meine Mutter anzurufen, um eine menschliche Stimme zu hören. Ich bin am Tiefpunkt. Ich hab meine beste Freundin verloren, und meine sozialen Wochenendkontakte bestehen aus dem Thai-Mann, dem Sushi-Mann, dem Taj-Mahal-Mann und dem Pizza-Mann. Dafür habe ich ein nie gekanntes Talent zum Selbstmitleid in mir entdeckt. Wenn der langhaarige Pizza-Junge wieder kommt, frage ich ihn, ob er was zum Rauchen hat. Ich bin schließlich erwachsen, und wann, wenn nicht jetzt, habe ich das Recht, mir die verdammte Realität ein bisschen schönzuhalluzinieren?

Als es endlich klingelt, bin ich mit zwei Schritten an der Tür und reiße sie auf.

»Du solltest immer erst durch den Türspion schauen«, sagt Victor und geht an mir vorbei ins Vorzimmer. »Da draußen laufen genug Verrückte herum.«

»Hier drinnen auch«, knurre ich ihn an. »Was willst du hier?«

Und woher weiß er, wo ich wohne? Ach ja, natürlich. Das Mitgliederverzeichnis im Büro des Reitstalls. Irgendwo auf einer anderen Ebene meines Bewusstseins realisiere ich, dass ich meine älteste, formloseste graue Jogginghose und ein Männer-T-Shirt anhabe, das als einziges nicht dem Post-Ben-Autodafé zum Opfer gefallen ist, vielleicht weil er es ohnehin doof fand und ich immer die war, die es getragen hat. Weiß, mit blauer Aufschrift: *Diese Schrift leuchtet blau, wenn Orcs in der Nähe sind.*

»Ich hab mir Sorgen gemacht«, sagt er einfach. »Du warst das ganze Wochenende nicht im Stall. Ich wollte sichergehen, dass alles in Ordnung ist.«

»Es ist alles in bester Ordnung, mir geht es blendend, danke der Nachfrage. Und jetzt …«

»Du siehst aber alles andere als blendend aus.«

»Oh, danke. Hast du's eigentlich schon mal mit Charme probiert?«

»Und in Anbetracht der Müllhalde hier«, fährt er ungerührt fort, »könnte man meinen, du beherbergst eine zwölfköpfige Flüchtlingsfamilie.«

»Die Putzfrau hat Urlaub. Und ich erwarte keinen Besuch. Gehst du jetzt bitte wieder?«

Er schiebt den McDonalds-Becher weg – einen XL-Erdbeershake, den ich mir am Freitag noch auf der Heimfahrt gekauft habe und dessen Reste sich über Nacht in eins der Sofakissen gesaugt haben – und setzt sich zwischen einen leeren Vanilleeiscontainer und eine ebenfalls leere Chipspackung.

»Nein«, antwortet er, vollkommen ruhig.

»Hör mal, Victor«, sage ich, »deine Besorgnis ehrt dich, und das ist sicher alles sehr ritterlich und so, aber das Letzte, was ich brauche, ist ein Mann, der hier rumsitzt und ...«

»Und nett zu dir ist? Meinst du das? Willst du lieber allein sein und dich weiter mit Junkfood und Einsamkeit bestrafen?«

Ich starre ihn an. Was will der Mann, verdammt noch mal? Glaubt er wirklich, mich zu kennen? Woher nimmt er das Recht, hier einfach aufzukreuzen und mir mit seiner Küchenpsychologie zu kommen? Warum sitzt er da und schaut mich an mit diesem ... diesem Blick ...?

Ich versuche Luft zu holen, um ihn anzuschreien, doch auf einmal ist meine Kehle ganz eng, ich muss japsen wie ein Fisch auf dem Trockenen, gleichzeitig brennen meine Augen, und ich hab ein Gefühl, als müsse ich mich übergeben. Victor ist im Bruchteil einer Sekunde bei mir. Er legt die Arme um mich und flüstert: »Es wird alles gut, Kat. Ich verspreche es. Alles wird gut.« Als hätte er irgendein geheimes Codewort ausgesprochen, heule ich los, wie seit einem halben Leben nicht mehr. Mein Brustkorb zittert, meine Schluchzer klingen wie Schmerzensschreie, und es ist ein physiologisches Rätsel, woher diese viele Tränen auf einmal kommen. Meine Knie geben nach, Victor führt mich vorsichtig zum Sofa und setzt sich neben mich, die Arme immer noch fest um mich geschlungen, und immer wieder sagt er: »Alles wird gut, Kat. Wirklich. Alles wird gut.«

Hör auf!, will ich schreien. *Hör auf damit! Merkst du nicht, dass du alles nur noch schlimmer machst?* Aber ich heule nur weiter mit diesen zerrissenen, schrecklichen Schluchzern, an seiner Schulter, in sein hellblaues Hemd.

Ich weiß nicht, wie lange das so geht. Irgendwann steht Victor auf, und verschwommen nehme ich wahr, wie er Pizzakartons und Styroporschüsseln in die Küche trägt. Dann ist er wieder an meiner Seite, hält mich fest und streichelt meine Haare – bis die Tränen aufgebraucht sind – und die Taschentücher auch.

»Ich hab meine beste Freundin verloren«, sage ich mit tonloser Stimme.

»Eine wirkliche Freundschaft geht doch nicht bei einem Streit kaputt.«

Ich schüttle den Kopf. »Du hast ja keine Ahnung. Sie hasst mich, und zwar vollkommen zu Recht. Und jetzt macht sie womöglich den größten Fehler ihres Lebens, und ich bin schuld ...«

»Du bist an gar nichts schuld. Gwennie ist alt genug, sie muss nicht von dir gerettet werden. Rette lieber erst mal dich selbst.«

Ich weiß nicht, warum, aber da geht es wieder los. Als Victor viel später aufsteht, um mir ein Glas Wasser zu holen, sieht sein Hemd aus, als hätte er erst darin geschlafen und wäre dann in den Regen gekommen. Er wärmt die Pizza im Backofen und das Curry in der Mikrowelle auf. Er schaltet den Fernseher ein und reicht mir wortlos die Fernbedienung. Wir essen Thai-Food mit Plastikgabeln aus dem Styroporbecher und Pizza mit den Fingern aus dem Karton. Auf irgendeinem Kanal läuft *From Dusk till Dawn*, und ich beobachte teilnahmslos, wie sterbliche und untote Körperflüssigkeiten durch die Gegend spritzen.

Danach finde ich auf einem anderen Kanal eine Dokumentation über Schmetterlinge, die mich aus mir völlig unerklärlichen Gründen erneut zum Weinen bringt. Da dreht Victor den Fernseher ab, holt meine Bettdecke aus dem Schlafzimmer und breitet sie über mich. Er selbst legt sich auf das zweite Sofa und deckt sich mit der Fernsehdecke zu. All das passiert mit einer Selbstverständlichkeit, als hätten wir es lange vorher abgesprochen.

Ich schlafe augenblicklich ein.

GWENNIE

Ich stehe am Fenster und blicke hinüber zu Darius' Fenstern. Jetzt weiß ich ja, welche seine Fenster sind. Auch wenn ich nicht in seinem Schlafzimmer war. (Er: »Bitte nicht, ich hatte keine Zeit, Ordnung zu machen!« Ich: »Hier sieht's doch überall aus wie aus dem Ei gepellt!« Er: »Ja, weil ich den Dreck immer ins Schlafzimmer kehre!« Ich, lachend: »Aber irgendwann werde ich drauf bestehen, dein Schlafzimmer zu sehen!« Er: »Irgendwann werde ich auch drauf bestehen, dass du mein Schlafzimmer siehst!« Dann eine Küsserei, die mich irgendwie von architektonischen Fragen ablenkt.) Also, auch wenn ich nicht in seinem Schlafzimmer war, ich kann mir doch ausrechnen, welche Fenster es sein müssen. Der Erker des Wohnzimmers ging auf den Platz, also müssten die Schlafzimmerfenster genau vis-à-vis meiner Wohnzimmer- und Arbeitszimmerfront liegen. Etwas tiefer, weil ich ja unterm Dach wohne und er im zweiten Stock.

Na und? Worüber denke ich eigentlich nach? Ob er mich beobachtet hat? Davor hat irgendjemand anderer in der Wohnung gewohnt, der hätte mich genauso beobachten können, wenn er gewollt hätte, vorausgesetzt, er hätte über die entsprechende Ausrüstung verfügt. Fast jeder hat doch ein Gegenüber, und mit einem hochempfindlichen Fernrohr oder einer richtig guten Kamera ist eine Straßenbreite keine Distanz. Ich hab sogar selbst schon Nachbarn beobachtet, nicht mal richtig absichtlich, aber manchmal sieht man eben, wie jemand die Vorhänge zurückzieht und dann gleich im Anschluss daran irgendetwas Fesselndes tut. Wie Frau Helges, die ich von meinem Badezimmerfenster aus sehen kann, wenn sie sich die Kinnhaare auszupft. Ich könnte mich sogar darauf ausreden, dass solche Beobachtungen meine schriftstellerische Phantasie anregen, ich es also aus beruflichen Gründen tun muss. Wahrscheinlich könnte ich sogar das Fernrohr von der Steuer absetzen. Natürlich könnte jemand (wie Kat) nicht ganz zu Unrecht entgegnen, dass meine Zielgruppe nicht unbedingt lesen will, wie eine achtundsechzigjährige Strickwarenladeninhaberin im Ruhestand ihren Bartwuchs dezimiert. Aber was ich damit sagen will: Manchmal sehen wir nicht weg. Das ist ganz normal, das liegt in der Natur des Menschen. Wir sind neugierige Tiere – Hinseher, keine Wegseher. Wahrscheinlich ist Darius mit seinem Feingefühl und seiner Sir-Mentalität noch eher ein Wegseher als ich. Wahrscheinlich würde er mich beschämen. Vermutlich hat er bemerkt, dass man zu mir herübersehen kann, und es ist ihm schrecklich unangenehm.

Kat hat das getan, was sie am besten kann: Sie hat Gift gestreut. Ich habe es brav gefressen, wie immer. Und jetzt kriege ich Bauchweh davon.

Seit ich hier wohne, hat es mich nicht die Bohne interessiert, ob irgendjemand von irgendwoher vielleicht die Möglichkeit hat, in mein Fenster zu sehen. Und jetzt werde ich dieses Bild von Darius am Fenster seines dunklen Schlafzimmers nicht los, hinter einem Vorhang versteckt, eine futuristische Kamera vor dem Gesicht, Fotoserien von mir schießend, wie ich in Unterwäsche tanze.

Was für ein Schwachsinn! Erstens tanze ich so gut wie nie in Unterwäsche durch die Wohnung. Und wenn Darius zweitens so an meiner Wäsche interessiert wäre, dann hätte er doch die eine oder andere Möglichkeit genutzt, mir an dieselbe zu gehen, oder?

KAT

Das Klingeln bohrt sich systematisch in mein Gehirn, während ich träume, dass Gwennie auf einem rosaroten Kinderfahrrad sitzt. Die Klingel sieht aus wie das Pferd von Lucky Luke, und Gwennie klingelt damit, immer und immer wieder. »Es reicht!«, brülle ich. »Wann kapierst du das endlich? Es ist genug!« Vor lauter Schreck, dass ich meine beste Freundin so anschreie, fahre ich hoch, und mir bleibt höchstens eine Zehntelsekunde, um zu realisieren, dass ich gar keine beste Freundin mehr habe, nicht mal eine nervige, bevor sich der Klingelton wiederholt. Klingel. Türklingel. Ich rapple mich hoch und werfe einen Blick auf das andere Sofa. Die Decke ist ordentlich zusammengelegt, Victor verschwunden. Das versetzt mir einen kleinen Stich. Ich habe tatsächlich gehofft, er wäre noch da. Aber darüber will ich jetzt lieber nicht nachdenken. Kann ich auch gar nicht, weil dieses nervtötende Klingeln nicht aufhört. »Ist ja gut!«, brülle ich hinaus. »Ich komme ja!«

Diesmal sehe ich sehr wohl durch den Türspion. Groß, dunkel, blauäugig, Dreitagebart, Schatten unter den Augen. Es ist Mike, und zu meiner Beruhigung sieht er nicht viel besser aus als ich.

»Woher zum Teufel hast du meine Adresse?«

»Steht im Telefonbuch«, sagt er und lässt sich ungefragt auf meinem Sofa nieder. »Was ist denn über dich drübergefahren?«

»Ich gehe jetzt Zähne putzen. Das ist mein einziges Zugeständnis an mitteleuropäische Umgangsformen. Ich hoffe für dich, es ist wichtig.«

Er steht auf und folgt mir ins Badezimmer, einen orangefarbenen Umschlag in der Hand, den ich jetzt erst wahrnehme.

»Willst du etwa mitkommen?«, frage ich. Er glaubt doch nicht im Ernst, ich lass ihn dabei zusehen, wie ich meine Molare von zwölf Stunden alten Pizzaresten freischrubbe.

»Ich muss dann ins Büro«, antwortet er. »Bin ohnehin schon spät dran.«

Büro. Du liebe Zeit, richtig. Irgendwann wurde aus Sonntagnacht Montagmorgen, und eigentlich sollte ich auch im Büro sein. Na ja, Carola wird schon alles regeln.

Mike hat auf dem Rand der Badewanne Platz genommen, und während ich, Schaum vorm Mund, überm Waschbecken hänge, sehe ich aus dem Augenwinkel, dass er Computerausdrucke von Schwarzweiß-Fotografien aus dem Kuvert zieht. Was wird das hier? Ich kürze den Reinigungsprozess ab – immerhin ist der Zahnpastageruch jetzt dominant, das muss fürs Erste reichen.

»Das ist er doch, nicht wahr?«, fragt Mike und hält mir das A4-Porträt eines nachdenklich blickenden Darius unter die Nase, dann ein lachendes, dann eins mit Nickelbrille und sexy gelüpfter Augenbraue. »Marcus P.« steht unter dem ersten Porträt. »Größe: 1,89; Augen: braun; Haare: schwarz/silber«. Silber! Wenn das nicht peinlich ist! Darunter Konfektions- und Schuhgröße.

»Unser Softwareentwickler, wie er leibt und lebt«, sage ich.

Er grinst. »Ich wusste doch, dass der Typ bei mindestens einer Agentur sein muss, wenn er schauspielert oder modelt.«

Ich betrachte mir die Bilder genauer. »Die sehen sogar ziemlich neu aus, nach Haarschnitt und Graufaktor zu urteilen. Jaja, das ist er, eindeutig.«

»Sehr gut. Ich hätte die Fotos per E-Mail geschickt, um auf Nummer sicher zu gehen, aber ...«

»Aber ich war nicht zu erreichen, ich weiß. Wie hast du ihn gefunden?«

»Ich habe Freitagnachmittag bei allen Agenturen angerufen, mit denen wir regelmäßig zusammenarbeiten, auf der Suche nach einem gut aussehenden Typen, der ein wenig reifer wirkt, am besten mit grauen Schläfen, möglichst mit Schauspielerfahrung. Ein richtiger Sir, dabei aber sexy ...« Er verzieht das Gesicht. »Ist mir nicht leichtgefallen, ihn so zu beschreiben, kannst du mir glauben.«

»Das heißt, du hast denen vorgemacht, ihr würdet so einen Typen für einen Job suchen?«

Er grinst, und seine Augen leuchten auf. »Nein«, sagt er. »Wir suchen *wirklich* jemanden für einen Job – genau genommen für einen Megajob, von dem jedes Model träumt.«

»Du meinst, einen Job, zu dem er nicht ›Nein‹ sagen könnte?«

Er nickt. »Genau. Testimonial für eine neue Männerkosmetiklinie.«

»Aber gibt es für so was denn keine Castings und so was?«

»Ja, wir haben auch schon gecastet. Und eigentlich kümmert sich um die Models sonst jemand anders …« Er grinst wieder. »Vermutlich kursieren schon Gerüchte über meine sexuelle Orientierung, weil ich mich plötzlich so für Setkarten gut aussehender Männer interessiere … Jedenfalls bin ich für die ganze Kampagne verantwortlich. Und da es die größte Kampagne des Jahres ist, kann ich mich sehr wohl einmischen, wenn ich das Gefühl habe, im Castingfinale fehlt noch ein Gesicht.«

»Castingfinale? Dann sind da noch mehrere Typen in der engeren Wahl? Wer entscheidet das denn – der Kunde?«

Wieder dieses Aufblinken in den Augen. »Jetzt kommt das Beste«, sagt er. »Wir haben fünf Finalisten mit Marcus oder Darius oder wie die Flasche heißt. Das Gesicht zur Kampagne aber wählt nicht der Auftraggeber und auch nicht die Werbeagentur, sondern …?« Er sieht mich erwartungsvoll an, aber es ist noch früh und ich noch sehr weit jenseits von kreativ.

»… die Leser unserer größten Tageszeitung!«, beendet er seinen Satz triumphierend. »Die Fotos aller Finalisten erscheinen morgen in der Lifestyle-Beilage und nächsten Samstag noch mal in der Wochenendbeilage.« Er sieht auf die Uhr, steht gehetzt auf. »Das heißt, außer, ich gebe sie nicht rechtzeitig frei. Ich muss schleunigst los.« Im Gehen stopft er die Fotos wieder ziemlich lieblos in das Kuvert.

Ich verfolge ihn zurück ins Wohnzimmer, wo er sein

208

Sakko abgelegt hat, dann weiter zur Eingangstür. »Das heißt, sie erfährt aus der Zeitung, dass er ein Model ist und kein Geschäftsmann, dann hat sie es schwarz auf weiß und *muss* die Scheuklappen ablegen! Und keiner von uns beiden hat auf den ersten Blick was damit zu tun. Mike, das ist absolut genial!«

»Ich weiß.« Sein Grinsen wird für einen Augenblick unsicher. »Kat …?«

»Ja?«

»Du glaubst doch auch, dass sie mich noch nicht ganz abgehakt hat, oder?«

»Ich glaube, sie hat dich etwa dreihundertsiebenundsechzigmal abgehakt, aber ich bin sicher, sie liebt dich noch.«

Er nickt und sieht mich an. »Und ich bin sicher, sie liebt *dich* noch.«

Plötzlich sitzt mir wieder ein ganz dicker Frosch im Hals, aber ich schlucke ihn tapfer runter. Ich habe nicht vor, innerhalb von zwölf Stunden vor zwei verschiedenen Männern zu flennen. Ich nicke also nur und halte ihm die Tür auf. Er findet sich Aug in Aug mit Victor, der eine Papiertüte aus der Bäckerei in der Hand und einen verblüfften Ausdruck im Gesicht hat.

»Es ist nicht, wonach es aussieht«, sagt Mike, und sein Blick bleibt an der Tüte hängen.

»Es sieht aus, als hätten Sie noch nicht gefrühstückt«, sagt Victor. »Croissant?«

»Danke.« Mike lacht. »Gern.« Er bedient sich aus der Tüte. »Michael Bülow«, fügt er hinzu. »Nur damit Sie wissen, wen Sie vor dem Verhungern retten.«

»Victor Posautz«, antwortet Victor. »Nur damit Sie wissen, wen Sie in Ihrem Testament bedenken müssen.«

Mike lacht wieder. »Hat mich gefreut, Victor. Ich hoffe,

wir sehen uns.« Und mit einem Blick zu mir:»Du hörst von mir, Kat.« Er ist schon am Treppenabsatz, als er sich noch einmal umdreht.»Übrigens, bevor ich's vergesse. Die Agentur hat sich geweigert, seinen vollen Namen, seine Adresse oder sein Geburtsdatum rauszurücken. Wir haben also nach wie vor keinen Beweis, dass Marcus und Darius identisch sind. Was ich damit sagen will …« Er zögert.

»Ich soll diesmal keine diplomatische Vorarbeit leisten, sondern sein Foto für sich sprechen lassen?«

»Ich glaube, das wäre hilfreich.«

»Keine Angst. Wahrscheinlich würde sie sowieso nicht abheben.«

Jetzt ist Mike wirklich weg, und ich bin froh, dass ich schon die Zähne geputzt habe, wenn auch nur alibimäßig.

»Croissant?«, fragt Victor mich mit exakt demselben Tonfall wie zuvor Mike.

»Croissants sind auch nicht die Antwort auf alles.« Ich lache, fast wider Willen.

»Nein«, meint er ernst.»Croissants sind die Frage. Kaffee ist die Antwort.«

»Ich schätze, den hast du dir auch verdient«, stimme ich achselzuckend zu, schließe die Wohnungstür und gehe voraus in die Küche. Ich bin froh, dass er wiedergekommen ist, aber ich will verdammt sein, wenn ich ihm das auf die Nase binde. Auf der Espressomaschine klebt ein Post-it, das ich schon fast vergessen hatte.

»Victor«, frage ich, ohne ihn anzusehen, während ich Kaffeebohnen nachfülle,»wenn ich dir ein Autokennzeichen gebe, kannst du dann überprüfen, auf wen das Auto zugelassen ist?«

Ich denke nämlich, es kann nicht schaden, die Schlinge von mehreren Seiten gleichzeitig festzuziehen.

»Nein, das kann ich nicht.«

Klare Antwort. Ich sehe ihn ein bisschen verblüfft an.

»Echt nicht?«

»Ich bin Rechtsanwalt, kein Privatdetektiv.«

»Verstehe.« Na, kann man nichts machen. Es war einen Versuch wert.

»Aber ich kenne jemanden bei der Staatsanwaltschaft, der mir einen Gefallen schuldet.«

»Phantastisch!« Ich halte ihm das Post-it unter die Nase. »Hier ist die Nummer.«

»Nicht böse sein«, sagt er und setzt sich an meinen Küchentisch. »Aber vor dem ersten Kaffee telefoniere ich nicht.«

Ich wende mich wieder der Kaffeemaschine zu und unterdrücke ein Lächeln. Soso. Ein Mann mit Grundsätzen.

GWENNIE

Vielleicht ist es normal, dass man keine Nacht mehr schlafen kann, nachdem man innerhalb von wenigen Stunden seine beste Freundin verloren und einen Heiratsantrag von Superman bekommen hat. Vielleicht ist es auch normal, dass man der Antwort auf diesen Antrag aus dem Weg geht, indem man seine Arbeit vorschiebt. Obwohl das mit der Arbeit nicht gelogen ist. Es wird höchste Zeit, dass ich mich wieder ein ganzes Wochenende Sophie und ihren Verwicklungen widme. Aber ist es auch normal, dass man, kaum hat man mit seinem fehlerlosen Beinaheverlobten ein paar Tage lang keinen Sichtkontakt, schon wieder permanent an den alles andere als fehlerlosen Exverlobten denkt? Ist es normal, dass man, kaum ist man doch mal für ein paar Minuten weggedöst, von ebendiesem Ex träumt, und zwar die nicht jugendfreie Sorte Träume?

Ich drehe mich auf die rechte Seite. Rechts schlafe ich immer am besten ein, vor allem wenn Mike... nnnnnnnnnggghhhhhhh! Ich beiße ins Kissen und drehe mich doch nach links. Auf der linken Seite bin ich *niemals* eingeschlafen, wenn Mike da war. Blöderweise schlafe ich links überhaupt schlecht ein.

Kat ist schuld. Kat mit ihren verdammten Mike-Geschichten. Ich soll mit ihm reden. Er kann alles erklären. Ich halte mir die Ohren zu und stoße einen lauten Schrei aus, als könnte ich damit Kats Stimme in meinem Kopf zum Schweigen bringen. Was war das für eine Schnapsidee, Darius zu sagen, ich wolle das Wochenende für mich haben! Nun ist er bis Dienstag bei irgendwelchen Freunden auf dem Land und kann mich nicht dauernd daran erinnern, wie ganz und gar perfekt er ist. Und abgesehen von ein paar Küssen sind meine letzten körperlichen Erinnerungen immer noch die an Mike. Sehr heftige Erinnerungen. Will er mich wirklich zurück? Warum auf einmal? Hat die Blondine im Vergleich mit mir dann doch schlechter abgeschnitten? Oder liegt es nur daran, dass jetzt ein anderer ihm die Beute wegschnappen will? Reaktivierter Jagdtrieb, der augenblicklich nachlässt, sobald er mich wiederhat?

Er wird mich aber nicht wiederhaben können, verdammt. Männer sind entweder Fremdgeher oder nicht, das sagt meine Erfahrung eindeutig. Einmalige Ausrutscher gibt es nicht. Untreue Männer rutschen immer wieder aus, für die ist jede Blondine eine Bananenschale. Will ich mir das wirklich antun? Nein, will ich nicht! Ich will nicht mal darüber nachdenken. Ich will einen wunderbaren, perfekten Mann, der mich auf Händen trägt.

Ich drehe mich auf den Rücken. Ich weiß genau, dass ich auf dem Rücken *schon gar nicht* einschlafen werde. Noch weniger schlafe ich höchstens auf dem Bauch ein. Ich verstehe überhaupt nicht, wie es Menschen geben kann, die auf dem Bauch schlafen. Ich meine, entweder man erstickt im Kissen oder man dreht den Kopf auf die Seite und verrenkt sich das Genick. Wenn man aber den Kopf auf der Seite haben will, warum dann nicht gleich auf die bequeme Weise? Ich drehe mich wieder nach rechts.

Ach, Mike …!

NEIN! Wenn hier schon sehnsüchtig geseufzt wird, dann mit Darius' Namen auf den Lippen! Der Mann hat in wenigen Wochen mehr romantische, wundervolle Dinge für mich getan als Mike in einem halben Jahr.

Ich könnte Kat anrufen … nein, ich hätte Kat anrufen können, als sie noch meine beste Freundin war und damit der einzige Mensch, den ich auch mitten in der Nacht anrufen konnte, einfach nur deshalb, weil ich verzweifelt und durcheinander war.

Es muss ihr echt mies gehen. Sie wollte garantiert nicht, dass es so weit kommt. Sie wollte mich nicht verletzen, und sie wollte mich nicht verlieren. Aber es *ist* nun mal verdammt verletzend, wenn man draufkommt, dass einen die beste Freundin für bescheuert hält und glaubt, man kommt ohne ihre Führung nicht durchs Leben. Tief drinnen weiß ich, auch wenn sie hundertmal zu weit gegangen ist: Sie hat es gut gemeint. Sie war überzeugt davon, das Richtige zu tun.

Ich gäbe sonst was drum, wenn sie jetzt anriefe …

Aber Kat hat nie mitten in der Nacht zum Telefon gegriffen. Wenn jemand zu unmöglichen Zeiten anrief, dann war ich das. Dafür bin ich nächtelang mit ihr um die Häuser gezogen, als mit Ben Schluss war. Ich musste ihr nicht zuhören, aber ich musste sehr viele meiner grauen Zellen aus Loyalität zu ihr totsaufen.

Ich vermisse sie. Ich vermisse Mike. Nnnnnnneiiiiinnn! Ich vermisse meinen wunderschönen Darius. Darius. Was ist eigentlich mit seinem Instinkt, treffsicher in meinen trübseligen Momenten anzurufen? Nicht, dass er nicht anriefe. Oh, ich bin schon wieder so unfair! Es gibt viel zu viele trübselige Augenblicke, seit er weg ist. Er *kann* gar nicht in jedem davon anrufen!

Ha! Hab ich gerade gesagt, es gibt zu viele trübselige Momente, seit er weg ist? Na bitte! Ich vermisse ihn doch!

So, Schluss jetzt. Ich werde das tun, was ich schon die letzten beiden Nächte getan habe, als es mit dem Schlafen nicht geklappt hat, ich werde arbeiten.

Es war mir nichts übriggeblieben als eine ganze Passage zu überarbeiten, weil mir unversehens beim Schreiben eine Figur abhanden gekommen war – die blonde, kühle, ehrgeizige Turnierreiterin Gilda von Gunnersbach. Und ich weiß auch den Grund dafür. Akute Blondinenverdrängung. Da habe ich doch lieber der intriganten alten Baronin eine kleine erotische Episode gegönnt als der blonden Eisprinzessin. Aber jetzt hat die dramaturgische Vernunft wieder die Oberhand gewonnen. Gilda hatte es auf den jungen Vincent abgesehen und hat Sophie eigentlich nicht ernsthaft als Konkurrenz betrachtet. Nun aber stellt sich heraus, dass die hübsche Dorflehrerin ein nicht zu unterschätzendes Schlampenpotenzial besitzt und zusätzlich zu Vincent, diesem Schaf, auch noch dem mit allen Wassern gewaschenen Anwalt den Kopf verdreht – und den hätte Gilda zu gern benutzt, um Vincent eifersüchtig zu machen. Der *ist* jetzt zwar eifersüchtig, aber nicht ihretwegen. Also subtrahiert sie ihren adligen kleinen Barbie-Arsch vorübergehend von der Bildfläche und gewinnt mal eben ein Springturnier, um sich abzureagieren. Der alternde Gestütsbesitzer, mit dem sie schon seit Längerem aus praktischen Gründen was am Laufen hat, macht ihr beim anschließenden Empfang einen Antrag und ...

... und da schlafe ich endlich ein. Nicht auf dem Rücken, nicht auf dem Bauch, nicht auf der linken oder rechten Seite, sondern mit dem Hintern auf meinem anatomisch geformten Bürostuhl und dem Gesicht auf der Laptoptastatur.

Das Klingeln reißt mich aus Mikes Armen. Er muss zu dieser Präsentation, aber er hat doch bestimmt noch zehn Minuten, die wir unglaublich kreativ nutzen könnten, wenn nicht dieses elende Weckergeklingel ... Ich greife nach dem Wecker, und der Wecker ist flach und eckig, und ich will drauf drücken, damit es zu klingeln aufhört, nur dass meine Finger noch ganz verschlafen sind, und der Wecker fällt zu Boden, und endlich bin ich munter genug, um den Kopf von der Tastatur zu heben. Mein Bildschirm erwacht zum Leben und zeigt mir eine sinnlose Anordnung von Buchstaben über die ganze Seite. Ein Virus, denke ich in meiner Halbschlafpanik, bis mir einfällt, dass so was eben passiert, wenn man sich stundenlang auf seiner Tastatur hin- und herwälzt. Oder ich bin die erste Bestsellerautorin, die es geschafft hat, ihren Computer durch Draufsabbern zu ruinieren. Es gelingt mir endlich, mein Handy aufzuheben.

»Hallo, Schatz, gut geschlafen?«

»Mamita ...? Ist ... ist was passiert?«

»Oh, ich wollte nur die Erste sein, die dir erzählt, dass mein Schwiegersohn in der Zeitung ist.«

»Was? Piet ist in der Zeitung?«

»Aber doch nicht Piet! Darius! Allerdings muss er zu-sehen, dass sie nächstes Mal seinen richtigen Namen druntersetzen! Ich weiß jetzt nicht, wie ich für ihn stimmen soll, unter Darius oder Marcus P.? Aber meine Stimme hat er auf jeden Fall, er sieht eindeutig am besten aus …«

»Mamita, ich hab keine Ahnung, wovon du redest. Ist Natalie in der Nähe?«

»Ja, wir frühstücken gerade, aber bitte frag Darius, wie ich für ihn abstimmen soll. Ich will nicht, dass meine Stimme ungültig ist, nur weil ich den falschen Namen erwische, verstehst du?«

»In Ordnung«, seufze ich. »Gibst du mir jetzt bitte Natalie?«

»Klar, mein Schatz. Mein Tee wird ohnehin kalt.« Ein kurzes Telefonkuddelmuddel mit familiären Hintergrundgeräuschen.

»Gwennie? Hi! Du hast ja gar nicht erzählt, dass dein Neuer Fotomodell ist!«

»Fotomodell? Jetzt redest du genauso wirres Zeug wie Mamita! Er entwickelt Software. Ich gebe gern zu, dass er *aussieht* wie ein Model, aber …«

»Na, jedenfalls ist er in der Zeitung, zusammen mit vier anderen Models.«

»Er *ist* kein Model, wenn ich's dir doch sage …«

»Mamita sagt jedenfalls, er ist es, ohne jeden Zweifel. Da kann man abstimmen, für seinen Favoriten. Wer die meisten Leserstimmen kriegt … warte, ich lese vor: *Bestimmen Sie, wer das Gesicht von* One Man Wonder *wird. Unter allen abgegebenen Stimmen verlosen wir ein professionelles Fotoshooting mit dem Sieger. Senden Sie uns eine SMS, eine E-Mail, oder stimmen Sie online ab unter* www.onemanwonder.com …«

»Wie …? Noch mal die Adresse, bitte …« Bestimmt eine Verwechslung. Wenn Mamita schon sagt, dass ein anderer Name unter dem Bild steht! Ich öffne den Internetbrowser und tippe »www.onemanwonder.com« ein. Augengel, Reinigungslotion, Anti-Aging-Creme. *Hier geht's zur Abstimmung.* Ich spüre körperlich, wie meine Augen größer werden. Sein Foto knallt sofort raus, schon weil es das einzige schwarz-weiße ist. Die anderen sind hübsche Knaben, aber absolut nichtssagend im Vergleich zu Darius, der die kantigeren Züge und den wissenden Blick hat und dem noch dazu das silbergraue Haupthaar so was Distinguiertes verleiht. Die leicht mandelförmigen Augen unter den dunklen Brauen blicken mit dem Lächeln eines venezianischen Adligen, der gerade Pläne schmiedet, auf seinem toskanischen Weingut eine klitzekleine elitäre Privatorgie zu feiern. Marcus P. ist eindeutig Darius.

»Gwennie? Bist du noch da? Ist er es nun oder nicht?«

(Mamita, im Hintergrund: »Natürlich ist er es! Ich glaube, ihr haltet mich für eine verkalkte alte Oma!« Lucy, im Hintergrund: »Aber du bist doch eine alte Oma!« Mamita: »Schon, Schätzchen, aber auf Ibiza verkalkt man nicht.«)

»Ich ruf dich wieder an, Nati. Ich muss Schluss machen.«

Ich starre auf *onemanwonderdotcom*, und in mir entspinnt sich ein Gwennie-Kat-Dialog, nur ganz ohne Kat:

G: Okay, also es gibt eine Million plausibler Gründe, warum sein Foto auf dieser Website sein könnte.

K: Schön. Beglück mich mit einem davon.

G: Ich meine, er *ist* ein sehr gut aussehender Mann. Jemand anderer könnte …

K: … gegen seinen Willen professionelle Fotos von ihm gemacht und ohne sein Wissen an eine Modelagentur geschickt haben, die sie jetzt vollkommen inkognito weiterverkauft, damit bloß niemand Geld dran verdient? Ja, klar. Passiert jeden Tag.

G: Nein, ich meine, mit *seinem* Aussehen …

K: … könnte er Schauspieler sein oder Model. Er könnte sogar vollkommen zu Recht auf die Idee kommen, es in Hollywood zu versuchen. Was er ja auch schon getan hat, wenn du mich fragst.

G: Vielleicht sind die Fotos ja uralt …

K: Wie alt sehen sie denn aus?

Verdammt. Kat muss einfach immer gewinnen.

KAT

Victor ist echt ein Schatz. Er hat gleich heute früh angerufen, um mir zu sagen, dass das Mercedes-Cabrio auf eine Christiane Pettermann zugelassen ist, ihres Zeichens Besitzerin eines der größten Immobilienbüros der Stadt. Wie's der Zufall will, hab ich Frau Pettermann mal kennengelernt. Innerhalb meiner Branche ist es ja so wie in jedem anderen Gewerbe – jeder kennt in einer mittelgroßen Stadt irgendwann jeden. Eine halbe Stunde und ein paar verunsicherte Angestellte von Pettermann-Immobilien später habe ich Christiane Pettermann in ihrem provenzalischen Zweitwohnsitz an der Strippe. Ich erzähle eine nette kleine Geschichte von ihrem Wagen, der vor meiner Einfahrt parkte und den ich bei dem Versuch wegzufahren (weil ich als Philanthropin eine Anzeige vermeiden wollte) leider vorn ein wenig touchiert hätte. Ich hätte sie über private Kontakte als Besitzerin ermittelt und wolle die Sache nun unter uns regeln.

Ja, ich muss ehrlich gestehen, mein Talent zum Fabulieren erschreckt mich neuerdings selbst ein wenig.

Die gute Pettermann ist natürlich einerseits gerührt von so viel Ehrlichkeit und selbstloser Nächstenliebe, zugleich aber auch voller Zorn auf den eigentlich Schuldigen, der so rücksichtslos geparkt hat.

»Ich sage Ihnen, der Junge ist schuld an jedem einzelnen meiner grauen Haare …«

»Ihr Sohn?«, frage ich verblüfft.

»Mein Stiefsohn. Schön wie ein junger Gott, aber so unzuverlässig. Geld bekommt er von mir ohnehin nicht mehr, aber die Wohnung stand frei, sie ist erst ab Herbst fix vermietet, an eine Bekannte. Und das Auto – na ja, was sollte ich sagen, es steht ja wirklich nur rum. Er hatte versprochen, sich was Richtiges zu suchen, bis ich wieder da bin …«

Na, das tut er ja auch. Er sucht sich was Richtiges. Was richtig Reiches, richtig Hübsches.

Es wird eng, Marcus Pettermann, zieh dich besser warm an.

Kaum habe ich mein Gespräch mit der Pettermann beendet, schiebt mir Carola die Zeitung über den Tisch und klopft mit ihrem french manikürten, gelüberzogenen Zeigefingernagel auf das schwarz-weiße Porträt. »Den kenn ich! Hab ihn neulich bei meinem Dermatologen gesehen.«

Wenn Carola von ihrem Dermatologen spricht, dann weiß der Eingeweihte, wir sprechen nicht von der Haus- und Hofsorte für Akne und Hühneraugen, sondern vom Fachmann für kosmetische Feinheiten. Und mir fallen auf Anhieb etwa dreiundzwanzig Körperregionen ein, derentwegen Carola in dessen Praxis aufkreuzen könnte – aber Darius? Wenn etwas an ihm vollkommen ist, dann doch sein Aussehen. Bis auf eine Kleinigkeit natürlich …

Ich lasse mir von Carola die Website ansagen und gehe die Liste der Dienstleistungen durch. Da haben wir's ja:

Entfernung von Tätowierungen, nahezu schmerzfrei. Ich grinse und hoffe, dass *nahezu schmerzfrei* eine Untertreibung ist.

GWENNIE

»Was hab ich nur an mir, dass alle Menschen um mich herum mich belügen und betrügen?«
Mein Laptop steht auf dem Küchentisch, und Darius, auf einem meiner Küchenstühle sitzend, starrt mit ausdruckslosem Gesicht auf sein Schwarzweiß-Porträt.

»Wer bist du? Darius, der Software-Zampano? Oder Marcus, das Model?«
Er nickt, langsam, traurig, vergräbt den Kopf in den Händen.

»Es tut mir leid, Gwennie«, sagt er. »Es tut mir so leid. Ich hatte mich in dich verliebt, rasend, auf den ersten Blick, das ist meine einzige Entschuldigung.« Er sieht mich an, und da schimmern wahrhaftig Tränen in diesen wunderschönen mandelförmigen Augen.

»Ach, Darius …«
»Ich konnte es kaum glauben, als du mich plötzlich beachtet hast. Ich wollte die Gelegenheit nicht verpassen … Ich dachte mir, wenn ich warte, bis ich beruflich wieder auf den Füßen bin, dann bist du bestimmt nicht mehr frei.«

Und ich hab gedacht, wenn ich warte, bis ich über Mike hinweg bin, dann bist *du* nicht mehr frei – wie ähnlich wir uns doch sind in unserer Unsicherheit. Und wer hätte gedacht, dass ein Mann, der so aussieht, überhaupt unsicher sein kann?

Er fährt sich mit der Hand über die Augen.

220

»Es tut mir leid, wirklich. Ich glaube, es ist am besten, ich gehe jetzt einfach.«

»Darius, nicht! Warte! Es ist doch ganz egal, ob du gerade Erfolg hast oder nicht …«

»Nein«, sagt er leise. »Wenn du nur eine kleine Journalistin wärst, dann wäre es vielleicht wirklich egal. Aber du bist Gwendolyn Luz, die Bestsellerautorin.« Er lächelt mich traurig an. »Was uns wohl sagt, dass du es mit der Ehrlichkeit auch nicht so ganz genau nimmst.«

Ich muss ziemlich blass geworden sein. »Woher weißt du es denn?«

»Von Herta. Wolltest du wirklich auf Dauer geheim halten, dass du so was wie eine Lokalberühmtheit bist?«

Natürlich nicht. Ich weiß überhaupt nicht, was ich gedacht habe. Ich wollte nicht in die Kitschromanecke gestellt werden, noch dazu von jemandem, der einen so intellektuellen und gereiften Eindruck machte. Und dann ist da Kats Misstrauen, diese ewige kleine Stimme in meinem Innern, die mich mahnt, nicht zu viel preiszugeben. War diese Stimme bei Mike eigentlich je ein Thema? Jemals??

»Darius, es tut mir leid. Ich weiß, ich hätte ehrlich sein sollen. Es ist irgendwie passiert, weil … na ja, ich sage es nie gleich, wenn ich jemanden kennenlerne, und dann … dann später …«

»Dann ist nie der richtige Zeitpunkt gekommen, nicht wahr?« Er lächelt bitter. »Wie gut ich das nachfühlen kann.«

Er steht auf, kommt auf mich zu, nimmt meine Hand, küsst sie. Dann sieht er mir in die Augen. »Du wirst bestimmt einen wunderbaren Mann finden. Ich wünsche dir alles Glück der Welt, Gwennie, wirklich … und hoffe, dass du mir verzeihen kannst – irgendwann.«

Mir steigen die Tränen in die Augen. »Darius, geh nicht, bitte! Lass uns doch einfach neu anfangen!«

Er schüttelt den Kopf. »Wenn wir beide kein Geld hätten, dann vielleicht ... wer weiß ... Aber du verdienst ein Vermögen. Du wirst immer zweifeln, ob ich nicht hinter deinem Geld her war. Und ich werde immer zweifeln, ob du mir wirklich vertraust. Leb wohl, Gwennie!«

Und dann ist er verschwunden.

Ich sinke benommen auf den Küchenstuhl, starre auf die Website. Lese durch einen Tränenschleier, wie das mit dem Castingfinale weitergeht. Der Sieger kriegt einen dieser Exklusivverträge, nach denen sogar Leute wie Gemma Ward und Karlie Kloss noch gieren, egal, wie viel Kohle sie haben. Fotografiert wird die Kampagne in L.A., und zwar von einem New Yorker Starfotografen, der vor kurzem einen Fotoband herausgebracht hat *(Kitchen Stories)* mit privaten Schnappschüssen aus seinem Freundeskreis, der identisch ist mit der Gästeliste der letzten Oscarverleihung. Das Ganze ist ein ziemlich genialer Schlachtplan, schon der Medienrummel um die Auswahl des Models beschert der Kosmetiklinie Publicity ohne Ende, noch bevor die Kampagne überhaupt anläuft. Na ja, ich hab das Bild jetzt lange genug angestarrt. Ich wollte, ich hätte es nie gesehen. Ich will die Seite schon schließen, da sehe ich ganz unten, zentriert, den winzigen Schriftzug *prosignis advertising*.

Prosignis ist Mikes Agentur. Und irgendwie erscheint es mir verdammt unwahrscheinlich, dass das ein Zufall ist.

KAT

Ich habe lange gezögert, aber ich muss sie jetzt einfach anrufen. Ich bete, dass sie abhebt.

»Hallo, Kat. Ich wollte dich gerade anrufen.« Ihre Stimme klingt kühl.

»Gwennie, Gott sei Dank. Hör zu, ich hab jetzt endgültige Beweise. Ich weiß, dass die Wohnung und das Auto nicht ihm gehören, sondern seiner Stiefmutter. Und er hat sich das Tattoo wegmachen lassen, garantiert. Carola geht zufällig zum selben Dermatologen. Und wenn du heute in die Zeitung schaust ...«

»Dann sehe ich, dass ihr sehr gründlich wart, du und Mike, nicht wahr?«

Ich hab mich geirrt, was ihre Stimme angeht. Sie ist nicht kühl, sondern eisig. Und überhaupt, wo ist sie gerade? Es hört sich an, als sei sie auf der Straße unterwegs.

»Gwennie, wir wollen doch nur nicht, dass du auf einen Hochstapler hereinfällst ...«

»Oh, die Gefahr besteht nicht mehr. Ihr könnt also alle beide aufhören, weiteren Müll über Darius auszugraben. Und weißt du, warum? Er hat mir alles gesagt.« Irgendwie hallt es jetzt so komisch. Sie schnauft und scheint Stufen zu steigen. »Er hat mich um Verzeihung gebeten. Dann ist er gegangen.«

»Gott sei Dank.« Das ist mir rausgerutscht, bevor ich darüber nachdenken konnte. Aber sie redet ohnehin weiter wie in Trance, als hätte ich gar nichts gesagt.

»Ich wollte, dass er bleibt. Aber er hat gesagt, wir hätten ohnehin keine Chance, denn ich könne nie sicher sein, ob er nicht bloß auf mein Geld aus war.«

Was??? Er hat sie verlassen? Er hat verzichtet? O nein!

Ich habe eine unbestimmte, böse Vorahnung. »Gwennie, wo bist du gerade? Was hast du vor?« Ich höre ein leises Klicken, als Gwennie auf Lautsprecher umschaltet. »Du weißt doch immer gern alles ganz genau, Kat, oder? Na, dann pass jetzt gut auf!«

»Gwennie …? Gwennie, hör mir zu …!« Ich schätze mal, das Handy ist in ihrer Jackentasche gelandet. Ich höre eine Türklingel, gleich darauf Darius' erstaunte Stimme.

»Gwennie …?!«

Und dann *ihre* Stimme, und plötzlich ist jede Menge Gefühl drin. »Darius, sag jetzt einfach nichts, ja? Es spielt keine Rolle, wer von uns das Geld hat, so etwas darf nie zwischen zwei Menschen stehen. Sag mir jetzt nur eins: Willst du mich heiraten?«

Neiiiiiiiiiiiiiiiiiiiiiiin!

Immerhin erspart sie mir seine Antwort, denn die Verbindung ist plötzlich weg. Warum muss ich die mit Abstand verrückteste Freundin haben, die auf diesem Planeten herumläuft?

Auf dem Weg zum Reitstall rufe ich kurz darauf Mike an. Er ist noch in einer Besprechung und kann nicht reden, bietet aber an, mich draußen zu treffen.

»In Ordnung«, sage ich verblüfft, »wenn du dich hertraust. Also dann im Reitstall!«

Als er kommt, reitet Lucy gerade im Viereck auf Pegasus.

»Mike!«, ruft sie begeistert, springt ab, nimmt Pegasus am Zügel und kommt auf uns zu. »Kommt Gwennie auch? Seid ihr wieder zusammen?«

Mike sieht mich fragend an, ich schüttle nur bedauernd den Kopf.

»Noch nicht, Lucy«, antwortet er. »Aber ich arbeite

dran. B ... b ... bitte nimm das Pferd weg ... ich ... du weißt, ich kann nicht so mit Pferden ...«

»Aber er ist ganz lieb, wirklich ...«

»Lucy, bitte, ich weiß, du verstehst das nicht, aber diese Ungeheuer machen mir *Angst* ...!«

Dabei steht Pegasus nur da und starrt Mike unverwandt an. Komisch, dass man manche irrationalen Ängste viel besser nachvollziehen kann als andere. Die Angst vor Spinnen zum Beispiel – sie sind klein, haarig, haben viele Beine, und wenn man dann noch die Augen schließt und sich vorstellt, es sind ganz, ganz viele ... aber Pferde? Für mich ist das, als fürchte sich jemand vor Bambi. Aber ich schätze, für Mike sind Pferde eher so was wie große Spinnen.

»Lucy, sei so lieb, dreh noch ein paar Runden, ja? Mike und ich müssen was besprechen.«

»Klar. Komm, Pegasus.« Sie ist sichtlich enttäuscht.

»Komm, der Mann hat Angst vor dir, den hättest du damals nicht schubsen dürfen.«

Mike sieht mich an, und seine vorübergehende Erleichterung über die sich vergrößernde Distanz zwischen ihm und Pegasus weicht einer vorausblickenden Besorgnis. »Es ist nach hinten losgegangen, oder?«, fragt er.

Ich nicke. »Sie weiß, dass du dahintersteckst. Und Darius hat schlau reagiert. Alles zugegeben und dann auf sie verzichtet.«

Mikes Augen weiten sich. »Und?«

Ich erzähle ihm, was ich mitgehört habe.

»Das darf doch alles nicht wahr sein. Jetzt heiratet sie ihn aus Trotz?«

Ich zucke mit den Schultern. »Nicht nur. Er hat die selbstlose Opferkarte ausgespielt und sie damit dazu gebracht, dasselbe zu tun. Warum der in Hollywood keine Karriere gemacht hat, ist mir ein Rätsel.«

Mike knirscht mit den Zähnen. »Na, immerhin schön zu wissen, dass wir uns einen Profi einkaufen.«

Ich sehe ihn überrascht an. »Liegt er denn bei der Abstimmung vorn?«

»Haushoch, nach dem ersten Tag.«

GWENNIE

Okay, ich gebe zu: Es hat sich verdammt gut angefühlt, selbstlos und großherzig zu sein! Als ich da so wild entschlossen über die Straße marschiert bin, bei Darius geklingelt hab, das war alles herrlich melodramatisch, und in diesem Moment war es das Einzige, was ich tun konnte, wirklich! Ich *musste* es tun! Es war, als wäre die Szene schon längst geschrieben und als gäbe es für mich nur eine einzige Art, sie zu spielen: ganz genauso, wie sie im Drehbuch steht.

Seitdem sind zwei Wochen vergangen. Darius hat die Wahl zum »Mr. One-Man-Wonder« gewonnen, mit überwältigender Mehrheit. Irgendwie ist das Private dadurch in den Hintergrund gedrängt worden, es war alles ziemlich hektisch, Streitereien mit seinem Agenten, Telefonate, Vertragsverhandlungen. Immerhin ist das ein Megadeal und eine Menge Leute wollen dran verdienen.

Ich weiß nicht ganz genau, wann ich aufgewacht bin – also ich kann es keinem Tag, keiner Stunde, keiner Uhrzeit zuordnen. Irgendwann war mir plötzlich klar, dass ich ohne diese verrückte Vorhersage von Karnuntina nie auf den Gedanken gekommen wäre, so knapp nach der Trennung von Mike schon einen anderen heiraten zu wollen. Ich musste mir um jeden Preis beweisen, dass ich auch ohne Mike glücklich sein kann, aber wie bin ich bloß drauf gekommen, dass *ohne Mike* automatisch *mit Darius* bedeuten muss? Na ja, und dann habe ich noch Frau Laura angerufen. Die Gute ist endlich aus dem Krankenhaus entlassen worden, aber sie konnte mir auch nicht helfen. Also, jedenfalls nicht auf die Art, die mir zunächst vorschwebte. Sie kann noch immer nichts *sehen*.

»Ach, Kindchen«, hat sie mit einem tiefen Seufzer zu mir gesagt. »Das ist wohl die größte Prüfung des Universums, wenn wir plötzlich ohne etwas auskommen müssen, um das sich unser ganzes Leben gedreht hat.«

»Ja, so eine Entzug ist Scheiße«, würde Kat darauf sagen. Ob man es nun auf den Alkohol bezieht oder auf Frau Lauras Gabe, recht hat sie auf jeden Fall: Mein ganzes Leben hat sich immer um Männer gedreht, wenn ich's mir recht überlege, schon in der Grundschule. Da war Herbert Lehmann, diese Flasche. Ich habe ihm beigebracht, wie man sich die Schuhe zubindet, und er hat sich in diese glupschäugige Clarissa aus der 1b verguckt. Ich habe gelitten wie ein Hund.

Also kreise ich immer um irgendeinen Mann, wie ein Satellit. Es war vielleicht höchste Zeit für eine Prüfung des Universums. Und vielleicht ist sogar das Wesentliche daran, dass sie mir nicht aufgezwungen wird wie Frau Laura. Nein, ich *wähle* die Prüfung. Ich habe mir Gulla in ihrem weißen Brautkleid noch mal angesehen. *Gulla am Ziel.* Das soll das Ziel sein? In einem weißen Kleid den Umstand feiern, dass man ab jetzt immer um denselben kreist? Nein. Schluss. Es muss im Leben mehr als Umlaufbahnen geben.

Pressekonferenz im Roten Saal des *Imperial*. Darius sitzt in der Mitte des langen, weiß gedeckten Tisches, vor sich ein Fläschchen Mineralwasser und eine kleine weiße Vase mit einer einzelnen roten Rose. Da ist er wieder,

der venezianische Conte, der diesmal Freunde zur Weinverkostung empfängt. Ein reifer, sicherer Mann, der sich seiner Wirkung bewusst ist, es aber nicht nötig hat, damit zu kokettieren. Er ist absolut umwerfend. Kein Wunder also, dass er auch mich ein wenig aus dem Gleichgewicht gebracht hat – ich sollte da echt nicht so streng mit mir sein.

Ich stehe in der Lobby, an der Absperrung, habe mir nicht die Mühe gemacht zu erklären, dass ich die Verlobte des neuen Stars bin. Wahrscheinlich hätte man mir sowieso kein Wort geglaubt. Könnte ja jede kommen. Und außerdem wäre es ja auch schon fast wieder gelogen gewesen – und mit der Wahrheit möchte ich es ab jetzt genauer nehmen, in jeder Hinsicht.

Ich weiß noch immer nicht, ob das jetzt Darius' Traum vom Glück ist, die Chance, auf die er immer gewartet hat, oder ob er in Wirklichkeit doch lieber eine eigene Softwarefirma hätte. Ich weiß nicht mal, ob er überhaupt irgendwas von Software versteht. Ich weiß auch nicht, ob er der One-Night-Stand ist, an den Kat sich zu erinnern glaubt. Aber na ja, wenn ich an seine schmerzempfindliche Hüfte denke, ist es vielleicht nicht ganz unwahrscheinlich, dass Kat recht hat und sich dahinter keine Sportverletzung, sondern ein frisch mit Laser bearbeitetes Tattoo verbirgt. Ich möchte glauben, dass er sich wirklich in mich verliebt hat, aber erfahren werde ich es wohl nie.

Blitzlichtgewitter. Darius lächelt sein unwiderstehliches Lächeln. Ich glaube, irgendwo weiter hinten habe ich Mike mit anderen Agenturleuten gesehen. Schon komisch, wie die Dinge manchmal laufen.

Ich blicke auf die letzten Wochen zurück und es fühlt sich an, als hätte ich mich in Trance befunden. Die vielen romantischen Trostpflaster, die Darius auf meine Mike-

Wunden zauberte, die hatten schon einen beträchtlichen Suchtfaktor. Es war, als hätte er meine Gedanken gelesen oder ... meine Bücher. Ja, mittlerweile halte ich Letzteres doch für etwas wahrscheinlicher als Ersteres. Ich habe mir auch die Mühe gemacht und nachgesehen. Was er über den Mond gesagt hat, als wir uns nachts vor meiner Haustür in die Arme gelaufen sind, das erinnert sehr stark an einen Satz, der zu Anfang meines zweiten Buchs gesagt wird, als Held und Heldin sich kennenlernen. Und dann gab es da noch den Satz mit der Wahrheit, die wir in jedem Augenblick neu erschaffen. Schade, dass mir das nicht eingefallen ist, hab ich damals gedacht, ab und zu so ein kleiner philosophischer Einschub tut meinen Büchern sicher gut. Beinahe hätte ich es mir notiert, um es später mal zu verwenden. Spätestens meine Lektorin hätte es bemerkt: Ich *habe* es schon verwendet. *Herz im freien Fall*, Seite 26. Und dann: »Das Leben ist kurz. Und es ist heute.« Bei *dem* Satz bin ich sogar richtig stutzig geworden, so sehr hat er mich an mich erinnert – auch das zu Recht, wie sich herausgestellt hat.

Ich möchte gar nicht so genau wissen, wie viel von allem, was Darius mir geboten hat, reine Inszenierung war. Hat er es gezielt auf mich abgesehen und alles von langer Hand geplant, in der Hoffnung, eine gute Partie zu machen? Oder hat er sich wirklich in mich verliebt, mein Geld als Draufgabe betrachtet und mit der Romantikkiste bloß auf Nummer sicher gehen wollen? Nun, irgendwo zwischen diesen beiden wirren Möglichkeiten liegt wohl die Wahrheit in ihrem eigenen Kuddelmuddel.

Aber mittlerweile ist es unwichtig, was in Wahrheit hinter Darius' Geschichte steckt. Es ist sogar unwichtig, ob er in mich verliebt ist. Aus einem ganz einfachen Grund: *Ich* bin nicht in *ihn* verliebt. Keine Ahnung, warum es so lange gedauert hat, mir das einzugestehen. Ich war in das romantische Szenario verliebt, das er für mich erschaffen hat, aber keine Sekunde lang in ihn. Und ich kann nun mal niemanden heiraten, den ich nicht liebe – so sehr stehe nicht mal ich auf den ganzen romantischen Kram.

Möglicherweise wird er sogar erleichtert sein, wenn ich ihm die Wahrheit eröffne. Ich meine, er ist gerade dabei, die große Karriere zu machen – ich schätze, dass er jetzt seine Möglichkeiten auf einer anderen Skala sieht als vor ein paar Tagen. Da mag es ihm noch als Superjackpot erschienen sein, eine leidlich hübsche Romanautorin mit gesichertem Einkommen zu heiraten. Aber jetzt steht er mit einem Fuß in New York und wird mit Leuten arbeiten, die zum Frühstück mit Chris Hemsworth plaudern und sich zum Lunch mit Lady Gaga treffen.

Und sollte ihn meine Absage härter treffen, als ich befürchte – so hoffe ich sehr, dass seine berufliche Glückssträhne ihn über den Schmerz hinwegtröstet. Wenn ich mir so ansehe, wie er mit der Fotografin dort drüben flirtet, habe ich daran nicht den geringsten Zweifel.

Die ganze Sache scheint sich aufzulösen. Darius nimmt die Rose aus der Vase und schenkt sie mit einem kleinen Lächeln der Fotografin. Die Presseleute machen sich auf dem Weg zum Ausgang.

»Darius!«

Ein erstaunter Blick in die Runde. Ach ja, hier ist er ja Marcus P. Natürlich ist Darius Romberg geheimnisvoller und auch schöner. Aber was soll's? Ich bin die Erste, die Verständnis für ein Pseudonym hat. Jetzt hat er mich entdeckt und kommt ein paar Schritte auf mich zu. Eine zierliche kleine Person mit dunklen Haaren schaut ihm neugierig nach. Ob er wohl irgendjemandem von seiner Verlobten erzählt hat?

»Gwennie, Liebling, was willst du denn hier? Ich dachte, wir treffen uns später …« Er lächelt, ein bisschen unsicher.
»Ich wollte mir den Moment deines Triumphs nicht entgehen lassen.«
»Oh. Verstehe. Ich …« Er winkt der zierlichen Dunkelhaarigen. Ein Komme-gleich-Winken.
»Ich brauche noch einen Augenblick. Treffen wir uns beim Seitenausgang? Hermesstraße?«
»Klar. Bis gleich.«

Das *Imperial* ist ein absolutes Tophotel, und dass es gleich hinter dem Hauptbahnhof liegt, ist sicher für viele Reisende sehr praktisch, aber ich mag die Gegend nicht besonders, sie verursacht mir Gänsehaut. Schon am Seiteneingang hat man mehr Bahnhofs- als Fünfsternefeeling.

Da kommt er ja endlich, beugt sich über mich und küsst mich. Ich glaube, er gibt sich wirklich Mühe, aber es ist nicht mehr dasselbe. Er ist zerstreut. Ich stehe nicht mehr im Mittelpunkt seiner Aufmerksamkeit. Oder er nicht mehr im Mittelpunkt *meiner* Aufmerksamkeit. Obwohl, wenn ich ehrlich bin, war das wohl nie so ganz der Fall.

»Wo steht dein Auto?«
»In der Bahnhofsgarage. Gleich da drüben gibt es einen Zugang …«
»Hör mal, Darius, ich wollte ja eigentlich essen gehen und es dir in Ruhe sagen, aber …«
»Was in Ruhe sagen?«

Wir haben den Zugang erreicht. Mann, ist das dreckig hier! Ich hasse Parkhäuser. Alle Frauenparkplätze dieser Welt bringen mich nicht dazu, in so was reinzufahren. Ich suche lieber vierzig Minuten nach einem Parkplatz, bevor ich mir das antue. Mike hat sich immer darüber lustig gemacht. »Parkhausphobie«, hat er gesagt. »Vollkommen irrationale Mädchensache. Ein Parkhaus ist einfach nur ein Haus mit vielen Autos drin. Kein Grund zum Fürchten.«

»Pferdephobie«, konnte ich glücklicherweise sofort kontern. »Vollkommen irrationale Mike-Sache. Ein Pferd ist einfach nur ein Tier, das zufällig größer ist als ein Hund. Kein Grund, sich zu fürchten.«

Darius öffnet eine blau gestrichene schwere Eisentür. Zu Parkdeck 3 und 4.

»Du hast jetzt den neuen Job«, hole ich noch mal aus und merke, dass ich lauter spreche als notwendig, um das Unwohlsein zu überspielen, das Parkhäuser einfach immer in mir auslösen, »und da kommt einiges auf dich zu, und wenn wir ehrlich sind, kennen wir uns nicht richtig und …«

Plötzlich kriege ich einen so heftigen Stoß, dass ich stolpere und gegen eine Betonmauer falle. Gleich darauf hält mir jemand eine sehr übel riechende Pranke vor den Mund.

»Keinen Mucks, Schätzchen!«

Sie sind zu zweit. Der andere hält Darius ein Messer an die Kehle.

»Nicht mein Gesicht … bitte … nicht mein Gesicht …«, flüstert Darius panisch.

»Geld, Uhr, Schmuck, aber dalli …!«

Ich sehe, wie Darius im Sakko nach der Brieftasche tastet, und krame zitternd in meiner Handtasche.

»Bitte nur nicht mein Gesicht …«, wimmert Darius erneut.

Der Große lässt von Darius ab, von dem ganz offensichtlich keine Gegenwehr zu erwarten ist, kommt einen Schritt auf mich zu, droht mit dem Messer. »Geht das vielleicht schneller?«

Ich halte ihm zitternd am ausgestreckten Arm mein Portemonnaie entgegen, und er greift danach. Da springt Darius vor, und den Bruchteil einer Sekunde lang denke ich, er will es mit den beiden aufnehmen, will mich verteidigen. Aber er versetzt dem Typen mit dem Messer einen Stoß, sodass der auf mich und den Kleinen zustolpert, rennt los und ist mit zwei Schritten auf der Treppe und außer Sichtweite.

Ich stehe da und bin genauso fassungslos wie die beiden Kerle. Der eine schüttelt den Kopf, steckt das Messer ein.

»Schönen Ritter hast du dir da ausgesucht«, meint er.

»So ein Arsch«, sagt der andere.

»Ich habe nur noch die Kette«, bringe ich irgendwie raus, obwohl mein Mund staubtrocken ist und ich das Gefühl habe, als müsse ich mich jeden Augenblick übergeben. Er hat mich im Stich gelassen! Er ist einfach abgehauen und überlässt mich diesen Verbrechern! Mit zitternden Fingern versuche ich den Verschluss von Omas Goldkette zu öffnen, an der ein kleines Medaillon hängt. Ich liebe diese verdammte Kette. Aber ich schätze, ich liebe sie nicht genug, um mir dafür die Kehle durchschneiden zu lassen.

»Ach lass mal, Mädchen!«, sagt der Kleinere. »Sieht aus, als hättest du Pech genug. Wir sind ja keine Unmenschen.«

Sekunden später sind die beiden in den Tiefen der Garage verschwunden.

KAT

Sie redet wieder mit mir, aber ich darf weder Mike
noch Darius erwähnen. Außerdem sind die Worte »Wahrsagerin«, »Verlobung« und »Hochzeit« tabu, ebenso wie
»Romantik«, »Beziehung« und »gut gemeint«. Ich habe
unter Umschiffung all dieser Vokabeln noch mal versucht, sie zu einem Gespräch mit Mike zu überreden, aber
da hätte sie mir ums Haar erneut die Freundschaft aufge-
kündigt.

Mike ist nicht bereit aufzugeben, und als wir nach der
Arbeit in der *Cosmopolitan American Bar* sitzen (ich weiß
auch nicht, aber irgendwie ist mir das Etablissement mit-
samt Julio ans Herz gewachsen), bewundere ich ihn langsam wirklich für sein Durchhaltevermögen.

»Ich weiß eben genau, was ich will«, sagt er.

»Schade nur, dass du es zwischendurch vergessen hast.«

»Nachher ist man immer klüger«, knurrt er.

»Dieses Weichei hätte nicht den Funken einer Chance
bei ihr gehabt, wenn du nicht ...«

»Kat! Ich dachte, wir wollten konstruktiv sein.«

»Immer wenn ich versuche, konstruktiv zu sein, geht es
aber so was von daneben.«

Er schüttelt den Kopf. »Wie kriege ich sie nur dazu, mit
mir zu reden? Sie muss mir doch nur einmal richtig zuhören.«

Ich zucke mit den Achseln. »Die Romantikkeule hat bei
Darius super funktioniert ...«

»Ich schicke ihr dauernd Blumen ...«

»Ach komm, ein bisschen einfallsreicher darf es schon
sein! Ich denke, du arbeitest in der Werbung.«

»Wie hat er das bloß gemacht? Ich meine, schon klar,

er sieht verdammt gut aus, aber was hat er ihr nur erzählt?«

»Wenn du mich fragst, hat er ihre Bücher gelesen und richtig erkannt, dass sie sich beim Schreiben jedes Mal in ihre eigenen Helden verknallt. Er musste nur noch deren wichtigste Eigenschaften heraus destillieren, und tja, ... dann hat er sich sozusagen neu erfunden, eine Synthese aus ihren romantischen Ideen hergestellt, sich zum perfekten Prinzen hochgestylt.«

»Schöner Prinz!« Ich sehe, wie seine Kiefermuskeln arbeiten und die eine Hand, die auf dem Tisch liegt, sich zur Faust ballt. »Wenn ich daran denke, dass er sie in diesem Parkhaus einfach sich selbst überlassen hat ...«

»Sei bloß still! Sie hat es mir nur erzählt, weil sie noch unter Schock stand. Wenn sie jemals erfährt, dass ich's dir weitererzählt habe, bin ich wahrscheinlich tot.«

»Dieses Arschgesicht. Sie hat ohnedies Todesangst in Parkhäusern. Und dann noch zwei Kerle, bewaffnet, und er haut einfach ab ...«

»Hör schon auf!« Er kann sich wirklich mächtig reinsteigern. »Es ist ja alles gut gegangen.«

»Der Gedanke, dass sie allein war, macht mich fertig.«

»Nicht, dass sie allein war, sondern dass du nicht da warst.«

»Ja. Wenn ihr was passiert wäre, hätte ich mir das nie verziehen.«

»Es ist aber nichts passiert. Manchmal muss man eben ohne Ritter auskommen. Also entspann dich!«

Er seufzt tief, trinkt seinen Gin Tonic aus, starrt vor sich hin.

»Du hast doch alle ihre Bücher, oder?«, fragt er plötzlich.

»Klar.«

»Borgst du sie mir?«

»Im Ernst?«

»Natürlich ist das mein Ernst. Wenn die Flasche lesen kann, kann ich das ja wohl auch.«

»Ach, Mike, das bringt doch nichts!«

»Doch«, meint er, ziemlich entschieden. »Wie du vorhin richtig gesagt hast: Ich arbeite in der Werbung. Ich denke mir ständig Strategien aus, also …«

»Aber ich glaube wirklich, dass sie von romantischen Helden die Nase voll hat, und außerdem reagiert sie jetzt sehr sensibel auf …«

»Bevor man kreativ wird«, unterbricht er und legt das Geld für die Drinks auf den Tisch, »beauftragt man erst mal ein Marktforschungsteam und informiert sich über die Zielgruppe, damit man nicht ins Blaue hinein operiert. Und damit muss ich jetzt erst mal anfangen: mit Marktforschung.«

GWENNIE

»Victor! Schön, Sie wieder mal zu sehen. Schon Fortschritte bei Kat gemacht?«

Er steigt von seiner bildschönen Lorelai und lächelt mir zu, wie ich dastehe und Pegasus' Schweif bürste.

»Na ja. Während andere nach einem Licht am Ende des Tunnels suchen, versuche ich noch herauszufinden, ob es überhaupt einen Tunnel gibt.«

Ich muss lachen. Ich weiß genau, was er meint.

»Es gibt den Tunnel, glauben Sie mir. Und Sie sind schon mittendrin. Sie sind seit Jahren der erste Mann, den sie überhaupt ernst nimmt.«

Er zieht die Stirn in ein Dutzend kummervolle Falten.

»Ich ... ich weiß ehrlich gesagt nicht richtig, ob sie mich als Mann sieht oder nur als guten Freund ...«

»Glauben Sie mir, ich weiß genau, wie sie tickt. Hätten Sie beim ersten Date Sex mit ihr gehabt, wären Sie schon wieder Geschichte. Bleiben Sie dran!«

»Ich kann ohnehin nicht anders«, lächelt er und löst Lorelais Sattelgurt. »Aber danke für die Ermunterung.«

»Falls ihr über mich redet, macht ruhig weiter.«

»Hi, Kat ...«

Sie begrüßt mich mit der üblichen Umarmung und zögert bei Victor.

»Ich hol ein paar Karotten«, biete ich an und verschwinde in der Futterkammer. Als ich wieder rauskomme, ist Victor mit Lorelai am Führstrick schon auf dem Weg zur Koppel.

»Und ...?«, frage ich.

»Und was?«

»Und, wird das was mit euch beiden?«

Sie seufzt. »Du gibst nicht auf, was?«

»Ich bin dir noch eine Menge ungefragtes Einmischen in deine Beziehungen schuldig, Liebste.«

»Das muss ich mir wohl bis ans Ende meiner Tage anhören?«

»Leicht möglich. Wo warst du eigentlich gestern?«

Sie beschäftigt sich angelegentlich mit dem Glätten von Falten in Napoleons Satteldecke. »Gestern?«

»Ja, ich hab so um sieben versucht, dich zu erreichen, und du hast nicht abgehoben ...«

»Ich war noch was trinken.«

Sie versteckt sich tatsächlich hinter ihrem Pferd, um mich nicht ansehen zu müssen.

»Kat, sag nicht, dass du dich wieder mit einem deiner Kurzzeittypen vergnügst, während Victor ...«

»Nein, nein ...«

»Victor ist ein cooler Mann, und er hat dich wirklich gern, also …«

»Es gibt keinen Kurzzeittypen, okay? Ich war einfach noch mit Carola was trinken.«

Ich beäuge sie misstrauisch, aber sie begegnet meinem Blick jetzt ganz offen.

Ich zucke mit den Schultern. »Na gut. Umso besser.« Pegasus schubst mich ungeduldig. Nur drei Karotten? Das kann doch nicht mein Ernst gewesen sein!

»Frag ihn doch, ob er zu Margos Party mitkommt.«

»Das hab ich auch schon überlegt.«

»Aber …?«

»Aber Ben wird wahrscheinlich dort sein.«

»Und …?«

»Ich weiß auch nicht. Ich hab ihn seit damals nicht mehr gesehen. Es könnte sein, dass ich ihm eine Bloody Mary über den Kopf gieße oder mich sonst wie danebenbenehme, wenn er mir dumm kommt.«

»Dann nimm dir eben vor, nicht so viel zu trinken!«

Sie sieht mich an, als hätte ich vorgeschlagen, ihren Kopf als Nistplatz für eine vom Aussterben bedrohte Vogelart zur Verfügung zu stellen, und ich muss lachen.

»War nur so ein Gedanke.«

»Vergiss es! Aber du hast recht. Ich werde ihn fragen, ob er mitkommt. Wenn er die Hardcoreversion von mir immer noch erstrebenswert findet, dann kann ihm wirklich keiner helfen.«

»Kat, du bist eine Superfrau. Und Victor weiß das.«

»Ich weiß echt nicht, was Victor in mir sieht.«

»Alles, was ich auch sehe.«

Unsere Augen treffen sich, und wenn es nicht Kat wäre, würde ich wetten, ihre hätten einen feuchten Schimmer.

»Dann ist wirklich wieder alles gut zwischen uns?«

»Ja. Wirklich.«

Sie nickt und bearbeitet einen nicht vorhandenen Knoten in Napoleons Mähne. Gute alte Kat! Sie hat sich wegen der Karnuntina-Sache selbst mehr Vorwürfe gemacht, als ich es je könnte. Und was Darius angeht – jetzt kann ich es ja zugeben –, hat sie vermutlich von Anfang an recht gehabt.

Aber darum geht's gar nicht, wer recht gehabt hat und wer nicht. Es geht einfach darum, dass ich ohne meine beste Freundin verloren bin. Und sie ohne mich.

KAT

Er stapelt Gwennies Bücher auf dem Bartresen. »Ich weiß, was es ist«, sagt er.

»Du weißt, was *was* ist?«

»Ich weiß, wo sie schwach wird, was sie unwiderstehlich findet.«

»Sie ist bei *dir* schwach geworden. Du hast es also immer schon gewusst.«

»Ja, aber ich zu sein reicht nicht mehr. Die Männer in ihren Büchern sind ehrlich und aufrecht, lieben Kinder und Tiere, haben Sinn für Romantik ...«

Ich nicke gelangweilt. »Das wissen wir doch alles längst.«

»Und sie sind Helden!«, fügt er triumphierend hinzu.

»Helden?«

Er nickt. »Helden. Sie überwinden aus Liebe ihre Ängste. Der Fallschirmspringer zum Beispiel. Rettet die Heldin zweimal vor dem Absturz. Aber ihr Herz gewinnt er erst, als er ins Wasser springt, um das Medaillon ihrer Großmutter rauszuholen – obwohl er total wasserscheu ist.«

Ich denke kurz nach. Kann mich nicht mehr so genau an die dramaturgischen Feinheiten erinnern. Er wird schon recht haben.

»Und dann der Zirkusheini. Vollführt die unglaublichsten Trapezkunststücke, hat aber Panik vor Feuer, weil seine Eltern bei einem Brand umgekommen sind. Er rettet die Heldin aus einem brennenden Wohnwagen, und sie verzeiht ihm, dass er die Seiltänzerin gevögelt hat.«

Ich muss grinsen. »Also, *so* steht das ganz gewiss nicht drin!«

»Aber das ist die Essenz«, erwidert er todernst und fährt mit der Hand über den Rücken des Bücherstapels. »Und das zieht sich durch alle Romane wie ein roter Faden. Der Autorennfahrer rettet die Heldin aus einem Zwinger voller hysterischer Köter, obwohl er Angst vor Hunden hat. Der Stuntman muss seine Angst vor Kühen überwinden ...«

»Der Stuntman hat Angst vor Kühen? Daran erinnere ich mich gar nicht ...«

»Sein kleiner Bruder wurde von einem wilden Stier niedergetrampelt, seitdem nähert er sich keiner Kuh mehr.«

»Oh. Ich schätze, der Typ wird nicht oft für Cowboyfilme engagiert.«

Mike fährt fort, ohne meinen Einwand zu beachten. »Der Filmregisseur überwindet seine Höhenangst, der Barbesitzer seine Flugangst, und der Architekt ...« Er überlegt. »Ich glaube, der Architekt hat einfach nur Angst vor Frauen.«

»Die ist ja auch am schwierigsten zu überwinden, wie wir wissen.«

Er verzieht das Gesicht. »Sehr witzig. Ich dachte, dein Auto ist in der Werkstatt und du hättest gern, dass ich dich nach Hause bringe.«

240

»Stimmt.«

»Dann konzentrier dich gefälligst auf das Wesentliche. Also ...«

Er sieht mich erwartungsvoll an. »Wirst du mir helfen ...?«

»Helfen? Wobei denn?«

Er schüttelt den Kopf. »Mensch, Kat«, sagt er, »manchmal bist du echt schwer von Begriff.«

GWENNIE

Schön langsam kommt bei *Hohe Zinnen – lange Schatten* alles in Ordnung. Der diabolische Anwalt erkennt, dass eigentlich Gilda von Gunnersbach für ihn wie geschaffen ist. Vorher schlägt er sich aber noch auf Sophies Seite, um den Erbschaftsstreit zu klären, und Vincent, dieses Kalb, wacht endlich auf und benimmt sich wie ein Mann. Obwohl er Todesangst vor seiner Mutter hat, stellt er sich ihr und verteidigt seine Liebe zu Sophie. Die Nebenfiguren kriegen auch alle, was sie verdienen, alle Fäden sind versponnen, alle Nebenhandlungen ergeben einen Sinn, und ich kann mich endlich jenem Teil widmen, den ich bei jedem Buch am meisten genieße, dem Happy End, das ich mir selten so hart erarbeitet habe wie diesmal.

Schade nur, dass der Genuss nicht ganz störungsfrei ist. Ich bin nämlich fast sicher, dass ich gestern Abend Mikes Wagen gesehen habe, und bin ebenfalls fast sicher, dass er nicht allein drin saß, sondern mit einer dunkelhaarigen Frau. Und es wurmt mich, verdammt. Erst die Sache mit der Blonden, dann versucht er, über Kat wieder an mich ranzukommen, macht sich sogar die Mühe, Darius öffentlich zu entlarven, und jetzt hat er schon die Nächste!

Ich bin nicht ganz bei der Sache, und es ist schade um meine letzten Seiten, die will ich mir nicht verderben lassen. Ich sehe auf die Uhr. Es ist sowieso schon fast Zwölf, und heute ist Tantentag, Lucy wird bald hier sein. Margo habe ich abgesagt, irgendwie ist mir noch nicht nach vielen Menschen, Plaudern und Alkohol. Diese ganze Verloberei und Entloberei, das ist mir doch ziemlich an die Substanz gegangen. Und Lucy ist jetzt genau die richtige Gesellschaft für mich. Mist, ich habe vergessen zu fragen, ob sie Sharkie mitbringt – die Küche ist nicht gesichert. Ach, und wenn schon: Im schlimmsten Fall frisst er etwas Knäckebrot, ein wenig Frischhaltefolie und ein paar Tupperschüsselchen, halb so wild.

Es läutet an der Tür. Lucy kann's noch nicht sein, Post erwarte ich auch nicht, also …?

»Ciao, Gwennie«, sagt der dunkelhaarige Junge, der am Wochenende im *Il Sestante* in der Küche aushilft. »Hier, für dich!«

Er drückt mir ein in Alufolie eingeschlagenes Päckchen in die Hand und ist schon wieder verschwunden, ohne auf Trinkgeld zu warten. Also hat er von seinem Auftraggeber erstens ebendieses und zweitens die Order bekommen, sich nach Ablieferung pronto zu verziehen.

Ich ziehe die Alufolie ab und finde eine Karte. *Ich kann so wenig auf Dich verzichten wie Du auf Profiteroles. Bitte, gib mir noch eine Chance, Mike*

Die Isopackung enthält eine Riesenportion Profiteroles, die ich aber keines Blicks würdige. Sie landet mit einem großen *Flapp* in der Mülltonne. Ich zittere vor Zorn! Denkt er im Ernst, er kann mich mit Süßigkeiten bestechen? Dieser falsche Hund! Er kann auf mich nicht verzichten, ha! Und wer war das Weibsstück, auf das er gestern nicht verzichten konnte? Und warum konnte er nicht darauf verzichten, etwas mit dieser Blondine anzufangen? *Ich* kann verzichten, und zwar problemlos. Auch wenn ich zugeben muss, dass der Anblick der unschuldigen Profiteroles, wie sie da im Mülleimer verrinnen, mich schon schmerzt. Ich meine, die können ja nichts dafür, und es ist echt Verschwendung. Mike wird ja nie erfahren, ob ich sie gegessen habe oder nicht, und sie sind noch in der Packung, also es ist ja nicht so, dass ich sie aus dem Müll essen müsste …

Nein! Also echt nicht! Ich unterbreche diesen würdelosen Gedankengang und versuche mich zu beruhigen. Lucy und ich haben für heute Nachmittag den Auftrag, in der Stadt Zwillingsgerätschaften auszukundschaften, vor allem Buggys und Autositze, da meine Schwester mit Piets tiefer gelegter Racing-Vorauswahl offenbar nicht ganz einverstanden ist. Nachdem ich noch schnell Natis E-Mail ausgedruckt habe, bin ich wieder deutlich ruhiger. Die Gedanken auf Babyausstattung zu lenken hat was Meditatives, beinahe wie Zen. Vorausgesetzt, es sind nicht die eigenen Babys, natürlich. Als Lucy endlich da ist, weiß ich allerdings immer noch nicht, was ich zu unserem kleinen Shoppingtrip anziehen soll. Da ich diese schwerwiegende Entscheidung unmöglich allein treffen kann, mein Schlafzimmer aber für Sharkie tabu ist, wird der kleine Torpedoköter kurzerhand ausgesperrt, und wir lenken uns mit einem Schwung knallfarbener T-Shirts, die ich neulich als unmittelbare Folge meines erneuten Entlobungszustands erworben habe, von den verdächtigen Reiß-, Bohr-, Wühl-, Kau- und Schlabbergeräuschen ab, die aus der Küche zu uns dringen.

Ein T-Shirt hab ich mit Absicht zu klein gekauft, damit ich es Lucy vererben kann – sie mag es lieber, was von mir zu »erben«, als wenn ich ihr etwas kaufe. Es ist knall-orange, und darauf steht *It's tough to be a princess, but somebody's got to do it.* Lucy hat die welligen Haare meiner Schwester, kastanienbraun mit einem rötlichen Schimmer. Das Orange sieht toll dazu aus. Sie wählt für mich ein giftgrünes mit der Message *Mrs. James Bond* aus, und dann sind wir bereit zum Aufbruch. Das haben wir mit Sharkie gemeinsam, der die Küche diesmal eigentlich recht wenig verwüstet hat. Die Profiteroles haben ihn ausreichend beschäftigt. Einen Teil der Isobox scheint er mitgegessen zu haben, ebenso die Alufolie. Auch gut. So waren die Profiteroles nicht verschwendet, und meine Würde hat trotzdem keinen Schaden genommen – nur mein Mülleimer: Sharkie hatte wenig Geduld mit dem Deckel.

Also das mit der Zen-Wirkung von Babyartikeln lässt dann doch recht schnell nach. Es hat sogar eine Tendenz, ins Deprimierende umzuschlagen, wenn man von glücklichen Pärchen umgeben ist, deren weiblicher Teil durch mehr oder weniger stark gewölbten Bauch auffällt – und durch dieses ekelhafte innere Strahlen.

Die paar Frauen, die allein hier sind, telefonieren dafür dauernd mit ihren Männern. »Schatz, wollen wir lieber Kätzchen oder Koalas? Hier ist einer mit einem großen Koala auf der Sitzfläche und vielen kleinen im Hintergrund, und der große hat ein Lätzchen um, da steht *Koala Bär* drauf ... Ja, ich weiß, dass Koalas keine Bären sind. Ja, sie sind Beuteltiere. Ich *weiß* das. Heißt das, wir wollen lieber Kätzchen auf dem Kindersitz? Wie? Getigert. Rot getigert. Nein, es sind keine Tiger, es sind einfach nur Kätzchen. Weißt du was, hier ist einer mit Bällen und Bauklötzen, ich glaub, ich nehm den ...«

Sharkie knurrt hinter seinem Maulkorb (es wäre unmög-

lich gewesen, ihm zu erklären, dass Plüschhäschen-Spiel-
uhren und Badewannen-Aufblastiere unter die Rubrik *nicht
essbar* fallen) einen großen Teddybären an, dessen Kopf
traurig auf die Brust gesunken ist, was unser Hündchen
offenbar als bedrohlich empfindet. Vielleicht unterstellt er
dem Plüschbrummi auch, einen Kranz Knackwürste bei-
seitegeschafft zu haben und nicht teilen zu wollen, wer
weiß das schon.

»Der sieht doch gut aus!«, meint Lucy und zieht ein
rotes Rennmodell aus der Reihe der Zwillingskinderwagen.
Sofort schwenkt Sharkie um und knurrt das rollende rote
Ding an.

»Man kann den Griff höher stellen, dann kriegt Papa
keine Kreuzschmerzen beim Schieben. Und er hat dicke
Reifen, damit kommt er gut über die Stufen, und cool ist
es außerdem. Und ferrarirot.«

Ich habe den Verdacht, dass Piet seine Tochter noch mal
beiseitegenommen und ihr seine Prioritäten klargemacht
hat. Ich werfe einen Blick auf die Checkliste meiner Schwester: Dreipunkt-Gurtsystem, leicht zusammenklappbar, ver-
stellbar bis in Liegeposition …

» Na gut, frag doch mal die Verkäuferin nach einem
Prospekt und ob man das Modell vorbestellen muss …«

Lucy zischt los auf der Suche nach professioneller Hilfe
in diesem Dschungel aus Hochstühlen, Babywippen, Wi-
ckeltürmen mit integrierter Babybadewanne und singen-
den Töpfchen in Form fröhlicher kleiner Elefanten.

Ich ziehe den roten Racingbuggy heraus, schieße ein
Handyfoto davon und beschließe, eine Probefahrt
durchs Ausstellungsgelände zu machen. Weiß ja
schließlich keiner, dass ich nicht schwanger bin, besser,
man passt sich der Umgebung an. Die Frau da drüben
sieht auch überhaupt nicht schwanger aus, und kei-

ner stellt ihr Recht infrage, sich gerüschte Wiegenhimmel zeigen zu lassen, während der Blick ihres Mannes mit geradezu absurd liebevollem Grinsen auf ihr ruht. Kein Wunder, sie ist echt hübsch. Blond, halblange Haare, blaue Augen und ein Kinn wie Grace Kelly ...

Ich erstarre. Es ist schon wieder so lange her, und ich habe sie ja nur für einen kurzen, ewig langen Augenblick gesehen. Und danach noch geschätzte zehntausendmal. Schlafend, wachend, heulend. Ich fahre ein zweites Mal ganz langsam an den beiden vorbei und ramme diesmal eine komplizierte Pyramide aus Kinderspieltisch- und Sesselkombinationen, weil ich den Blick nicht von Grace nehmen kann. Als der oberste Tisch mit Getöse auf die daneben ausgestellten Babywippen stürzt, sehen alle im Laden zu mir her, auch sie. Dann streicht sie sich eine Haarsträhne aus der Stirn, ich sehe es wie in Zeitlupe. Und auf einmal bin ich ganz sicher. Meine Hände umklammern den Racinggriff des roten Buggys, und ich nehme direkten Kurs auf sie. Ich wurde in den letzten Wochen belogen, betrogen und überfallen. Ich habe mich zweimal ver- und zweimal wieder entlobt, ich fürchte mich vor nichts mehr.

»Sie!«, schleudere ich ihr wutschnaubend entgegen. »Was sind Sie eigentlich für ein Mensch?« Sie wird blass, ihre Augen weiten sich, sie starrt mich ängstlich an, ihr Freund Schrägstrich Verlobter Schrägstrich Kindsvater tritt unwillkürlich einen Schritt vor sie, um ihr Körperdeckung zu geben. Der ahnungslose Tropf!

»Erst treiben Sie in aller Öffentlichkeit Schmusespiele mit meinem Verlobten, und ein paar Wochen später machen Sie lustig einen auf Familiengründung mit einem andern! Wem, wenn ich fragen darf, haben Sie *ihn* denn ausgespannt?«

Ich wende mich ihm zu. »Ohne Vaterschaftstest nähme

ich nichts mit nach Hause, was diese Person Ihnen unterjubeln will!«

»Hören Sie, Sie scheinen hier jemanden oder etwas zu verwechseln …«

»Ich verwechsle weder noch!«, brülle ich ihn an. »Fragen Sie doch Ihre saubere Freundin, was sie am siebzehnten April gegen achtzehn Uhr in *Bennos Café* gemacht hat! Und mit wem!«

»Meine *Frau*«, sagt er, »ist Ihnen überhaupt keine Rechenschaft schuldig! Und jetzt bitte ich Sie …«

Er redet weiter, aber ich beachte ihn gar nicht, ich sehe nur sie an, denn sie ist plötzlich verdammt blass geworden. Sie nimmt ihn am Arm, er verstummt, schaut sie verblüfft an.

»Schatz«, sagt sie, »am siebzehnten April war meine Junggesellinnenparty. Wir haben uns in *Bennos Café* getroffen, ziemlich früh, weißt du noch – weil ich vermeiden wollte, dass die Mädels mich in so einen Stripperklub schleppen …«

»Ja und …?«

Sie sieht uns abwechselnd entschuldigend an, fast flehend. Also, ihre Augen sind nicht so schön wie die von Grace. Und sie hat einen schiefen Vorderzahn. »Es war nur ein Spiel, wissen Sie. Die Mädels hatten sich diese Spiele ausgedacht. Ich musste mir einen Mann aussuchen, irgendeinen Mann in dem Café, und ihn auf den Mund küssen … Na ja, die Auswahl war nicht gerade berauschend, aber der am Fenster, der sah nett aus und war attraktiv und …«

O mein Gott! Um mich dreht sich alles. Sie muss mir nicht erklären, warum sie sich in einem voll besetzten Lokal ausgerechnet Mike zum Küssen ausgesucht hat.

»Es war ein Spiel?«, frage ich heiser. »Der Kuss war ein Spiel? Und *Sie* haben *ihn* geküsst, nicht umgekehrt?«

Sie nickt nur. Die Erinnerung schwappt noch mal über mich hinweg. »Aber«, sage ich heiser, »Sie haben ihn noch mal geküsst, gleich danach, Sie haben …«

»Ich habe mich nur bedankt«, sagt sie mit einem raschen Blick zu ihrem Mann. »Ich schwöre Ihnen, er war so verblüfft, und als er mich so ansah, musste ich ihn einfach umarmen und ihm schnell alles erklären …«

Wenn der Kuss nicht gewesen wäre, wenn dieser verdammte Kuss nicht gewesen wäre, hätte ich mich niemals getrennt. Ich hätte es weiter versucht, ich hätte Geduld gehabt. Ich wollte ihm sagen, dass ich bereit sei zu warten, dass das Warten sicher einen Sinn habe, dass ich Vertrauen in unsere Beziehung hätte. Dieser Kuss hat alles verändert, dieser Kuss war die Schlange im Garten Eden, der Beweis, das Symbol dafür, dass ich betrogen worden war.

Wenn es diesen Kuss nicht wirklich gegeben hat, dann hat es auch keine andere Frau gegeben und damit auch keinen Trennungsgrund – o Gott, ich dreh mich im Kreis, in jeder Hinsicht, ich glaub, mir wird schwindlig …

»Gwennie?« Lucy steht plötzlich neben mir und zupft mich am Ärmel. »Was ist denn los?«

Meine Knie geben nach, ich muss mich auf den Boden hocken, nehme den Kopf zwischen die Knie. »O Gott«, stöhne ich. »O mein Gott …«

»Der Kreislauf?«, fragt jemand. »Oder hat sie Wehen?«

»Brauchen wir einen Arzt?«, fragt ein anderer.

Beinahe hätte ich hysterisch aufgelacht. Nein, es ist die einzige *Nicht*schwangere, die in dieser Abteilung einen Schwächeanfall erleidet.

»Alles in Ordnung?«, fragt mich die Blonde besorgt und beugt sich über mich. Ich sehe sie an. Wenn ich nur daran denke, wie mich dieses Gesicht verfolgt hat! Ich richte mich auf, wische mir mit dem Handrücken über die Augen.

»Ja«, sage ich. »Alles in Ordnung.« Ich hole tief Luft. »Ich hoffe jedenfalls, es kommt alles in Ordnung.« Ich umarme die Blonde, die vor Schreck in meinen Armen ganz starr wird. Ich kann nachvollziehen, warum ihr dieser plötzliche Stimmungswechsel etwas suspekt ist. »Ich bin so froh, Sie getroffen zu haben. Komm, Lucy!«

Ich wende mich ab, Lucy an der Hand.

»Schatz, es tut mir echt leid«, höre ich die Blonde noch zu ihrem Mann sagen. »Ich hoffe, du weißt, dass …«

Er lacht laut heraus. »Ich weiß vor allem eins: dass ich endlich aufhören kann, wegen *meiner* Junggesellenparty ein schlechtes Gewissen zu haben.«

»Gwennie, aua, lass meinen Arm los!«

»Entschuldige.« Wir haben den Ausgang des Kaufhauses erreicht. Neben der überfüllten Mülltonne liegt ein umgekippter Milchshakebecher von McDonald's, und Sharkie versucht augenblicklich, die herausrinnende Flüssigkeit durch seine zu einem schmalen Röhrchen geformte Zunge einzusaugen, die er auf diese Art tatsächlich durch die Maschen des Maulkorbs stecken kann. Von den Survivor-Qualitäten dieses Tiers könnte sich Indiana Jones noch einiges abschauen. Sharkie denkt nicht nach, er reagiert auf Situationen, auf Möglichkeiten, die sich ihm bieten – und zwar unmittelbar und blitzschnell.

»Lucy, hör zu, ich weiß, heute ist Tantentag, und ich tue so was sonst nie, aber ich muss etwas ganz, ganz Wichtiges erledigen. Ist es in Ordnung, wenn wir ihn vertagen und du heute ausnahmsweise wieder nach Hause fährst und nicht bei mir übernachtest?« Hab ich schon erwähnt, dass Lucy ein einzigartiges Kind ist? Sie nickt nur nachdenklich. »Es ist wegen Mike, oder?«

»Ja. Wegen Mike. Und es geht sozusagen um Leben und Tod.«

Sie nickt wieder. »Mach dir keine Sorgen um mich. Ich komm schon klar.«

»Rufst du Natalie an?« Ich *kann* jetzt nicht mit meiner Schwester telefonieren und ihr erklären, dass ich mich dringend ent-entloben muss und ihre Tochter daher auf dem Weg nach Hause ist. »Klar mach ich das. Alles ist gut. Jetzt geh schon endlich!« Manchmal bin ich mir nicht sicher, wer von uns beiden die Erwachsene ist.

Ich laufe zu meinem Parkplatz und fahre die Strecke zu Mikes Büro wie in Trance. All diese Wochen, die ich mir verboten habe, auch nur in der Nähe seines Büros oder seiner Wohnung vorbeizufahren, um ihm nicht über den Weg zu laufen. Es ist ein seltsames Gefühl, wieder hier fahren zu dürfen. Die Sonne spiegelt sich in den Scheiben von *Bennos Café*, und ich parke genau davor ein. Kein Zusammenzucken mehr beim Blick auf den Fenstertisch, kein schrecklicher Schmerz, der mir durch die Brust und durch den Solarplexus zuckt. Durch die große gläserne Schwingtür neben dem Café betrete ich Mikes Bürogebäude, nehme den Aufzug in den fünften Stock. *Prosignis Advertising*.

Mir kommt es vor, als wäre ich jahrelang nicht hier gewesen, dabei waren es nur ein paar Wochen. Tina vom Empfang erkennt mich sofort wieder. »Hallo, Gwennie, was kann ich für Sie tun?«

»Ist Mike … ist er da? Kann ich zu ihm …? Hat er Zeit? Ich kann auch warten, wenn er in einer Besprechung ist oder so … Es … es ist wirklich wichtig …«

Sie schüttelt den Kopf, schon bevor sie zur Kontrolle in den Kalender sieht. »Nein, tut mir leid, er ist vorhin von einer Dame abgeholt worden und hat gesagt, er kommt heute nicht mehr. Soll ich etwas bestellen?«

»Ist es … etwas … Berufliches? Ein beruflicher Termin?«

Sie schüttelt den Kopf, sichtlich unangenehm berührt. »Nein, es war privat, ich weiß nichts Näheres, tut mir leid. Kann ich irgendwas ...?«

»Nein, vielen Dank, Tina. Ich finde ihn schon.«

Ich fahre wieder nach unten. Von einer Dame abgeholt. Privat. Ich will seine Nummer in meinem Handy aufrufen, da fällt mir ein, dass ich sie ja vor Wochen gelöscht habe. Bestimmt kriege ich sie noch zusammen, die Vorwahl weiß ich, und dann war eine Doppelsechs und dann null ... Verfluchte Handys, die einem das Denken ersparen! War es doch sechs null sechs? Himmel! Ich weiß seine Nummer nicht mehr!

Aber will ich ihn überhaupt erreichen, gerade jetzt, wenn er »privat« mit einer Frau unterwegs ist? Siedend heiß fällt mir ein, dass ich ihn gestern mit einer Frau gesehen habe. Sollte dieser ganze Wahnsinn, dieser Riesenumweg, den ich gebraucht habe, um zu ihm zurückzufinden, um das entscheidende Bisschen zu lange gedauert haben? Es ist mittlerweile fast sechs. Ich könnte Kat anrufen, vielleicht hat sie seine Nummer noch, sie schien ja vor Kurzem zumindest noch Kontakt mit ihm zu haben.

Sie würde auch sicher gern hören, dass sie recht hatte, Mike zu glauben, dass die Blonde *ihn* geküsst hat und nicht umgekehrt, dass das *tatsächlich* keine billige Ausrede war, dass ich das jetzt aus erster Hand weiß. Andererseits ist heute Margos Gartenfest, und das ist ihr erstes richtiges Date mit Victor. Und ich will jetzt nicht mit Kat reden, ich will nur eins: zu Mike, und zwar sofort. Ich will ihm in die Augen sehen, ich will seine Hand halten, ich will freien Zugriff auf seine Unterarme, und ich will jede »private« Frau, die sich in seinem Umkreis aufhält, mit einem gekonnten rechten Haken aus demselben entfernen!

Wohin also?

Die logische Antwort lautet: zu ihm. Zu seiner Wohnung. Irgendwann muss er dort auftauchen, so Gott will, *ohne* die private Frau.

Ich werde warten.

KAT

Also gut, ich gebe zu, es wäre unser erstes Date gewesen, aber dann hat Gwennie gesagt, sie geht nicht zu Margos Party, und die Voraussetzungen waren einfach total günstig für unsere Aktion. Ein Glück, dass Victor mittlerweile so viel von der ganzen Sache mitgekriegt hat, dass er begreift, wie wichtig jetzt Timing ist, und dass man manchmal im Dienst der größeren Sache die eigenen Pläne hintanstellen muss. Er hat sogar seine Hilfe angeboten.

Ich finde, er hat immer mehr was von einem Prinzen, sogar wenn er nicht auf Lorelai sitzt. Ich weiß auch gar nicht, wieso ich je gefunden habe, dass er dick aussieht. Er ist einfach kräftig gebaut. Und Männer mit wenig Haaren haben immer schon sexy auf mich gewirkt, auf eine bestimmte Art. Außerdem halte ich es mit Gwennie, was die Hände angeht, und ich habe mir Victors Hände genau angesehen. Astreine Hände. Kräftig und nicht zu gepflegt. Reiterhände.

Schöne Augen hat er auch, und neulich hat er mich in den fünf Minuten, die er zum Absatteln gebraucht hat, dreimal zum Lachen gebracht.

Ich bin irgendwie froh, dass ich gesagt habe, bei unserem ersten Date wäre ich sowieso lieber allein mit ihm. Er hat sich echt drüber gefreut. Und es war nicht mal gelogen.

GWENNIE

Also, wenn mir jetzt noch *ein* Hausbewohner Kuchen oder ein Kissen oder eine Thermoskanne anbietet, dann schreie ich. Kann man nicht einfach mal ein paar Stunden ungestört in einem Treppenhaus sitzen und auf seinen zukünftigen Ex-Exverlobten warten? Kann einem in einer solchen Situation nicht die Ruhe zuteil werden, die man braucht, um dafür zu beten, dass die private Frau nicht allzu privat ist und dass er ohne sie hier auftaucht?

Am schlimmsten war die erste Stunde, da kamen noch Leute von der Arbeit und vom Einkaufen nach Hause. Dann war's ziemlich ruhig, bis etwa zehn, als ein Pärchen und die gesamte Belegschaft der WG aus dem vierten Stock vom Auswärtsessen heimkamen.

Nach elf torkelte noch die allein lebende Dame von ganz oben an mir vorbei, danach war die Treppenhausluft minutenlang mit Hochprozentigem angereichert.

Ab dreiundzwanzig Uhr hörte ich, wie im Fünfminutenrhythmus durch den Spion der Tür vis-à-vis geguckt wurde. Zuerst dachte ich an einen Spanner, der die Hoffnung hegte, ich würde mir den BH ausziehen oder sonst was Unterhaltsames tun. Um dreiundzwanzig Uhr sechsundvierzig wurde mir klar, dass die Türspion-Aktivitäten rein gar nichts mit mir zu tun hatten, da stürmte nämlich ein überschminkter Teenager in ultrakurzem Röckchen an mir vorbei, und ich durfte im Anschluss zwanzig Minuten lang mit anhören: »Wie unverantwortlich ... wir haben gesagt Punkt elf ... kannst du nicht wenigstens anrufen ... ich hab dich schon tot im Straßengraben liegen sehen ...«

Himmel. Um ein Haar hätte ich angeklopft, um der Mutter ganz ruhig zu erklären, dass die Kleine sicher pünktlich da war. Die Verabschiedung von ihrem Freund hat eben nur etwas länger gedauert. Mit einem geschulten Blick erkennt man das sofort am extremen Make-up-Ungleichgewicht zwischen oberer und unterer Gesichtshälfte. Aber dann ließ das Gezeter zum Glück ohnehin nach.

Seither ist es ruhig.

Ein Uhr fünfzehn. Na, das ist ja ein verdammt langes Date. Was macht er mit der Frau? Als wir noch zusammen waren, war er eigentlich immer der Essen-Kino-und-dann-nach-Hause-Typ. Obwohl, manchmal haben wir uns noch mit Freunden in einer Bar getroffen, und zwei- oder dreimal hab ich ihn in einen Club geschleppt, um noch ein bisschen zu tanzen, aber eigentlich ist er mehr ein Zu-Hause-Mann, weil sein Job ohnehin stressig ist und so.

Zwei Uhr zwanzig. Na toll. Jetzt bin ich doch tatsächlich eingeschlafen. Wenn er jetzt kommt, dann kann er mir nicht in die Augen schauen, weil ihn der Abdruck der Kante seines Türrahmens, der sich längs über meine Wange zieht, von ihnen ablenken wird.

Die Türmatte mit dem grinsenden Pferd drauf, das »Hi, Babe!« sagt, hab ich ihm geschenkt, und ich weiß, dass sie noch ziemlich neu ist. Drum ist es nicht so schlimm, dass ich gerade fast zwei Stunden lang mit dem Gesicht darauf gelegen habe. Das mit dem Pferd war als Gag gemeint. Wegen der gefühlsmäßigen Annäherung.

Es ist fast halb sechs, und mir tut alles weh. Ich glaube, ich habe mich jetzt selbst genug gedemütigt. Er hat bei ihr geschlafen, daran gibt es keinen Zweifel mehr. Natürlich hat er das. Als wir noch zusammen waren, haben wir fast immer in meiner Wohnung übernachtet.

Ich gehe, bevor die Nachbarn, die mich schon gestern Abend bemitleidet haben, noch mal über mich stolpern.

Die Frau war wohl doch um einiges privater, als ich dachte.

Was hab ich denn auch erwartet? Ein Mann wie Mike bleibt eben nicht lange allein.

Sieht aus, als würde es ein wunderschöner Tag werden. Ich öffne das Dach meines Mini und fahre ganz langsam durch die erwachenden Straßen nach Hause.

Genau vor dem Haus ist ein Parkplatz frei, und ich denke: Na bitte, wenn die großen Dinge nicht funktionieren, dann klappt es dafür mit den kleinen. Hier draußen hat ein Samstagmorgen etwas sehr Idyllisches. Die Vögel in den Vorgärten besprechen aufgeregt das Musikprogramm für den Tag, da drüben lässt sich ein junger Typ mit Kapuzensweater, dem die Freitagnacht noch in den Gliedern sitzt, von seinem umso wacheren Hund durch die Allee zerren. An der Ecke stellt Herta gerade die ersten Obstkisten raus und winkt, als sie mich bemerkt. Was sie wohl denkt, warum ich um sechs Uhr früh hier draußen in meinem Auto sitze? Vermutlich denkt sie darüber gar nicht nach – wenn sie sich ständig die Köpfe der gesamten Nachbarschaft zerbrechen wollte, müsste sie dem Mops den Laden übergeben und sich in die Klapsmühle zurückziehen. Drüben am Eingang zum Park hat der Parkwächter gerade die Gassibeutel nachgefüllt und spaziert nun wichtigen Schritts die Fliederbüsche entlang. Wann fand wohl der Moment in seinem Leben statt, als er den Entschluss fasste, Ordnungshüter in einem Vorstadtpark zu werden? Wann hat er es zu seiner Berufung erklärt, Tulpenbeete vor Vandalismus zu bewahren und kleine Kinder daran zu hindern, über die Zierrasenflächen zu laufen?

Aber na ja, es gibt eben auch Leute, die beschließen, Kurzparksheriff zu werden oder Finanzbeamter oder Zahnarzt. Vielleicht sind das die glücklicheren Menschen, wer weiß das schon? Ich schreibe witzige und romantische Liebesromane, bin gesund und sehe gut aus. Ich bin einer jener Menschen, die eigentlich nur jubelnd durch den Tag hüpfen sollten. Stattdessen verwende ich all meine Energien darauf, mein Leben komplett zu vermurksen. Ich seufze und wende den Blick nach oben. Keine Wolke am Himmel. Ich werde mir von Herta frische Semmeln holen und auf dem Balkon frühstücken: Die kleinen Dinge zählen.

Ich steige aus dem Auto, beschließe, dass es heute nicht regnen wird, und lasse das Dach offen. Irgendwie erscheint es mir plötzlich unendlich anstrengend, in den Laden zu gehen und mit Herta zu plaudern. Ich werde Cornflakes und Toast frühstücken. Die Stufen zu meiner Wohnung hinauf sind mir nicht mehr so hoch vorgekommen, seit ich damals den gebrochenen Knöchel hatte. Inlineskaten ist einfach zu gefährlich – wenn man kein Inlineskater ist.

Immerhin muss ich die Vorhänge in der Wohnung nicht aufziehen, weil ich gestern Abend gar nicht hier war, um sie zuzuziehen. Die kleinen Dinge, wieder mal.

Ich öffne die Balkontür. Darius' Fenster sind dunkel. Er ist ausgezogen, ohne sich noch mal bei mir zu melden, ohne sich zu entschuldigen oder sich zu verabschieden – aber ich schätze, auch das ist den kleinen Dingen zuzurechnen, für die man dankbar sein muss. Jetzt sitzt Darius wahrscheinlich in L.A. in der Sonne, unterschreibt Filmverträge und picknickt mit Cara Delevingne.

Drüben beim Park scheint irgendwas los zu sein, da sind ein paar frühe Vögel stehen geblieben, eine Hundesitterin mit ihren fünf Schützlingen an der Leine, die alle heftig durcheinanderkläffen, und zwei Jogger (und man weiß ja, dass es nahezu unmöglich ist, einen Jogger zum Stehenbleiben zu bringen), und alle schauen in Richtung Parkinneres. Ich trete auf den Balkon und kneife die Augen zusammen, um besser sehen zu können. Also, wenn mich nicht alles täuscht, ist da ein Pferd im Park. Tatsächlich! Da reitet jemand durch den Park! In meinem Viertel stehen Wohnhäuser aus der Zeit des späten 19. Jahrhunderts, ein paar Jugendstilvillen, es gibt kleine Vorgärten, Bäume – aber es ist doch ausgesprochen urban. Der Park ist klein, und um den nächsten Wald zu erreichen, muss man mindestens fünfzehn Minuten mit dem Auto fahren. Es gibt keine Reitställe in der Nähe, das hätte auch keinen Sinn, weil es keine Reitwege gibt, alles verbautes Gebiet. Vielleicht ist ein Zirkus in der Stadt? Ich kann mich erinnern, in der City, mitten in der Fußgängerzone, mal einen Typen mit einem kleinen Pony gesehen zu haben, der Geld für das Winterfutter der Zirkustiere sammelte.

Nun, dieses Pferd ist eindeutig *kein* Pony. Es ist etwa so groß wie Pegasus, soweit ich das erkennen kann, und ein Mann sitzt im Sattel, in Jeans, dunkelhaarig. Neben dem Pferd läuft eine kleine, dunkel gekleidete Person, vermutlich der Parkwächter, der die Ordnung seiner kleinen Welt ins Chaos stürzen sieht.

Das Pferd hat dieselbe Farbaufteilung wie Pegasus, vorn braun und hinten weiß mit braunen Flecken – es bewegt sich auch ähnlich, unglaublich ruhig und ein bisschen schaukelnd – also, wenn ich es nicht besser wüsste …

Pferd und Reiter sind jetzt am Parkeingang angekommen, und irgendwie scheint der Reiter nicht zu wissen, was zu tun ist. Er will wohl über die Straße, aber das Pferd wendet, geht ein paar Schritte zurück und knabbert an den

Büschen. Der Parkwächter hüpft auf und ab wie Rumpelstilzchen, der Reiter zieht am Zügel, fuchtelt mit Händen und Füßen, und das Pferd frisst. Komische Vorstellung, die die beiden da abgeben. Da schießt plötzlich eine weitere Person aus den Büschen, schnappt das Pferd am Zügel, führt es entschlossen Richtung Straße, schaut nach links und nach rechts, ich glaube, es ist eine Frau – eine ziemlich große Frau –, aber ich kann sie nicht richtig sehen, das Pferd verdeckt sie. Das seltsame Dreiergespann kommt genau auf mein Haus zu – nein, halt, die Frau lässt die Zügel los, sagt noch was zu dem Reiter, gibt dem Pferd einen Klaps und verschwindet.

Das Pferd sieht Pegasus so ähnlich, ich hätte es nicht für möglich gehalten, dass …

Und der Reiter … ich weiß nicht, bin ich jetzt vollkommen durchgedreht oder …?

O mein Gott.

O mein Gott!

Ich bin entweder vollkommen irre, oder das *ist* Pegasus. Und der dunkelhaarige Mann in Jeans …

Ich stehe am Balkon und kralle die Hände um das Geländer. Das da unten ist Pegasus, ohne jeden Zweifel. Und der Reiter, blass, mit unglaublich konzentriertem Gesichtsausdruck und verkrampfter Körperhaltung, das ist Mike.

Der Parkwächter scheint sich entschlossen zu haben, sein Herrschaftsgebiet auszudehnen, und läuft hinter den beiden her.

»Absteigen!«, kreischt er. »Absteigen! Sie verstoßen gegen drei Paragraphen! Sie werden jetzt sofort absteigen, oder ich …«

Jetzt hat Mike mich gesehen, er scheint mir winken zu wollen, aber dann erinnert er sich an die Zügel in seiner Hand.

Pegasus bleibt plötzlich stehen und bekommt diese konzentrierte, gesammelte Kopfhaltung, die meistens bedeutet … richtig! Dampfende Pferdeäpfel detonieren auf dem Asphalt.

»*Vier* Paragraphen!«, kreischt der Parkwächter. »Jetzt sind es *vier*!«

Mike ist vollkommen überfordert. Er schaut zwischen mir und dem Parkwächter hin und her, der wie Ungeziefer an seinem Bein hängt, und zuckt hilflos mit den Schultern.

Meine Erstarrung löst sich endlich. »Pegasus!«, rufe ich, und der Kopf des Pferds wendet sich sofort in meine Richtung, es beschleunigt seinen Schritt. »Pegasus, komm zu mir!« Wenn Pegasus schnell geht, dann hat ein kurzbeiniger Parkwächter kaum eine Chance. Der arme Kerl muss laufen, um Schritt zu halten. Ich mache mir Sorgen, dass Pegasus mit seinen Eisen auf dem glatten Asphalt ausrutschen könnte, aber da hat mein kluges Pferd schon von selbst beschlossen, auf den schmalen Grasstreifen zwischen Fahrbahn und Gehweg auszuweichen, und auf dem weichen Boden fängt er gar an zu traben.

»Halt dich fest, Mike!«, brülle ich.

Mike wird noch eine Schattierung blasser und hält sich mit beiden Händen am Sattel fest.

»Hooo, Pegasus, hooo!«, versuche ich mein Pferd von Weitem zum Stehenbleiben zu bewegen. Ich überlege runterzulaufen, den beiden entgegen, aber dann müsste ich vom Balkon weg, Pegasus könnte mich nicht mehr sehen, und wer weiß, was er dann anstellt? Ich bleibe also wie angewurzelt stehen und glaube immer noch nicht, was ich da sehe. Mike, der panische Angst vor Pferden hat, sitzt auf Pegasus und reitet auf mich zu. Immerhin haben die beiden mit den paar Schritten Trab den Parkwächter abgehängt und sind schon fast am Gartentor. Pegasus fällt wieder in den Schritt, bleibt am Gartentor stehen.

Der Parkwächter hat aufgeholt. »Steigen Sie ab!«, brüllt er.

»Den Teufel werd ich tun!«, brüllt Mike zurück. »Sehen Sie nicht, dass Sie hier eine romantische Szene stören, Sie Trottel?«

»Er kommt zu mir!«, juble ich entfesselt vom Balkon. »Lassen Sie ihn in Ruhe! Er kommt zu mir!«

»Er ist verbotenerweise mit einem nicht genehmigten Tier auf einem öffentlichen Gehweg zugange, und ich dulde nicht ...«

Pegasus hat offensichtlich genug von dem Geschrei. Er drückt mit der Nase auf die Klinke des Gartentors, und es springt auf. Mein kluges Zirkuspferd!

»Draußen bleiben!«, brülle ich dem Parkwächter entgegen. »Das ist Privatbesitz!«

Und dann sind sie endlich da, mein Prinz auf seinem, nein – meinem Pferd.

Er starrt zu mir herauf. »Ich habe auch eine musikalische Darbietung erwogen«, ruft er entschuldigend. »Aber die Wahrscheinlichkeit, dass ich mich während des Singens übergebe, war ziemlich groß und ...«

»Mike!«, schluchze ich. »Soll ich nicht vielleicht runterkommen?«

»Ich weiß nicht«, erwidert er, »aber ich könnte mir vorstellen, dass es der Romantik förderlich wäre!«

Ich fliege die Treppen hinunter, durch die Haustür, ums Haus herum. Frau Martens steht auf ihrem Balkon und starrt verblüfft auf das große braun-weiß gescheckte Tier, das ihre Primeln frisst.

»Gib ihm das, bitte!«, sagt Mike und reicht mir eine braune Papiertüte. »Er hat sich echt sehr anständig benommen.« Ich füttere Pegasus mit den getrockneten Feigen, die offensichtlich als Bestechung fungiert haben, und blicke zu meinem alten, neuen Prinzen auf. »Du warst nicht zu Hause!«, schniefe ich. »Tina hat gesagt, eine Frau hat dich abgeholt, und du warst die ganze Nacht nicht zu Hause ...«

»Ja, Kat hat mich abgeholt. Und sie hat gemeint, es wäre gut, wenn ich die Nacht im Stall verbringe ...«

»Damit Pegasus sich an dich gewöhnen kann?«

»Ja, und ich mich an den Gedanken, auf ihm draufzusitzen.«

»Mein armer Held! Willst du nicht endlich runterkommen?«

»Gern«, sagt er und runzelt die Stirn. »Aber ich weiß nicht recht, wie ... und außerdem wollte ich *das* immer schon mal machen.«

Er beugt sich vor, fasst mich um die Taille und hebt mich hoch – einen Augenblick später sitze ich im Damensitz vor ihm, halb auf Pegasus' Nacken, halb auf dem Sattel, und es wäre verdammt unbequem, wenn Mike nicht in diesem Moment beide Arme um mich legen und mich küssen würde.

Und alles außerhalb dieser kleinen Pferd-Mann-Frau-Insel versinkt in totaler Bedeutungslosigkeit.

KAT

Irgendwann viel später, nachdem ich den Parkwächter mit einer großzügigen Bargeldspende überzeugt habe, dass es keinen Grund gibt, die Polizei einzuschalten, und der aufgeregte kleine Mann sich in sein Revier auf der anderen Straßenseite verzogen hat, fahre ich mit dem Hänger vor. Pegasus hat inzwischen den Rasen des Vorgartens auf Wimbledon-Niveau zurechtgeknabbert, wirkt auch sonst sehr zufrieden mit sich und steigt widerspruchslos in sein »Taxi«.

Ich werfe einen Blick zu Gwennies Fenstern hinauf. Überhaupt nichts zu sehen da oben, und das ist auch gut so, denn das Schlafzimmer geht nach hinten raus, und nach den Szenen, mit denen die Filme aufhören, muss das richtige Leben schließlich noch irgendwie – und irgendwo – weitergehen.

GWENNIE

»Du hast noch gar nicht gesagt, ob dir das Armband gefällt.«

»Welches Armband?« Ich liege selig lächelnd an ihn geschmiegt und streichle einen dieser unwiderstehlichen Unterarme, die ich so vermisst habe. Darius ist nichts mehr als eine unscharfe Erinnerung – es ist, als wären wir, Mike und ich, nie getrennt gewesen, als hätten die letzten Monate gar nicht stattgefunden. Warum ist es so schwierig, einfach seiner Intuition zu vertrauen? Wenn etwas richtig ist, dann fühlt es sich auch richtig an. Jetzt stützt er sich auf den Ellbogen und starrt mich besorgt an.

»Gwennie, du liebe Zeit!« Er wirkt regelrecht entsetzt. »Du hast es doch nicht etwa … mitgegessen?«

»Mitgegessen?« Ich muss zugeben, seine Unterarme beanspruchen so viel Aufmerksamkeit, dass ich mich auf seinen Text nicht so ganz konzentriert habe. »Wovon redest du?« In diesem Moment macht es *klick*, und ich weiß ganz genau, wovon er redet. »In den Profiteroles war ein Armband?«

262

Er nickt. »Mit kleinen Brillanten. Passend zu deinem Verlobungsring. Ich wollte sozusagen das Feld mit Romantik düngen, bevor ich es bestelle ...«

»Oh, neiiiin. Verdammt.« Ich schnappe mein Handy vom Nachttisch und wähle Lucys Nummer.

KAT

»Imbach-Immobilien, Kathrin Imbach hier, was kann ich für Sie tun?«

»Du könntest morgen wieder mit mir ausgehen. Oder du kommst zu mir, und ich koche.«

»Du kannst kochen?« Gwennie wird vor Neid sterben.

»Meine bescheidene Hülle täuscht zuweilen über meine mannigfaltigen Qualitäten hinweg, fürchte ich. Ja, ich kann kochen.«

Ich muss über seinen bekümmerten Tonfall lachen. »Deine Hülle ist voll in Ordnung.« Und wenn er so gut kocht, wie er küsst, dann lasse ich ihm »Hauptgewinn« auf die Stirn tätowieren. Oder besser: an irgendeine privatere Stelle. Muss ja nicht jede wissen. Ich fühle, wie sich ein Grinsen auf meinem Gesicht ausbreitet. Auf die Hüfte vielleicht. »Warum rufst du eigentlich nicht auf dem Handy an?«

»Weil ich auf deine professionelle Imbach-Immobilien-Stimme abfahre. Sehr sexy.«

»Dann stehst du wohl auch auf Frauen in Uniformen und Schwesternkitteln.«

»Bis jetzt nicht. Aber im Zusammenhang mit dir bin ich für alles offen.«

Ich kriege dieses Dauergrinsen nicht mehr aus dem Gesicht. Mist! Ich weiß genau, was das bedeutet. Und er spürt es auch. Er hat schon fast gewonnen. Was, wenn das genau der Punkt ist, an dem das Spiel ihn nicht mehr interessiert? So was gibt es, und öfter, als man glauben möchte.

»Victor, ich muss jetzt echt hier weitermachen.«

»In Ordnung. Sag mir Bescheid wegen morgen.«

»Eher nicht morgen«, sage ich hastig. »Da ist es ungünstig. Lass uns noch telefonieren, ja?«

»Wie du willst. Also dann mach's gut heute. Und – Kat…?«

»Ja?«

»Es war toll gestern. Mein bester Abend seit Jahren.«

Ich räuspere mich. Carola sitzt mir genau gegenüber und beobachtet mich unauffällig über ihr Society-Magazin hinweg. Jede Wette, sie hat keine Ahnung, was da gerade über den neuesten Nachwuchs der britischen Königsfamilie steht, dafür hat sie jedes Mundwinkelzucken während meines Telefonats registriert. »Ja, dann«, sage ich. »Dann also bis bald.«

Er lacht. »Schon klar«, sagt er. »Ich freu mich drauf.«

»Bringen Sie ihn doch zur Hochzeit mit!«, sagt Carola eine Zehntelsekunde nach Beendigung des Gesprächs. Könnte sie nicht wenigstens *so tun*, als hätte sie nicht zugehört?

»Welche Hochzeit?«, frage ich, nur um sie zu ärgern.

Sie wirft mir einen ausdruckslosen Blick zu. In diesem Universum gibt es nur *eine* Hochzeit – und über die wird definitiv nicht gescherzt, sie wurde zu hart erarbeitet.

»Werden Sie ihn eigentlich nach der Hochzeit auch noch ›Herr Schön‹ nennen?«, piesacke ich sie weiter, mit demselben Ergebnis.

»Sie lenken doch bloß ab«, sagt sie und zuckt mit den Schultern. »Weil Sie Angst vor Ihren Gefühlen haben. *Ich* trag Ihnen das nicht nach. Aber machen Sie das nicht bei ihm, sonst verderben Sie noch alles.«

»Haben Sie eigentlich den Vertrag für die Aschenbergs vorbereitet?«

Carola zieht die Brauen hoch und wirft mir einen Na-bitte-Sie-tun-es-schon-wieder-Blick zu, bevor sie sich auf die Suche nach dem Vertrag macht.

Nein, ich lasse mich nicht von Frau Schön in spe beraten. Ich kriege das ganz allein geregelt.

GWENNIE

»Ich hab also nicht übertrieben?«

Ich sehe ihn an. Es ist ein wunderschöner lauer Abend, wir spazieren die Alster entlang, aber der Schreck sitzt mir noch im Gesicht, das weiß ich, weil er sich in Mikes Augen spiegelt. »Übertrieben? Die beiden haben *mir* beinahe die Lust aufs Heiraten verdorben.«

Er hebt die Schultern. »Oh, auch gut. Dann lassen wir's eben.«

Ich werfe ihm einen erschrockenen Blick zu. Er grinst von einem Ohr zum anderen.

»Nicht lustig!«, knurre ich und knuffe ihn mit dem Ellbogen in die Seite. Ganz langsam entspanne ich mich wieder, und was sich gerade in der Wohnung von Mikes Bruder abgespielt hat, verwandelt sich von einer riesigen, bedrückenden Gewitterwolke in ein kleines graues Wölkchen, das zwar noch mit uns mitzieht, dem wir aber bald wieder entkommen werden. Ein Glück, dass Ralph und Betty in Hamburg wohnen – so reduziert sich die Anzahl der familiären Höflichkeitsbesuche von selbst.

»Also, einen Tag nachdem du mich gefragt hast, ob ich dich heirate, bekamst du diese Vorstellung geboten ...?«

»O nein. Im Gegensatz dazu, was an *dem* Abend abging, war das heute gar nichts. Die beiden sind ja jetzt schon seit vier Wochen in Paartherapie.«

Ich starre ihn ungläubig an. »*Das* ist das Ergebnis einer Paartherapie? Erinnere mich daran, wenn ich jemals auf die Idee komme, dass uns so was guttäte.«

»Ich schwöre, es hat sich wirklich schon bedeutend gebessert. An dem Abend hat sie einfach nur gemeckert. Dass Ralph nie Zeit für sie hat, dass er zu wenig verdient, dass er ihr nie Komplimente macht, dass er beim Sex nie die Initiative ergreift ...«

»Hoho! Ich bin nicht sicher, ob ich das alles hören will.«

»Ich wollte es auch nicht hören. Und Ralph schon gar nicht, das kannst du mir glauben. Aber der Clou an der Geschichte: sie war wirklich das reizendste, charmanteste, liebevollste Geschöpf, das man sich vorstellen kann – ein wahrer Sonnenschein. *Vor* der Hochzeit. Kaum waren die Flitterwochen vorbei, wurde sie immer unzufriedener. Egal, wie er es anstellte, er konnte es ihr nicht recht machen.«

»Und was sagt der Therapeut?«

»Dass es sich um einen Fall von postnuptialer Depression handelt – um eine Nach-der-Hochzeit-Depression sozusagen. Es hängt damit zusammen, dass sie übersteigerte Erwartungen an die Ehe hatte.« Er wirft mir einen kleinen Seitenblick zu. »Romantisch überhöhte Erwartungen, die kein Mann erfüllen kann.«

»Oh.« Ich verstehe, wieso ihm das im Zusammenhang mit mir Sorgen bereitet hat. »Und Ralph? Hat er denn gar nichts falsch gemacht?«

»Der Therapeut sagt, er hat seine Bedürfnisse nicht klar

geäußert und nicht über seine Gefühle geredet. Und als es nicht besser wurde, hat er sich nicht damit auseinandergesetzt, sondern sich in die Arbeit geflüchtet, wodurch das Problem noch verschärft wurde.«

»Klingt trotzdem, als wäre er nur das arme Opfer.«

Mike zuckt mit den Schultern. »Sie waren beide vermutlich von der Vorstellung geblendet, jeweils der perfekte Partner für den anderen zu sein. Und da es so was wie perfekte Menschen nicht gibt ...«

Er lässt den Satz in der Luft hängen. Warum halten mich bloß alle für naiv? Ich *schreibe* romantisches Zeugs – aber das heißt doch nicht, dass ich für die Realität blind bin!

»Ich *weiß*, dass es keine perfekten Menschen gibt«, sage ich ärgerlich. »Und schon gar keine perfekten Männer.«

»Gut zu wissen, dass du das weißt«, sagt er ernsthaft. »Ich bin nämlich ganz und gar nicht perfekt. Ich bin voller Fehler und Unzulänglichkeiten ...«

Ich nicke zustimmend. »Ja«, sage ich. »Das stimmt. Du kannst froh sein, dass du eine abkriegst.«

Er bleibt stehen und nimmt meine Hände in die seinen. An meinem Handgelenk glitzert das Armband, das Sharkie nach einer kurzen, brillantinduzierten Obstipationsphase wieder freigegeben hat – glücklicherweise ohne Schaden zu nehmen. Sein Verdauungstrakt ist Fremdkörper schließlich gewohnt.

»Ich bin kein Vierundzwanzigstunden-Prinz«, sagt Mike. »Das würde mich echt überfordern.«

»Keine Sorge«, antworte ich. Ich werde es vielleicht nie jemandem erzählen, aber es war ausgesprochen erholsam, mich nach Darius' Verschwinden eine Weile in einer romantikfreien Zone aufzuhalten. Dauernd darauf achten zu müssen, ob der gläserne Schuh passt, kann ganz schön anstrengend sein.»Ich bin auch keine Vierundzwanzigstunden-Prinzessin.«

Er küsst mich auf die Nasenspitze.»Wenn ich dich so ansehe, fällt es mir schwer, das zu glauben.«

»Ich kann ein bisschen furzen und in der Nase bohren, wenn dich das beruhigt.«

Er lacht und küsst mich wieder.»Ich denke, das ist nicht nötig. Aber vielleicht komme ich noch darauf zurück.«

Wir nehmen eng umschlungen unseren Spaziergang wieder auf. Der Mond scheint, irgendwo bellt ein Hund, und ein anderes Paar kommt uns entgegen, das einen Kinderwagen schiebt. Mike drückt meine Hand. Als das Pärchen vorbei ist, sagt er:»Was hältst du davon, wenn wir an deinem Geburtstag heiraten?«

Ich schaue ihn verblüfft an.»An meinem Geburtstag?«

»Ja«, lacht er.»Ich halte nämlich nichts von ewig langen Verlobungen.« Irgendwas an meinem Gesichtsausdruck scheint ihn zu verwirren.»Oder ist dir das zu früh?«

Ich schüttle den Kopf.»Nein«, sage ich entschieden. »Der Termin ist ideal.«

Diese Hellerschmied hatte aber echt einen *verdammt* guten Riecher.

KAT

Nicht zu fassen, dass Carola und Herr Schön sich zur Hochzeit Gutscheine für ein Kosmetikinstitut wünschen. Ich frage mich, ob das der Beginn von Herrn Schöns Verwandlung in Herrn Noch-Schöner werden soll oder ob er nur zugunsten von Carolas Straffheit auf Toaster,

Porzellan und den designprämierten Korkenzieher verzichtet.

Auf jeden Fall scheint der Schönheitstempel beliebt zu sein, denn es gibt keinen einzigen Parkplatz davor, und ich muss drei ganze Blocks zu Fuß gehen, um mein Geld loszuwerden. Vor einem Dessousgeschäft bleibe ich stehen und liebäugle mit einem Set aus Push-up und String, schwarze Spitze. Falls ich Victor erlauben sollte, für mich zu kochen, könnte es eventuell nicht schaden ... *Falls.* Ich habe mich noch längst nicht entschieden, wie ich in der Victor-Sache weitermache.

Irgendwie kommt mir die Gegend bekannt vor. Ich war hier schon mal, aber ich kann mich beim besten Willen nicht erinnern wann und weswegen. Mein Gedächtnis! Ich sollte vielleicht mit Gehirnjogging anfangen.

»Frau Imbach«, sagt eine tiefe, klangvolle Frauenstimme, und ich schrecke aus meinen Gedanken hoch. »Ich habe oft an Sie gedacht. Wie geht es Ihnen?«

In dem Hauseingang, an dem ich gerade vorbeigehe, steht, einen Schraubenzieher in der Hand, Friedrun Hellerschmied, zwischenzeitlich auch unter einem keltischen Pseudonym bekannt.

Jetzt weiß ich wieder, woher ich die Straße, woher ich genau dieses Haus kenne. Ich war hier nur ein einziges Mal - nämlich, als ich der Hellerschmied ihr Karnuntina-Quartier zugewiesen habe. Carola hat mir kurz darauf gesagt, die Wohnung sei wieder vermietet, und ich habe keinen Gedanken mehr dran verschwendet.

»Frau Hellerschmied«, sage ich verblüfft, »sagen Sie bloß, Sie haben die Wohnung gemietet! Carola hat nichts davon erwähnt.«

»Nun ja ...« Sie lächelt versonnen. »Das Ganze hat eine gewisse Eigendynamik bekommen.« Eine leise Kopf-

269

bewegung von ihr lenkt meinen Blick auf ein Schild neben der Gegensprechanlage, das noch nicht ganz fertig montiert ist – daher der Schraubenzieher.

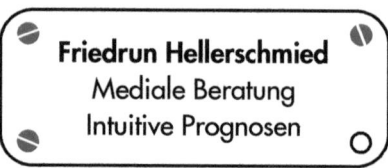

Friedrun Hellerschmied
Mediale Beratung
Intuitive Prognosen

»Finden Sie das nicht ein wenig riskant?«, frage ich mit leisem Unbehagen. »Ich meine, Betrug ist doch strafbar, oder?«

»Oh, ganz so ist es nicht.« Ihre tiefe, melodische Stimme hat wirklich etwas Hypnotisches. Sie lächelt mich an, die personifizierte Gelassenheit. »Meine Großmutter hatte Visionen und Wahrträume. So ein Talent überspringt oft eine Generation, um sich dann wieder zu manifestieren. Ihr Engagement hat mir klargemacht, worin meine wahre Bestimmung liegt.«

Frau Hellerschmied positioniert eine Schraube in das noch unbesetzte Loch an der rechten unteren Ecke des Schilds und zieht sie mit dem Schraubenzieher fest.

Ich bin sprachlos. Glaubt sie wirklich, was sie da sagt? Kann aus Betrug tatsächlich Selbstbetrug werden, noch dazu in diesem Ausmaß? Ich meine, sie scheint tatsächlich ihre Karriere dieser vollkommen irren Idee opfern zu wollen.

»Und Ihren Beruf geben Sie auf?«, frage ich sie, nachdem ich einmal tief durchgeatmet habe.

»Zugunsten meiner Berufung«, bestätigt die Hellerschmied und betrachtet zufrieden das Ergebnis ihrer handwerklichen Betätigung. »Und was das Materielle angeht – das Universum sorgt für die, die sich seinen Gesetzen unterwerfen. Das war immer schon so.«

Na klar – das Universum in Gestalt armer, labiler Geschöpfe, die sich an irgendeine fiktive bessere Zukunft klammern müssen, weil ihre Gegenwart so verdammt deprimierend ist.

»Sie müssen ja wissen, was Sie tun«, antworte ich. »Also dann, viel Glück!«

»Danke.« Sie schüttelt mir die Hand. Die Frau hat einen Blick drauf wie Kaa, die Schlange. Ich schätze, dass man als Schauspielerin in der Esoterikbranche besonders gute Chancen hat.

»Das wünsche ich Ihnen auch.«

Na ja, alles gut und schön, aber jetzt könnte sie meine Hand allmählich wieder loslassen.

»Und sollte Ihnen ein Prinz auf einem weißen Pferd begegnen«, sagt sie, »dann zögern Sie nicht.«

Ein Lächeln stiehlt sich in den magnetischen Blick.

»Denn manchmal sind die Dinge einfach genauso gut, wie sie scheinen.«

The End

Chantal Schreiber ist romantisch wie Gwennie oder zynisch wie Kat, je nachdem. Sie lebt in der Nähe von Wien, hat eine Tochter, einen Mann, einen Hund, ein Pferd und (Gerüchten zufolge) eine große Klappe.
Wenn sie nicht gerade schreibt, ist sie wahrscheinlich mit Hund und Pferd unterwegs, in ein Buch vertieft, im Kino oder auf Reisen (aus Recherchegründen, versteht sich).

CHANTAL SCHREIBER

- ♥ www.chantalschreiber.com
- Facebook: @chantalschreiberauthor
- Instagram: @ch.schreiber